## Autoreninfo

Heinz Jürgen Schneider, geb. 1954, arbeitete lange als Rechtsanwalt und lebt in Hamburg.

Seine Krimi-Trilogie *Tod in der Scheune*, *Tod am Hafenkai* und *Tod in der Ballnacht* spielt im hohen Norden Deutschlands um das Jahr 1933.

Zuletzt veröffentlichte er den politischen Thriller *Im Land der Lügen*.

Mehr auf: *www.h-j-schneider.net*

Heinz Jürgen Schneider

# Zwanzig Millionen

www.tredition.de

© 2018 Heinz Jürgen Schneider

Verlag und Druck: tredition GmbH, Grindelallee 188, 20144 Hamburg

ISBN
Paperback:      978-3-7439-8151-5
Hardcover:      978-3-7439-8153-9
e-Book:          978-3-7439-8152-2

Drei Männer saßen an dem schweren Tisch aus Eiche im obersten Stockwerk des Hauptquartiers. Ein General und zwei Zivilisten in hellen Sommeranzügen.

Die verstörende Mitteilung stand in einem umfangreichen Bericht mit endlosen Zahlenkolonnen. Sie war ganz neu und zweifelsfrei korrekt.

Was war passiert? Und wie konnte es passieren?

Es wurde nur wenig gesprochen.

Der mächtigste der Männer verlangte in deutlichen Worten eine rasche Aufklärung. Der Mann für die Sicherheit nickte.

Die Notwendigkeit der strikten Geheimhaltung war allen im Raum klar.

Dabei hatte die Operation vor acht Tagen planmäßig begonnen und das Land vielleicht für immer verändert.

# 1

Der 14. Juni 1948 war ein Montag.

Von der dänischen Grenze bis zum Bodensee wird zur Arbeit gegangen oder in die Schule, gekocht, Wäsche gewaschen, geboren oder gestorben, Schlange gestanden, Post ausgetragen, gegessen oder Kohldampf geschoben, gelacht oder geweint. Ein ganz normaler Tag in der Trizone des besetzten Deutschlands.

Für die Eingeborenen von *Trizonesien*, wie sich viele Deutsche nach dem populären Schlager aus dem letzten Karneval nannten. Trizonesien, gebildet aus der amerikanischen, britischen und französischen Besatzungszone westlich der Elbe. Östlich davon befand sich die sowjetische Zone. Es existierte auch eine deutsche Verwaltung, aber ein neuer deutscher Staat lag nach dem Mai 45 in weiter Ferne.

Im dritten Sommer nach der Stunde Null, dem Ende von Hitler und Krieg, gab es wenig. Wenig Optimismus, wenig

Essen, Wohnraum, Sicherheit oder Zukunft. Keine Arbeit ernährte allein einen Menschen oder seine Familie. Trümmer und Schutt des Krieges waren aus den Städten vielerorts verschwunden, aber es erfolgte noch kaum Wiederaufbau. Mit der Beseitigung von Schmutz und Dreck aus der Nazizeit in den Köpfen der Menschen sah es oft noch nicht viel besser aus.

Es herrschten Stillstand und Mangel. Industrie, Landwirtschaft und Handel hatten das Niveau der Vorkriegsjahre noch nicht wieder erlangt. Ein grauer Schleier breitete sich über das Leben von 45 Millionen Bewohnern der Westzonen. Es wurde auf der Stelle getreten. Jedenfalls von vielen.

Das Geld war ein Problem und ein Ärgernis, ein Ausdruck der düsteren Lage. Niemand konnte leben und überleben ohne die Lebensmittelmarken und Bezugsscheine, die an alle ausgeteilt wurden. Dafür gab es karge Zuteilungen. Zum Leben zu wenig, zum Sterben zu viel. Die Verwaltung des Mangels.

Für die 6-Tage-Woche an der Drehbank erhält ein Arbeiter am Monatsende 280 Reichsmark. Ein Angestellter in der Verwaltung bekommt 200 Mark, eine Schuhverkäuferin noch weniger. Wer überleben will, muss auf eigene Faust handeln. Wer auf dem illegalen Schwarzmarkt für sein Geld dazukaufen möchte, zahlte für ein Brot 40 RM, für Butter 300, ein kleines Paket Bohnenkaffee liegt bei 250 Reichsmark und die einzelne Zigarette kostet 12. Arbeit lohnt sich eigentlich nicht. Für Reichsmark legt das Huhn keine Eier, sagten die Menschen. Das Geld hatte seine Funktion weitgehend eingebüßt und war wertlos geworden.

Der Schwarzmarkt aber florierte. Ohne ihn ging nichts. Hier wurde fast alles organisiert, getauscht, verschoben, verkauft und angeboten. Die Währung bemaß sich aber nicht in Mark, Groschen und Pfennig, sondern in *Lucky Strike*,

*Chesterfield* oder *Morris*. Zigarettenwährung ersetzte richtiges Geld. Genommen wurden auch Familiensilber, Teppiche, Pelze, Fotoapparate und überhaupt alles von Wert.

Auf dem schwarzen Markt sicherten manche das Überleben der Familie, andere wurden wegen der verbotenen Geschäfte geschnappt und verurteilt. Wieder andere wurden reich. Alle machten mit.

Aber nicht nur unten, auch oben kannten die Verantwortlichen das Geldproblem und arbeiteten schon seit über einem Jahr an einer Lösung.

In der amerikanischen Militärregierung, und bei ihren hinzugezogenen deutschen Beratern, lag der Blick nicht in erster Linie auf Brot, Kaffee oder Kleidung, sondern auf dem Großen Ganzen. Die Fachleute wussten: Der Reichsmark hatte eine kriegsbedingte Verschuldung des alten deutschen Staates von 400 Milliarden Mark, plus des Fehlens jeden Gegenwerts, das Genick gebrochen. Mit dem alten Geld würde es keine höhere Arbeitsproduktivität, keine Kredite für den Wiederaufbau und keine Importmöglichkeit von Waren, Maschinen und Rohstoffen aus anderen Ländern geben. So würde der Motor der Wirtschaft nicht wieder anspringen. Es gab nur eine Alternative. Ein tiefer Schnitt. Eine Geldreform musste erfolgen, eine neue Währung kommen. Ein Signal für einen Aufbruch. So lautete der hoffnungsvolle Anspruch.

Das war schon der Stand von 1947, als die Arbeit begann. Die Planungen verliefen langfristig. Im selben Jahr erfolgte die praktische Umsetzung mit dem Druck der neuen Banknoten in den USA. Auch wurde eine amerikanisch-deutsche Kommission gegründet, deren Mitglieder Fachleute der Militärverwaltung und deutsche Finanzexperten wurden. Sie sollten die vielfältigen Fragen lösen – von der Organisation, über rechtliche Probleme bis zu konkreten Einzelheiten.

Die Arbeit verlief zäh und streng geheim. Geld ist ein scheues Reh, hieß es. Es darf nicht erschreckt werden. Alles muss geklärt sein, erst dann wird auch die Öffentlichkeit positiv überrascht werden. Es kam nur ein Versuch in Frage, der musste gelingen. Die Amerikaner waren der Hauptakteur und vergaben für die Währungsreform einen Codenamen. *Operation Bird Dog.*

Viele Sitzungen und kontroverse Debatten fanden statt. Das letzte Wort lag bei den USA. Dann standen der Plan und seine Einzelheiten.

An einem „Tag X" sollte jeder Deutsche 40 neue Mark erhalten, Erwachsene wie Kinder. Etwas später noch einmal 20 Mark. Neues Geld musste es natürlich auch für Unternehmen, Banken und die öffentliche Verwaltung geben. Nach dem Stichtag wurde die Reichsmark sofort als Zahlungsmittel aufgegeben. Löhne, Mieten und anderes sollten 1:1 umgewandelt werden, die Preise wurden frei gegeben, ein Lohnstopp blieb zunächst in Kraft.

Hart würde es die Sparer treffen, sie waren die Verlierer. Für die Umstellung der Konten lag der Kurs sehr schlecht. Aus 1.000 RM wurden nur noch 65 neue Mark.

An diesem Montag, dem 14. Juni 1948, trafen sich die Mitglieder der Kommission im Gebäude der Militärregierung in Frankfurt zu einer neuen und besonders wichtigen Sitzung. Die Vorarbeiten waren alle abgeschlossen, das neue Geld längst im Land. Der Stichtag musste festgelegt werden. Es gab immer mehr Gerüchte.

General Frank Turner saß als Vertreter der Militärregierung an der Stirnseite des Tisches. Doch wie fast immer leitete er nicht die Sitzung, sondern der Zivilist Jack Benett, der führende Finanzberater von Militärgoveneur Lucius Clay. Eher geschäftsmäßig sagte Bennet nach der Begrüßung, dass der kommende Sonntag, der 20. Juni, der

Stichtag wird. Tag X. Aus dem Rund des Tisches, zwanzig Männer, ein Drittel in Uniform, der Rest deutsche und amerikanische Anzugträger, kam zustimmendes Nicken.

„Wir haben lange und hart gearbeitet, Gentlemen und meine Herren, jetzt sind wir auf der Zielgeraden. Vor uns liegt, mit dem Geldtransport an die Zielorte, noch eine gigantische logistische Aufgabe. Die größte Operation der US-Army seit dem D-Day. Doch diesmal müssen wir, im Gegensatz zur Landung in der Normandie, nicht mit deutschen Widerstand rechnen." Sein Scherz wurde mit beifälligem Lächeln quittiert.

Dann ging er noch kurz auf die Begleitgesetze ein, die Mitte der Woche verabschiedet werden sollten, länger auf die Art und Weise der Bekanntmachung der Währungsreform für die deutsche Öffentlichkeit.

Diese sollte in massiver Form ab Freitag durch Rundfunk, Zeitungen, auch mit Sonderausgaben, mit Bekanntmachungen an Litfaßsäulen und in öffentlichen Gebäuden geschehen.

„Ich spreche ja etwas deutsch", sagte Benett, „und werde für Radio Frankfurt eine kleine Rede aufnehmen, die dann von den anderen Sendern in unserer und den anderen beiden Zonen übernommen werden kann. Unmittelbar danach wird ein Sprecher ausführlich erklären, was jeder Deutsche am Tag X tun und was er dabei haben muss. Das kann man dann ständig wiederholen."

Allseits wurde genickt.

„Auch im Namen der Militärregierung möchte ich allen Mitgliedern der Kommission für ihre bisherige Arbeit danken. Ich hoffe, wir können auf unserer allerletzten Sitzung nach der Währungsreform feststellen, dass wir an einer historischen Entscheidung mitgewirkt haben. Hervorheben darf ich die Arbeit von Lieutenant Tenenbaum von der Finanzdivision, der ja auch den Namen, *Deutsche Mark*, quasi erfunden hat."

Ein sehr junger Offizier nickte und errötete fast, als sich die Aufmerksamkeit auf ihn konzentrierte.

„Dank auch an Professor Erhard und die Herren der Sonderstelle Geld und Kredit, unsere deutschen Experten. Auch wenn es über die Aufhebung des Preisstopps unterschiedliche Auffassungen gibt."

Kopfnicken und leichtes Schmunzeln.

Bald endete die kurze Sitzung. Die letzten Zigaretten und Zigarren wurden ausgedrückt und Hände geschüttelt.

Noch sechs Tage.

Das neue Geld konnte auf die Reise gehen.

## 2

Am Anfang gab es für Sergeant William Cooper kein Problem. Befehl ist Befehl.

Die kurze Einweisung für alle Soldaten am Abend in der Kantine lautete: Teilnahme an einem Großkonvoi Richtung Norden. Ladezeit: Morgen ab 0600. Ladepunkt: In Frankfurt, außerhalb der Kaserne. Einsatzdauer: 24 Stunden. Kaltverpflegung, Wasserflaschen und Tee gab es nach dem Morgenappell. Sammelpunkt: Nordöstlicher Stadtausgang, Einweisung durch MP in der ganzen City. Noch Fragen? Niemand hatte eine. Zweierteams im Fahrzeug. Die Namen wurden zum Schluss aufgerufen.

Erst jetzt wurde es für Cooper hart. Fast schon eine Katastrophe. Rizzoli, aus dem 2. Zug, sollte der Beifahrer sein.

Ein Yankee von der Ostküste. Ein pausenloser Schwätzer, einer, der seine schmalzigen Lieder unter großem Beifall zu Weihnachten gesungen hatte. Ein Fan von Baseball, einer Art von Sport, den Männer in blütenweißen Hosen spielten, zwielichtig beim Poker, erfolgreich bei den deutschen Fräuleins in der Kantine und im PX-Store. Jeder wusste davon, Rizzoli ließ kein Detail aus. Und er stammte aus New York, der Stadt der Sünde. Cooper mochte ihn nicht. Ganz und gar nicht. Niemand wie er aus Temple in Texas hätte so einen gemocht.

Es musste etwas geschehen.

Die Lösung seines Problems stand in der Mitte des Kantinenraums. Master-Sergeant Anderson, denn von ihm stammten die Listen. Sie kannten sich vom Sport aus dem *Athletic Club*. Nicht besonders gut, aber man lief sich dort über den Weg.

Zwei Streifen mehr an der Uniform wollten respektiert werden, und deshalb begann Cooper es streng dienstlich.

„Hab ein Problem, *Sir*."

Anderson verzog keine Miene und erwiderte:

„Was gibt es, *Bill*."

„Ich kann unmöglich mit Rizzoli fahren. Aus allen möglichen Gründen. Bekomme ich jemand anders?"

Anderson blickte unentschlossen. Dann klopfte er auf die Uniformtasche über seinem Herzen. Cooper verstand und übergab ein noch ungeöffnetes Päckchen Chesterfield.

Anderson vertiefte sich in die Fahrerlisten auf seinem Klemmbrett und sagte dann: „Einen *Frischling* hätte ich, Private Miller, ok?" Ein dankbares Nicken. Dann brüllte der Master-Sergeant durch den Raum: „*Rizzoli zu mir*."

„Danke, Tom", kam von Cooper beim Verabschieden. Jetzt ging es ihm besser. Er würde früh ins Bett gehen. Ein sehr langer Tag stand bevor. Nicht nur die *Batts Barrack* wurde mobilisiert, auch die beiden Nachbarkasernen. Im PX-Store kaufte er noch zwei Zigarettenpackungen und Kaugummi. Neben den Gaben der Army wollte er für den Transport auch zwei Feldflaschen Kaffee mitnehmen.

Auf jeden Fall noch die restlichen Brownies aus dem Paket seiner *Grandma*, obwohl sie schon sehr trocken waren. Bill Cooper rauchte später noch mit anderen GIs bei den Bäumen am Verwaltungstrakt. Könnte ein sehr harter Tag werden, glaubten alle. Muss eine große Sache sein.

Der Freitag begann mit dem Wecken um 0400. Eine gute Stunde später erfolgte die Übergabe der Fahrzeuge. Ein *Mack 14*, ein guter, alter 10-Tonner, wie Cooper befriedigt feststellte. Er begrüßte Miller mit einem Kopfnicken. Ein junger Brillenträger aus der Charlie-Kompanie.

Die Fahrt ging in die innere Stadt. Es wurde schon Kolonne gefahren. Das Ziel war ein großes Gebäude, mit Säulen am Eingang und einer eigenen Auffahrt neben der Straße. Die LKWs stauten sich. Dann kam ihr Mack an die Reihe. Soldaten verstauten Kisten auf der Ladefläche.

Ein Staff-Sergeant forderte Cooper auf mitzuzählen, gleich gäbe es Quittungen. Es wurden 32 Holzkisten. Drei Quittungen mussten abgezeichnet werden. Zwei blieben im Fahrzeug. Dazu gab es eine handgemalte Plakette mit dem Kennzeichen *H 5*.

„Das ist das Endziel. Die Buchstaben leiten Dich, wenn sich euer Konvoi mal aufteilt. Folge immer diesem Zeichen. Verstanden?" Cooper nickte. Dann ging es nordöstlich zum Stadtausgang.

Überall auf der Weiterfahrt standen Posten der Militärpolizei. Weißer Helm, weißes Koppelzeug, weißer Schlagstock, wichtigtuerisches Gehabe. Bill Cooper mochte die MP nicht. Anfang des Jahres hatte es mit ihnen in der *Bowling Alley* einen unangenehmen Vorfall gegeben, in dem Alkohol eine Rolle spielte und der ihm eine zweiwöchige Ausgangssperre eintrug. Als der Sammelpunkt fast erreicht war, trat ein Militärpolizist an sein Fenster, ließ sich die Papiere zeigen und sagte mit lässiger Handbewegung: „Aufschließen." Der Konvoi war riesig, die Spitze nicht zu sehen. Eine Wartezeit begann. Sonst gab es am frühen Morgen weder Menschen, noch herrschte Verkehr. Nur Straßenbahnen fuhren vereinzelt.

Aus der Seitentasche der Uniformhose holte Cooper Zigarette und Streichhölzer und fragte: „Woher kommst Du eigentlich, Miller?"

„Mein Name ist genaugenommen *Hiller*, Sir. Private Andrew Franklin Hiller aus Roseburg, Oregon."

„Und wie lange hast Du noch?"

„Bin im März erst gekommen. 28. Februar 1950."

Cooper stieß einen Grunzlaut aus. Ein Wehrpflichtiger. Sein eigenes Dienstende lautete 30. Juni 1950. 1946 trat er für vier Jahre in die Army ein. Sein Sold stieg durch die Zusatzjahre. 99 Dollar im Monat plus 9 Dollar Überseezulage. In der Eisenwarenhandlung in Temple verdiente er weniger. Nachdem 1945 der Krieg gewonnen wurde, kehrten Millionen Soldaten in die Heimat zurück. *Uncle Sam* brauchte also Nachschub für die Besatzung in Deutschland. Leute wie ihn. Er sagte ja. Zum Geld, und, um mal was von der Welt außerhalb von Osttexas zu sehen.

Dann gingen Motoren an und die Kolonne setzte sich in Bewegung. Es gab nur einen kurzen Abstand zwischen den Wagen. Einnicken oder auch nur Unachtsamkeit konnten eine Massenkarambolage auslösen. Als der Konvoi eine Kurve nahm, sah man, dass zwischen den Lastwagen Jeeps mit Bewaffneten fuhren. Dann ging es langsam geradeaus. Nach zwei Stunden folgt eine Pause, zum Pinkeln und Fahrerwechsel.

Hiller redete bis dahin kaum und las Comics. Ein guter Mann, kein Schwätzer. Der Frischling übernahm das Steuer. Auf dem Beifahrersitz begann Cooper ein zweites Frühstück und bot auch von seinen harten Kuchen an. Seiner

Meinung, dass Sammy Baugh von den Redskins der beste *Quarterback* der NFL war und Steve van Buren, von den Philadelphia Eagles, der beste *Halfback*, wurde nicht widersprochen. Er rauchte, Hiller kaute Kaugummi. Beide spekulierten über die Ladung.

Waffen zum Kampf gegen die Russen? Denkbar, aber für wen? Lebensmittelmarken? Warum so viel Sicherheit. Wahlzettel? Was sollten die Deutschen wählen? Bürokratische Sachen? Unwahrscheinlich. Lebensmittel? Zu viel Aufwand. Gold? Nicht in dieser Menge.

Bill Cooper trank Kaffee, gähnte trotzdem und las. In *Stars and Strips* stand eine schöne Story. Hollywoodstar Lana Turner reiste mit ihrem Ehemann durch die amerikanische Zone. Das Bild von ihr war hinreißend. In einem Soldatenclub in München wurde ein Tanz mit ihr verlost. Gewinner Nr. 1 war jedoch eine Frau. Die Lose 2 bis 6 meldeten sich nicht. So kam die Nr. 7, der *Private 1. Class* Walter Lambardo zum Tanz und einem gemeinsamen Foto.

Was für Idioten sind denn die Lose 2 bis 6 gewesen, dachte Cooper. Er hatte Ann, deren Vater die Eisenwarenhandlung gehörte, einige Briefe nach Temple geschrieben und ein auf dem Schwarzmarkt gegen Bohnenkaffee getauschtes Armband mitgeschickt. Es war aber nur ein nichtssagender Brief zurück gekommen. Glück mit Frauen hatte er weder in Texas noch außerhalb.

Plötzlich lachten beide über einen absolut unaussprechlichen und verrückten Ortsnamen, der auf einem Ausfahrtschild stand. Crazy Germany. Dann waren sie an BAD OEYNHAUSEN vorbei. Bald es gab eine neue Pause. Hiller machte Liegestütze am Straßenrand. Wieder Fahrerwechsel.

Einige Zeit später signalisierten Militärpolizisten in Khaki-Uniformen langsamer zu fahren. Engländer. Sie waren schon in deren Zone. Der Konvoi teilte sich. Schilder mit Pfeil und Aufschrift wurden hochgehalten. Für H5 ging es weiter nach Norden. Hannover hieß ein Ort. Dann erfolgte noch ein Fahrerwechsel und englische Soldaten lotsten sie über eine Brücke, an einem großen Hafen vorbei, in eine Stadt namens Hamburg, von der hinter der Brücke wenig stehen geblieben war. Der Konvoi teilte sich erneut. Aber für H5 war Endstation.

An einem großen Gebäude wurden die Kisten abgeladen, gezählt und mit Stempel quittiert. Ein Captain in amerikanischer Uniform gab eine Pause von 90 Minuten bekannt. Beine vertreten, essen, ausruhen. Die Zeit sollte aber auch zum Nachfüllen von Benzin aus den mitgebrachten Kanistern genutzt werden.

Es war fast fünf Uhr am Nachmittag. Und das musste man den Briten lassen – es gab *tea time*. Sie verteilten Tee aus großen Töpfen. Auch wussten sie, worum es eigentlich geht. Am Sonntag bekamen die Deutschen aus den Kisten neues Geld. In allen drei Zonen des Westens. Ihr Soldatensender BFN hatte es schon den ganzen Tag gemeldet.

# 3

Es nieselte seit dem frühen Sonntagmorgen. In der langen Menschenschlange vor dem Postamt am Platz der Republik in Hamburg-Altona standen die Menschen mit aufgespannten Schirmen. Wer keinen solchen Schutz hatte, schlug den Jackenkragen hoch und drückte Hut oder Mütze fest auf den Kopf. Es ging nur langsam voran.

Gesprochen wurde wenig. Vor Ernst und Helene Maschmann ging ein uralter Mann, der sich auf einen Stock stützen musste und ein Bein nachzog. Hinter ihnen standen zwei Frauen, die wohnten auch in der Klausstraße. Die

Schlange rückte wieder einige Meter weiter. Dem neuen Geld entgegen.

Ernst Maschmann verstand, warum eine neue Mark kommen sollte. Es ging nicht mehr anders. Alle Kollegen im Kontor dachten wie er. Es musste etwas passieren.

Er arbeitete im Hafen, seit er aus dem ersten großen Krieg zurückgekommen war. Nicht mit der Hand, als Stauer oder Lastenträger, sondern im Büro einer Spedition. Import, Hamburg-Südamerika, Eimbke und Co. Früher lagen auf dem fernen Kontinent die Ziele der Schiffe, die Kaffee, Zucker und Kupfer brachten. Seit Jahren ruhten die Geschäfte weitgehend. Der ganze Hafen machte nur noch wenig Umschlag. Teile der Kais lagen noch in Trümmern. Die Besatzungsmächte lockerten erst langsam das Verbot der deutschen Überseeschifffahrt. Deshalb erstellte er meist nur Frachtlisten für die Binnenschiffe.

212 RM als monatliches Gehalt. Also gar nichts. Seine Lene ging putzen für ein Paar Reichsmark. Ein hartes Leben. Begütert waren sie nie, und hatten den Schwarzmarkthändlern also kaum etwas zu bieten oder zu tauschen. Vom Schwager, der bei Pinneberg auf dem Land lebte, gab es manchmal Kartoffeln oder Äpfel. Ohne die Lebensmittelmarken wären sie den Hungertod gestorben.

Mit seinem jüngeren Bruder redete er oft über die Lage, politisieren nannten sie das. Der trat nach dem Krieg der SPD bei und sprach von Demokratie, Sozialismus und einem neuen Deutschland. Ernst konnte dem auch etwas abgewinnen, die wirtschaftliche Not drängte ihn aber stärker. Neues Geld, neue Hoffnung? Er dachte ungern an das Jahr 1923. Als eine Wahnsinnsinflation ein Brot eine Million kosten ließ und die Wirtschaftskrise enorm war. Damals gab es auch einen Währungsschnitt und neues Geld, die Rentenmark. Der Effekt währte nur kurz. Dann brach die Krise wieder aus, mit millionenfacher Arbeitslosigkeit, dann kam Hitler, bald der Krieg. Neues Geld, neue Hoffnung? Er blieb skeptisch.

„Haben wir alles dabei", fragte seine Frau mit leiser Stimme. Ihr Ehemann nickte.

Ausweis mit Lichtbild, 40 Reichsmark pro Kopf zum Umtausch gegen neue Scheine, dazu die Karten der 115. Lebensmittelkarten-Periode zum Lochen, als Zeichen für die Durchführung. Es gab für jeden 40 neue Mark und einem Monat später noch einmal 20. Die Münzen blieben mit einem Zehntel ihres Wertes erstmal gültig. So stand es in der Bekanntmachung, die er an der Litfaßsäule am Altonaer Bahnhof in Ruhe durchgelesen hatte. Einen „Vordruck A" würden sie auch bekommen. Der musste ausgefüllt und einige Tage später bei der Sparkasse abgegeben werden. So wurde das Reichsmarkguthaben auf den Konten umgewechselt. Ernst Maschmann suchte und fand das Sparbuch, das er seit Jahren nicht in Händen hielt. 720 RM lautete der Betrag. Als die Kinder kleiner waren, wurde es angelegt, für spätere oder für schlechte Zeiten.

Helene Maschmann fasste ihren Mann an die Hand. Die Schlange zog weiter. Sie stand für neues Geld an und es war ganz normal. Anstehen für Kaffeeersatz, Schmalz, Mehl, Zucker, Kohlezuteilungen im Winter. Sie würde auch anstehen für Steine, wenn sie mit Steinen ein Bauernfrühstück zubereiten könnte. Kartoffelscheiben in Butterfett angebraten, Speckwürfel, Eier, eine riesige Menge, darauf Gewürzgurken. Frische Milch dazu für sie und das alte Bavaria-Bier der Vorkriegszeit für ihren Mann. Ihr kleiner Traum. Mehr Wünsche hatte sie nicht und Hoffnung kaum noch.

Der Lebensmut verließ sie vor viereinhalb Jahren, genau am 9. Januar 1944. Das Datum blieb unvergessen. Da erreichte sie das Schreiben mit dem pompösen Briefkopf des Befehlshabers der U-Boote. *In treuer Pflichterfüllung* hatte ihr ältester Sohn *auf Feindfahrt mit U 32 im Nordatlantik, für Füh-rer und Vaterland, den Heldentod gefunden.*

Genaugenommen – das machte sie sich erst nach und nach klar –, ertrank er in Kälte und Dunkelheit und hatte nicht einmal ein Grab. Ihr jüngerer Sohn war in russischer Kriegsgefangenschaft. Die einzigen Lebenszeichen, ein kurzer Gruß auf einem Vordruck des Internationalen Roten Kreuzes, später ein Brief, stammten vom vorletzten und letzten Jahr und steckten am Küchenschrank. Auf ihrem Nachttisch im Schlafzimmer stellte sie die letzten Bilder der Söhne im Rahmen hin. Dann nahm ihr Mann die Fotografien weg und ersetzte sie durch eine Aufnahme der beiden als Kinder. Er wollte sie nicht mehr in diesen Uniformen sehen. Ihr war es auch so recht.

Die Maschmanns erreichten die Schalterhalle des Postamts. Die Menschen verteilten sich auf die vier Schalter, hinter denen Postbeamte geschäftig waren. Es herrschte eine andächtige Stille. Alles ging sehr schnell. Die Ausweise wurden mit den Namen der Lebensmittelkarten verglichen und diese mit einer Zange gelocht. 80 Reichsmark nahm der Beamte entgegen und zahlte 80 Mark in neuer Währung aus. Dann strich er ihre Namen in einer Liste. Am Nebenschalter wurde plötzlich gelacht. „Sechs Kinder und zwei Erwachsene – 320 Deutsche Mark. Sie sind der reichste Mann in Altona." Ein großer, hagerer Mann in einem schäbigen Anzug lächelte gequält zum Scherz des Austeilers.

Mit dem Geld und dem Vordruck verließen sie das Amt. Die Schlange draußen war weiter angewachsen. Ernst Maschmann warf einen ersten Blick. In der Hand hielt er viele Scheine, auf denen „eine Deutsche Mark" stand. Die Vorderseite bläulich und die Rückseite rötlich. Sie gaben ihm auch Noten für 2, 5 und 10 Mark. Der Zehner war blau und auf der Vorseite befand sich eine Frauenfigur. Das neue Geld fühlte sich ungewohnt an und sah anders aus.

Er wäre gern noch auf den Altonaer Balkon gegangen, der Anhöhe mit dem großen Panorama über Hafen und Elbe. Sein Lieblingsblick auf seine Heimatstadt, nur einige Gehminuten entfernt. Aber Lene wollte nach Hause. Er steckte ihr gesamtes Geld in die Hosentasche. Lohn würde jetzt auch im neuen Geld ausgezahlt werden, genauso viel wie in Reichsmark. Gibt es jetzt auch wieder mehr zu kaufen? Er blieb skeptisch und ging eingehakt mit seiner Frau. Die dachte an Bauernfrühstück. Ob es für die neue Mark Kochtöpfe geben würde, ihre waren so alt und verschlissen.

Sie überquerten den Bahnhofsplatz und bogen in die Klausstraße ein.

Es nieselte immer noch.

# 4

Die letzte Sitzung der Kommission fand am 30. Juni am selben Ort statt. Aber die Stimmung am Tisch war anders, freudiger und nicht geschäftsmäßig. Vor den Männern in der Runde lagen weder Papiere noch Notizblöcke. Aber im Vorraum zum Sitzungszimmer standen Sektflaschen und noble Gläser, amerikanische Ordonanzen in Ausgehuniformen warteten auf ihren Einsatz.

Auch nach Beginn der Sitzung ging es anders zu, als in den meisten Tagungen davor. General Turner erhob sich und würdigte in allgemeinen Worten die vor neun Tagen erfolgte Währungsreform und danke den Beteiligten. Gleiches erfolgte durch Professor Ludwig Erhard für die deutschen Vertreter. Er sprach von einem historischen Tag.

Erst dann kam die Reihe an Jack Benett, der sein optimistisches Lächeln aufgesetzt hatte. „Mein Baby, unser aller Baby, ist auf der Welt. Und wir sind glücklich und stolz, wie Väter es sein sollten."

So lautete sein erster Satz. Dann zählte er auf, wie man an der Spitze der Militärregierung die Aktion bewertete.

Sehr positiv wurde die organisatorische Leistung rund um den 20. Juni eingeschätzt. Planung, Transport, der reibungslose Verteilungsprozess und auch die Ankündigung der Details für den Tag X, erwiesen sich als wirkungsvoll. Die Geheimhaltung funktionierte im Großen und Ganzen gut, Gerüchte und spekulative Zeitungsartikel konnten im Vorfeld nicht gänzlich verhindert werden. Der mit dem neuen Geld verbundene Schlag gegen die Schwarzmarktschieber und die Russen gelang aber. „Auf den Bär im Osten komme ich gleich noch." Benett blickte kurz in die Runde.

Eine genaue ökonomische Bewertung verbiete sich wegen des kurzen Zeitraums. Aber die ersten Reaktionen der Deutschen sind positiv. Er verwies auf die Politik der vollen Schaufenster, ein Ausdruck, der in der Kommission öfter einmal gefallen war. Für die DM gab es jetzt fast alles zu kaufen, auch wenn dies überwiegend auf unsozialer Hortung von Waren beim Groß- und Einzelhandel, in der Hoffung auf neues Geld, seinen Grund hatte. Dies Angebotsniveau sollte gehalten werden. Dem neuen Geld müsse ein Warenangebot gegenüberstehen, das zur Leistung anspornt. Auch wenn das System der Lebensmittelmarken natürlich noch nicht aufgehoben werden könne.

„Initialzündung", wurde von einem der Deutschen am Tisch gerufen. Benett nickte. „Ihre Landsleute sehen richtigen Kaffee, Schokolade, Zahnpasta und Kinderschuhe. Wir sehen weiter. Die Steigerung der Produktion, Inlandsinvestitionen durch Kredite, Zugang zu den internationalen Märkten, das ist auf den Weg gebracht. Ein bedeutender Anfang. Denken Sie auch an die Mittel aus dem Marshallplan, die schon fließen und in weit größerem Umfang noch in die drei Zonen im Westen Deutschlands kommen sollen.

Auch für die wichtigen Lebensmittelimporte." Er nahm ein Stück Papier auf und las aus einem Artikel der Neuen Züricher Zeitung aus der neutralen Schweiz vor, der dies in anderen Worten auch als Möglichkeit sah und von Hoffnung schrieb.

Dann ging er zu den politischen Folgen über. Das Konzept einer Währungsreform für alle vier Besatzungszonen war in der Vergangenheit diskutiert, auf der Außenministerkonferenz der vier Siegermächte 1947 aber gescheitert. „Unser Tag X und die Geheimhaltung der Operation Bird Dog, hat die Russen kalt erwischt. Das machte es auch möglich, das neue Geld in unseren Westsektoren in Berlin einzuführen. Trotz aller Proteste der Sowjets, die ohne neue Scheine unvorbereitet nachziehen mussten und das Einströmen der wertlosen Reichsmark in ihre Zone fürchteten. Sie wissen, dass sie daraufhin die Landwege nach Berlin geschlossenen haben. Eine Blockade also. Wir fliegen deshalb schon am Tag 6 wichtige Güter in die Stadt. Und wir werden, mit den Briten, diese Luftbrücke aufrechterhalten, wie lange es auch dauert." General Turner nickte energisch,

Benett steigerte nun die Stimme. Er sprach von der Deutschen Mark als Symbol der Freiheit und des freien Marktes, von der freien Welt, die Stärke zeigen muss. Vom Kampf der Systeme und Ideen, aber auch der Wirtschaft und des Geldes. Er war im Begriff sich zu setzen.

Turner flüsterte ihm etwas ins Ohr. „Neue Herausforderungen warten, auch auf Fachleute wie sie, meine Herren, und andere Deutsche, die am Neuaufbau führend teilhaben." Morgen, am 1. Juli, werde, hier in diesem Gebäude, General Clay persönlich die Ministerpräsidenten der deutschen Länder beauftragen, eine Verfassung für einen kommenden deutschen Staat ausarbeiten zu lassen. Mit der Perspektive, dass, wahrscheinlich 1949, aus den drei Zonen des

Westens, ein Staat der Deutschen gebildet werden kann, als Teil der freien Welt. „Mit einer starken Währung als eines seiner Fundamente."

Beifälliges Gemurmel am Tisch und klopfen.

In die entstandene Pause hinein klatschte General Turner zweimal in die Hände. Die Doppeltür zum Sitzungsraum öffnete sich. Vier Soldaten reichten allen Teilnehmern von silbernen Tabletts Sektgläser.

Benett hob sein Glas und sagte: „Mit Dank für die Zusammenarbeit schließe ich die letzte Sitzung unserer Kommission. Auf Ihr Wohlergehen. Möge unser Baby wachsen und gedeihen."

Alle standen auf. Man prostete sich zu. Vereinzelt klirrten Gläser. Im Vorraum lockte ein üppiges Buffet. In kleinen Gruppen machten sich die Männer dorthin auf den Weg. Der Geräuschpegel stieg, es wurde gelacht.

Turner und Benett blieben zurück. Sie sahen sich an. Der General nickte. „Gute Schlussrede, Jack. Um die eine offene Sache kümmern sich andere. So wie besprochen. Schauen wir mal, was das Offizierscasino aufgefahren hat." Dann ging er.

Benett zündete eine Zigarette an und inhalierte tief. Vierzehn Monate hatte er diesen Job gemacht. Er war zufrieden. Der Auftrag des Finanzministeriums in Washington erfüllt. Keine leichte Arbeit, erledigt größtenteils in einer uninteressanten Stadt und in einem Land, das er kaum kannte, außer der Sprache, und nicht sonderlich schätzte. In zehn Tagen würde er in ein Flugzeug steigen. Den Vertrag für den Vorstandssitz in der Chase National Bank in New York unterschrieb er schon im Frühjahr. Sie stellte ihm den Beginn der Arbeit sogar frei, September oder Oktober. Er würde mit Susann ausspannen können.

Die eine Sache blieb noch. Sie war im ganz kleinen Kreis erörtert worden. Heute sollte sie nicht angesprochen werden. Nicht vor den eigenen Leuten und schon gar nicht vor den Deutschen. Nur ganz wenige wussten bisher davon. Es wurde striktes Stillschweigen vereinbart.

Keine wirklich große Angelegenheit, aber ein Schmutzfleck auf der ganzen Operation. General Clay, der mächtige Militärgoveneur der amerikanischen Zone, hatte es in seiner trocken Art so kommentiert: „Eine Schweinerei, die ich geklärt haben will." Der Chef der Sicherheitsabteilung sollte eine Untersuchung durchführen lassen. Das wurde jetzt eine Aufgabe für die Kriminalisten der Ermittlungseinheit innerhalb der Army.

Denn die Zahlen der Revisionsabteilung ließen keinen Zweifel zu. Bei der Operation Bird Dog waren 20 Millionen des neuen deutschen Geldes verschwunden.

# 5

Durch die zwei hohen Fenster fielen Sonnenstrahlen in Raum 2/44 des IG-Farben-Hauses im Herzen von Frankfurt, dem Sitz der amerikanischen Militärregierung und Hauptquartier ihrer Besatzungsstreitkräfte.

Pünktlich um 9 Uhr fanden sich dort sechs Männer ein, die einander zunickten und dann am rechteckigen Tisch Platz nahmen. Ein Mittfünfziger mit schon leicht ergrauten kurzen Haaren, korrekt gestutztem Schnurrbart und einer braunen Uniform mit Ordensschnalle, ergriff das Wort. Seine Stimme klang ruhig und befehlsgewohnt.

„Wir sitzen hier und werden uns von nun an häufiger sehen, weil die *Public Safety Branch* diesem Kreis eine wichtige Aufgabe übertragen hat. Sie erhalten gleich ein *Briefing* mit allen Fakten. Zunächst sollten wir uns aber einmal bekanntmachen. Gesehen haben manche sich hier im *Farben Building* wohl schon. Oder vielleicht vorgestern, bei den Feiern zum

4. Juli, aber im Haus oder am Unabhängigkeitstag, ist das ja nur flüchtig."

Dann stellte er sich als erster vor. *Colonel* McBride, *Commanding Officer Germany* der *Criminal Investigation Division.*

Dann blickte er nach rechts und die Vorstellung lief weiter. Mayor Robertson, ebenfalls CID. Ein Schwarzhaariger, mit starkem Bartwuchs und Uniformhemd ohne Krawatte. Auch er von der Einheit der Militärermittler der Army.

*First Lieutenant* David Bach. *Counter Intelligence Corps.* Ein jüngerer Mann. Runde Brille, modischer Haarschnitt, vom Nachrichtendienst der Armee.

Agent Powell. *Central Intelligence Agency.* Ein Anzugträger mit weißem Hemd und schwarzer, schmaler Krawatte vom Auslandsgeheimdienst.

Major H.J.Brown, als einziger in kurzem Hemd und mit bemerkenswert muskulösen Unterarmen, vom Zentralkommando Militärpolizei und *US-Constabulary.*

Andrew Wallace, ein Zivilist im Anzug, vom Finanzstab der Militärregierung.

„Schon die Zusammensetzung dieses Teams ...", nahm McBride wieder das Wort,...zeigt, dass wir eine schwierige, aber wichtige Aufgabe, übernommen haben. Das, was sie gleich hören und unsere weitere Arbeit, unterliegen der strengsten Geheimhaltung. Das gilt auch für Mitarbeiter, die sie hinzuziehen. Und es wäre angemessen, diese Soldaten oder Zivilisten nur konkrete Aufgaben erfüllen zu lassen, ohne den Hintergrund jedem zu offenbaren. Mit ihnen kennen nur rund 20 Personen in Deutschland den Fall. Wir sollten diese Zahl nicht unnötig erhöhen. Mr. Wallace, Sie haben das Wort."

Alle Augenpaare wanderten zu dem jugendlich wirkenden Mann um die 30, der Interesse und Spannung der Männer am Tisch noch kurz auskostete, und dann begann.

„*Gentlemen*, ich möchte sie mit der Operation Bird Dog bekannt machen. Der Währungsreform, die jetzt vor 16, ... genau 17 Tagen, durchgeführt wurde. Die Tatsache ist natürlich bekannt. Alle wirtschaftlichen, politischen und juristischen Dinge sind nicht wichtig. Ich konzentriere mich ganz auf die Durchführung."

Er machte noch eine kleine Pause und neigte leicht den Kopf.

„Was ist natürlich mit das wichtigste bei einer Geldreform? Ganz klar: das neue Geld. Diese Aufgabe wurde schon 1947 in Angriff genommen. Der Druck erfolgte in den Staaten, in Spezialdruckereien in Washington und in New York City. Insgesamt wurden Scheine im heutigen Wert der Deutschen Mark von 5,65 Milliarden hergestellt."

Diese Zahl löste erstaunte Gesichter und Rufe aus.

„Sie werden gleich verstehen, dass das volkswirtschaftlich gesehen, gar nicht so viel ist. Es laufen schon Planungen, die Geldmenge weiter zu erhöhen. Doch ich möchte meinen Bericht fortsetzen. Der Gelddruck erfolgte sukzessiv, ebenso die Verschiffung in unsere Seebasis in Bremerhaven. Natürlich unter Legende und gesichert. Es waren rund 23.000 Kisten. Diese wurden von Februar bis April von Bremerhaven nach Frankfurt gebracht. Der nächste sichere Platz für das Geld wurde ein riesiges, und wirklich imposant großes, Kellergewölbe unter der Bank deutscher Länder. Ein gigantischer Tresor."

„Bank deutscher...*was*?" Die Frage kam von Major Brown.

„Ein Art Zentralbank, wie unsere *Federal Reserve*, nur kleiner und noch improvisiert. Im Frühjahr mit unserer Hilfe gegründet. Früher eine Zweigstelle der Reichsbank. Ich setze den Bericht fort. Hier wurden über Monate die Vorarbeiten für die Verteilung des Geldes vorgenommen. Überwiegend von unseren Leuten, unter Mitarbeit von Deutschen aus der Bank. Ein komplizierter Prozess. Bedenken sie, wir mussten die neue Mark überall in den Westen Deutschlands bringen, nicht zu viel, nicht zu wenig, über lange Strecken. Vom Norden bis zum Süden der drei Besatzungszonen sind rund 900 Meilen. Es gab unendliche viele Verteilungsstellen. Jedenfalls, als der 20. Juni als Ausgabetag für die Bevölkerung festgelegt war, ging das Geld mit Army-Lastern auf die Fahrt."

Wallace trank aus seinem Wasserglas.

„Jetzt kam das Geld unter das Volk. Ein kleinerer Teil an die Bevölkerung der Zonen, pro Kopf zunächst 40 Mark. Der größere Teil ging an Unternehmen, Handwerker, freie Berufe, private Banken, die deutsche Verwaltung, ihre Bahn und Post. Auch an die diversen Landeszentralbanken, damit der Kreditmarkt angeschoben werden konnte. In der Finanzwissenschaft nennen wir den Vorgang *fluten*. Sie würden vielleicht sagen, eine Sache in Gang bringen. Das ist gemeint. Bedenken Sie, dass das alte Geld ja am 21. Juni wertlos wurde."

Wallace machte noch eine kleine Pause. Die guten Nachrichten waren vorbei.

„Natürlich gab es ein umfangreiches System von Sicherheit und Kontrolle. Das leuchtet ein. Dazu gehörte eine Revision anhand von Transportlisten, und auch Listen von Abgabe und Erhalt bei den verschiedenen Endstellen. Also grob gesagt, ob überall alles angekommen ist. Das diente als Grundlage. Die *Fiscal Control Section* arbeitete hart. Diese Überprüfungen fanden jetzt zweimal statt. Das Ergebnis ist überwiegend korrekt. Aber nicht zu 100 Prozent. Wir gehen von einer korrekten Zahl der bewegten Geldkisten aus, ihr Inhalt wurde aber – so sieht die Finanzabteilung es – manipuliert. Gerade heraus: Es sind 20 Millionen verschwunden. Wo, wie, wann…deshalb sitzen wir hier."

Für einen Moment herrschte Schweigen. Robertson öffnete eines der Fenster, Rauch zog ab, etwas Frischluft gelangte in den sehr warm gewordenen Raum.

Die erste Frage in der Runde lautete, wessen Geld ist das? Unsere Regierung hat es doch wohl verschenkt und eine deutsche Regierung gibt es gar nicht. Wallace meinte, rechtlich sei das umstritten. Anderen ging es nur um das Prinzip. Unsere Operation, unser Geld.

Für Brown von der Militärpolizei war es doch „relativ wenig" Geld, bei der eben gehörten Großenordnung. Powers von der CIA erwiderte ihm. „Genau genommen unter 0,3 Prozent, Mayor. Offenbar wenig. Aber als Sabotageaktion der Sowjets oder ihrer deutschen Hilfstruppen, 20 Millionen für eine rote Kriegskasse im Westen, das wäre ein Alarmsignal."

Viele nickten, als Robertson von der sehr kleinen Nadel in einem sehr großen Heuhaufen sprach. Das Motiv schien klar. Vermutungen gingen um die Möglichkeit für einen solchen Coup und den Ort, wo er stattfand. Oder mehrere Orte? Einer allein oder eine Bande? Lang geplant oder die günstige Gelegenheit genutzt?

McBride ließ die Männer einige Zeit gewähren. Wie Hunde, die erst einmal Witterung aufnehmen müssen. Dann sagte er: „Der Chef der Sicherheitsabteilung gibt uns freie Hand. Die Militärregierung setzt Vertrauen in unsere Arbeit und weiß um ihre Größe, etwas pathetisch gesagt. Für uns sind drei Dinge wichtig."

Er machte eine Pause.

„Erstens sollen wir das Verbrechen aufklären und das Geld zurückholen. Für wen auch immer. Es handelt sich um einen schweren Affront gegen die Besatzungsmächte. Zweitens muss geklärt werden, ob unsere eigenen Hände sauber sind. An der Operation waren bekanntlich Offiziere und Soldaten in unserer Uniform beteiligt, auch amerikanische Zivilisten. Und wir reden nicht von massivem Zigarettenverkauf auf dem Schwarzmarkt, das ist dagegen eine Lappalie. Drittens gibt es eine politische Seite. Von der Möglichkeit eines subversiven Aktes durch die Russen war schon die Rede. Wir brauchen auch Klarheit, ob es sich um den Beginn eine Art Sabotage unserer gesamten Planungen für Deutschland handelt, von welcher Seite auch immer."

Ein Soldat betrat den Raum und meldete, dass zwei deutsche Kriminalpolizisten erschienen sind. Er erhielt den Befehl, sie sollen warten.

McBride setzte seine Rede fort. „Hier wurde schon darauf hingewiesen, dass 20 Millionen bei der Masse des neuen Geldes wenig sind. Das stimmt. Etwas Schwund, Geld als Souvenirs, da wäre wohl ein Auge zugedrückt worden. Aber hier haben wir es mit etwas zu tun, das stinkt nach organisiertem Verbrechen und nicht nach Schlendrian. 20 Millionen sind auch eine obszöne Größenordnung, wenn man daran denkt, dass es hunderte kleiner deutscher Städte gibt, in denen die Menschen, alle zusammen, weniger Geld bekommen haben. Das Bekanntwerden wäre psychologisch verheerend. Es würde einen Schatten werfen. So wird es ganz oben gesehen. Deshalb auch die strikte Geheimhaltung."

Die Diskussion ging weiter. Fakten mussten beschafft und verifiziert werden. Als Ansatz kristallisierte sich heraus, erst einmal der Spur des Geldes zu folgen.

McBride würde das FBI um einen Bericht zu Druck, Lagerung und Versand der Banknoten in den USA bitten. Robertson und Bach recherchierten in Bremerhaven und bei der Deutsche Bank. Major Brown überprüfte die Transporte des Geldes auf besondere Vorkommnisse – auch in den anderen Zonen. Die CIA kümmerte sich um die Russen und subversive Kreise in den Westzonen. Wallace erhielt den Auftrag, das Verschwinden des Geldes näher zu klären.

Für die Schieber- und Schwarzmarktszene würden deutsche Polizisten herangezogen.

Die nächste Sitzung sollte am 20. Juli stattfinden. Es herrschte eine positive Aufbruchstimmung. Bis auf McBride und Bach gingen die anderen Teilnehmer.

„Was für *Krauts* haben Sie ausgewählt?", fragte der Colonel. Bach erwiderte: „Ich wollte zwei erfahrene Kriminalisten mit guten Englischkenntnissen. Für alle Fälle. Bekommen habe ich einen ziemlich jungen, der unsere Sprache ordentlich spricht und in den Staaten war. Und einen älteren Beamten, der über *hello* nicht hinauskommt, aber als erstklassiger Ermittler gilt. Ein Team, das sich ergänzen kann. Ihre Fragebögen sind soweit sauber."

McBride nickte zustimmend.

Die Auswahl fand vor zwei Tagen statt, im Büro des Vizepräsidenten der Frankfurter Polizei. Unter Vermittlung des amerikanischen Verbindungsoffiziers im Präsidium bekam Bach zuvor etliche Personalakten ausgehändigt. Der Stapel mit Sprachkenntnissen blieb klein. Über qualifizierte Ermittler schien Frankfurt aber in größerem Maße zu verfügen. Er las einige Akten, befragte auch den Direktor der Kriminalabteilung, und traf seine Entscheidung.

Nach dem Mittagessen ließ Bach die Beamten Küster und Rau kommen. Der Jüngere mit Neugier und leichter Nervosität, weil er noch nie dem Vize und einem Besatzungsoffizier gegenüber stand. Der Ältere äußerlich ruhig, aber auch auf dem Sprung, für alle Fälle. Beide wunderten sich, von dem Amerikaner in ihrer Sprache, mit leicht norddeutscher Färbung angesprochen zu werden. Er stellte einige Fragen zu Dienstzeiten und der gegenwärtigen Tätigkeit, wechselte dann in die englische Sprache und bekam von Rau einige Sätze zurück.

Dann sprach Bach in einen lässigen Befehlston. Beide sollten sich zur Verfügung halten, für einen Spezialauftrag der Militärregierung, keine große Sache und zeitlich begrenzt. Er gab Ort und Uhrzeit vor, wann und wo sie sich, für weitere Instruktionen, einzufinden hatten.

Dann folgte der Vizepräsident. „Meine Herren, sie vertreten die Frankfurter Polizei in dieser Sache. Ich erwarte Einsatz und Pflichterfüllung. Sie arbeiten bis Auftragserledigung zusammen in K3. Ihre Vorgesetzten wurden unterrichtet. Diese Arbeit geht ihren sonstigen Aufgaben vor. Machen sie sich bekannt. Sie können dann gehen."

Auf dem Gang vor der Tür streckte der Jüngere seine Hand aus. „Bernhard Rau, Kommissariat 1, die kleinen Fälle." Der Ältere schlug ein. „Küster. K3".

„Ich weiß, Tötungsdelikte. Sie haben den Mord vor dem DP-Lager aufgeklärt, den Mörder mit der Geige gefasst, den Gattenmord in der Zahnarztfamilie und …"

„*Marjellchen. Marjellchen*, will ich Beifall, wäre ich zum Zirkus gegangen."

Küsters Gesichtsausdruck blieb die ganze Zeit ernst. „Was ist das für ein Auftrag, hat der Ami was dazu auf Englisch gesagt?"

Rau schüttelte den Kopf. „Nein, er fragte nur, ob ich die Unterhaltung auch auf Englisch führen könnte. Das habe ich bestätigt."

Sie gingen bis zur Treppe. Mit freudig-erregter Stimme fragte Rau: „Was glauben Sie, was auf uns zukommt. Ein gemischter Fall. Deutsches Opfer, amerikanischer Verdächtiger oder umgekehrt?"

„Die haben eigene Ermittler, ist einer von ihnen beteiligt, sind uns die Hände gebunden. Vor drei, vier Monaten war es so – die junge Frau, die den Soldaten erstochen hatte."

„Oder ein großer Fall, bei dem die Amerikaner nicht weiter kommen?" Küster seufzte innerlich und dachte, wenn sie wirklich Hilfe brauchen, was unwahrscheinlich war, warum dann von einem beflissenen Grünschnabel wie dir. Er sagte aber: „Übermorgen werden wir es wissen. Holen Sie ihre Sachen und melden sich dann im Raum der A-Gruppe von K3."

Zwei Tage später machten sich die beiden Polizisten zu Fuß auf den Weg in das amerikanische Hauptquartier.

Das IG-Farbenhaus war ursprünglich ein moderner Büropalast, den sich der große Chemiekonzern vor 20 Jahre hatte errichten lassen. Sechs Flügel, neun Etagen, eine riesige Fensterfassade. Dahinter lag der Grüneburg-Park, daneben der Palmgarten. Das Großunternehmen war nach 1945 zerschlagen worden, viele seiner Führungskräfte standen wegen Kriegsverbrechen vor alliierten Gerichten, wegen Rüstung, Giftgas und der Ausbeutung von Zwangsarbeitern.

Das Gebäude aber stand. Es war vollständig unversehrt geblieben, trotz der großen Bombenschäden an anderen Orten der Stadt. Darüber gab es viele Gerüchte. Manche sagten, Eisenhower hätte es sich schon vor Kriegsende als seinen Sitz in Deutschland ausgewählt und der Wunsch des Oberbefehlshabers schützte vor Bomben. Andere wussten, dass sich in der Nähe ein Kriegsgefangenenlager mit abgeschossenen amerikanischen Piloten befand, die nicht in Gefahr gebracht werden sollten. Jetzt beherbergte es hunderte Soldaten und Zivilisten, die für die Besatzungsverwaltung arbeiteten. Das Militär schaffte Platz und verlegte sein Hauptquartier vor kurzem nach Heidelberg.

Bis vor wenigen Tagen waren das Gebäude und die weitere Umgebung mit den Parks, Versorgungseinrichtungen und den Wohnungen für amerikanische Offiziere, militärisches Sperrgebiet gewesen. Das *Goldene Getto* im Volksmund. Dann fiel der Stacheldraht, die Posten zogen sich zurück und auch Deutsche durften das Areal wieder betreten.

Küster und Rau gingen von der Bremer Straße auf die Fürstenberger Straße und bogen dann zum Haupteingang ab. Dort standen Posten, die kurz in ihre Ausweise blickten und sich von Rau den Grund des Besuchs erklären ließen. Das Eingangsportal war imposant und überdacht, über eine große Treppe zwischen zwei Säulen erreichten sie die Einganstür und dahinter die große lichtdurchflutete Halle.

An der Anmeldung saßen zwei Soldaten, ein weißer und ein schwarzer. Beide Polizisten zeigten Ausweis und Dienstmarke. Rau übernahm das Reden. Aus einem Raum hinter der Anmeldung trat ein weiterer Soldat und forderte sie mit einer Kopfbewegung auf, mitzukommen. Sie stiegen die große Treppe hinauf in den zweiten Stock.

Ihr Begleiter betrat einen Raum mit der Nummer 44 und kam kurz darauf zurück. Wait, verstand auch Küster. Der Soldat blieb. Es gab nichts zum Hinsetzen. Rau blickte aus den großen Fenstern in das Grün des Parks. Küster musterte den Marmorfußboden und die Weitläufigkeit des Gebäudes. Es herrschte Stille. Selbst sein altes Präsidium in Berlin am Alex wirkte dagegen klein.

Sie warteten eine ganze Weile. Dann verließen Männer den Raum und der Soldat führte sie hinein.

Den jungen Offizier kannten sie schon. An der Stirnseite des Tisches saß ein älterer Offizier, der sie stumm musterte. Sie wurden aufgefordert sich vorzustellen.

Kriminalhauptmeister Küster.

Kriminalassistent Rau.

Dann durften sie sich setzen. Auf Deutsch wurde ihr Auftrag von Bach umrissen. Die Militärregierung wollte sich ein Bild über die Reaktion auf die Währungsreform machen. Dazu gehörte auch eine erste Übersicht, wie die großen Schwarzmarkthändler reagierten. Sie sollten das Wissen über diesen Kreis im Raum Frankfurt zusammentragen, im

Hinblick auf Großkäufe mit dem neuen Geld und alle sonstigen Unregelmäßigkeiten und Auffälligkeiten. Ob von diesem Kreis erheblich mehr Geld in Umlauf gebracht wurde, als nach der Zuteilung von 40 Mark möglich ist.

„Arbeiten Sie mit dem Dezernat zusammen, das bisher für die Schwarzmarktbekämpfung zuständig war. Ich erwarte ihren Bericht, schriftlich, deutsch, innerhalb von 10 bis 12 Tagen. Sie berichten mir und erhalten für alle Fälle meine Telefonnummer hier im *Farben Building*. Noch Fragen?"

Von Küster kam eine kurze Verneinung. Rau sagte: „Nein, Herr Oberleutnant."

Bach schob den Polizisten einen Zettel zu. „Am Mittwoch um 11 Uhr brauche ich sie außerdem noch als eine Art Eskorte. Wir werden eine Bank besuchen. Näheres steht auch auf dieser Notiz."

Dann wurden sie mit einer Handbewegung entlassen. Der Soldat wartete vor der Tür und geleitete sie zum Ausgang.

Auf dem Weg zurück sprudelte ein Redeschwall aus Rau. „Schwarzmarktbekämpfung, das war konzentriert in K2, oder? Jetzt sind die Kollegen doch in andere Dezernate verteilt. Wo wird viel Geld auf einen Schlag umgesetzt? Juwelen, Pelzmäntel, Autos werden doch sogar schon angeboten. Nur 10 Tage, diktieren und abtippen, wird die Zeit reichen?"

Küster schwieg zunächst und antwortete dann ruhig. „Wir machen gleich einen Plan." Er lockerte seine Krawatte, die Julisonne schien heiß. Aus der Tasche der Anzugjacke holte er eine der drei Zigarren, die er sich täglich gönnte, blieb zum Anzünden stehen und paffte den ersten Rauch aus.

Irgendetwas stimmte bei den Amerikanern nicht. Was sollten das für Unregelmäßigkeiten sein?

# 6

Nach einigen Stunden – und ohne Vorwarnung – setzte der Motor des Jeeps aus. Er rollte nur noch einige Meter. Sie standen im Nirgendwo. Fast unter einem Baum am Straßenrand und umgeben von grünen Weiden, mit breiten Gräben dazwischen.

„Haben wir ein Problem, Ben?" Wollte Mayor Anderson von der hinteren Sitzbank wissen. „Hoffe nicht, Sir. 206 hat so seine Macken, die ich ihm aber immer austreibe." Der Fahrer stieg aus, öffnete die Motorhaube, holte von hinten einen Werkzeugkasten und begann seine Arbeit.

„Komisches Land, dieses Deutschland", meinte Anderson, „auf Meilen kein Mensch, kein Haus, grüne Wiesen, kein Vieh, aber ein Blick bis zum Horizont."

„Hier ist es sehr ländlich, Norddeutschland, wenig besiedelt, dicht am Meer, deshalb die Gräben zur Entwässerung. Kühe oder Schafe haben die Farmer lieber nahe bei ihren Höfen. Sehr begehrtes Fleisch heutzutage", antworte David Bach. „Wir müssten bald ankommen. Wenn wir denn ankommen."

Der Fahrer schloss die Haube, streichelte leicht deren rechte Seite, auf die 206-S-2470 aufgemalt war, verstaute die Kiste vor dem Beifahrersitz und startete. Der Motor heulte einmal auf und es ging weiter. „Die Kontakte", rief er zur hinteren Sitzreihe.

Ihre Fahrt nach Nordwesten begann früh, noch in der Kühle des Morgens. Dann wurde es schnell warm. Beide Offiziere genossen den Fahrtwind, trugen Sonnenbrillen und öffneten ihre leichten Army-Blousons. Sie kannten sich vorher nicht und begannen mit Herkunft und den Stationen der Militärzeit. Anderson hatte überraschend eine sofortige Abkommandierung in den Stab des CID nach Berlin bekommen. In das Schwarze der Zielscheibe, wenn Blockade und Luftbrücke zu einem kriegerischen Zusammenstoß führen, wie er mit Galgenhumor meinte.

Anderson berichtete von interessanten Fällen des CID, der Kriminalpolizei innerhalb der Armee. Bach erzählte einige Episoden aus seinen Jahren beim Army-Nachrichtendienst und fragte nach Colonel McBride, mit dem er jetzt wohl häufiger zu tun haben würde. Ein umgänglicher Vorgesetzter, wurde geantwortet, der Loyalität und schnelle Auffassungsgabe schätzt. Eine private Essenseinladung sei ein wichtiger Test, ergänzte Anderson. Besser keine liberalen Auffassungen äußern, aber eine Zuneigung zu Zigarren und Bourbon zeigen.

Sie hatten Proviant auf dem Beifahrersitz verstaut und kamen auf Musik zu sprechen. Bach pries den *Eagle-Club* in Wiesbaden Dann ging es um die Sekretärinnen aus dem Hauptquartier. Bachs Interesse für das Theater teilte der Mayor aber ganz und gar nicht.

In Bremerhaven gab es unzerstörte Viertel, aber auch Straßenzüge aus Ruinen. Viele Schilder mit Pfeilen und der Aufschrift *Mayor Port B`haven* wiesen den Fahrern den Weg zum einzigen amerikanischen Seehafen an der Nordsee, der in der englischen Besatzungszone lag. Über eine Straße, in deren Mitte Bahnschienen verlegt waren, gelangten sie zu einem Posten mit Schlagbaum und dem Sternenbanner auf einem Fahnenmast. Daneben ein großes Schild. *Mayor Port Bremerhaven Columbuskaje.*

Der Jeep fuhr langsam geradeaus und bog dann nach links. An der weitläufigen Kaianlage lagen zahlreiche Schiffe. Eine geschäftige Atmosphäre. LKWs, in die Kisten und Säcke getragen wurden. Große Kräne, die langsam Netze mit vielen Kisten aus dem Schiffsinneren vor großen Lastzügen oder bereitstehenden Bahnwaggons vorsichtig absetzten. Soldaten, die Lasten trugen, die Kranführer einwiesen, umhergingen, auf Motorrädern vorbeifuhren oder

Befehle erteilten. Sie stoppten vor einem flachen Steinbau, an dem *Port Authority* stand.

Hinter der Tür herrschte Hektik. An mehreren Tischen standen Uniformierte und redeten, über große Pläne aus Papier gebeugt. Schreibmaschinen klapperten, ein Telefon schellte. Soldaten brachten oder holten sich Papiere ab.

Niemand nahm zunächst von Anderson und Bach Notiz. Dann sprach sie ein *Petty Officer* an und brachte beide zu Mayor Godell. Dieser blickte von den Unterlagen auf seinem kleinen Schreibtisch auf, salutierte lässig ohne aufzustehen und bat um zwei Minuten. Die nutzte er, um zwei Listen abzuzeichnen, einen Unteroffizier aufzufordern, notfalls die Peitsche einzusetzen, damit sein Entladen bis zwei Uhr abgeschlossen wird, und einen Befehl an den Nachbartisch zu schreien.

Dann ging er auf die Besucher zu. „Tut mir leid, seitdem die gottverdammten Russen Berlin als Geisel halten, haben wir deutlich mehr zu tun. Was die *Airforce* zu den Berlinern fliegt, muss ja erstmal im Land sein. Und es wird noch schlimmer, wenn Präsident Truman dem Spuk kein Ende macht. Deshalb in Ruhe ein neuer Versuch. Mayor Frank Godell, US-Army, 1. Ladeoffizier." Sie schüttelten sich die Hände. „Wie kann ich dem CID helfen. Am Telefon wurde mir das nicht so klar. Die Unterlagen habe ich aber raussuchen lassen."

Anderson bat um ein stilles Plätzchen. Der Mayor holte daraufhin Papiere aus seiner Schreibtischschublade, organisierte drei Becher Kaffee, ließ drei Stühle vor die Tür bringen und alle gingen nach draußen. Dort gab es Sonne und leichten Seewind. Godell trug am Oberarm einen Adler als Tätowierung und stopfte eine Pfeife.

„Bird Dog", gab Anderson dann das Stichwort. Der Mayor sollte erzählen, sie würden Fragen stellen.

Mitte, Ende Januar wurde Godell in das Hauptquartier bestellt. Es ging um die Abwicklung einer sehr wichtigen Ladung, verdeckte Sendungen mit dem Code Bird Dog. Ihm wurde dafür die alleinige Verantwortung in Bremerhaven erteilt. Die Vorgaben lauteten: absolute Priorität bei der Abfertigung, keine Zwischenlagerung im Port, nur Eisenbahntransport mit verstärkter Bewachung. So wurde es auch durchgeführt.

„Sie kannten den Inhalt nicht?", wollte Anderson wissen.

„Nein. Befehl ist Befehl, die Army schätzt keine Fragen. Die Tarnung war nicht besonders gut. Zielhafen Barcelona via Bremerhaven. Der Inhalt wurde mit *Türgriffen* deklariert, natürlich beides Unsinn."

„Und ihre Männer?", fragte Bach.

„Die Hauptlisten bekommt nur der Verladeoffizier in die Hand. Die Lademeister erhalten schriftliche Befehle, was raus muss, wohin es soll, und, ob wir per Zug oder per LKW verladen. Und unsere Leute sehen nur Kisten oder Säcke. Harter Job. Denen ist egal, ob sie Waffen, Rindfleischdosen oder Zahnstocher bewegen müssen. Dürfen Sie sagen, was es tatsächlich war?"

Bird Dog war das neue Geld für die Deutschen. Godell blies Rauch aus der Pfeife und nickte nur.

Für die Schilderung des weiteren Ablaufs nahm er seine Unterlagen in Anspruch. Es trafen insgesamt vier Ladungen ein, zwischen dem 2. Februar und dem 16. April. Mit USS Taylor, USS Bucker, USS Darby und USS Bundy, immer gemischt mit anderen Gütern. Insgesamt 22.895 Kisten. Sie wurden wie befohlen weitergeleitet, in 6 Güterzügen, in einem Fall nicht als einzige Ladung.

„Gab es Auffälligkeiten, Probleme beim Transport", wollte Anderson wissen.

„Nein, es wurde nichts gemeldet. Unsere Züge fahren ohne Halt durch. Bewaffnet mitzufahren gilt bei den Soldaten als ruhiger Posten. Die Zeit der Postkutschenüberfälle ist vorbei. Obwohl ja große Werte, für diese Zeit und dieses Land, bewegt werden. Nicht gerade Geld, aber alles andere. Mit allem Respekt", – er schlug seine Pfeife aus – „ihr CID-Schnüffler wisst doch auch, wo Eigentum der Army verschwindet. Bei den Fahrern vor Ort, den Packern, den Depotverwaltern und in den Basen der Versorgungseinheiten. Man hört so einiges."

Anderson wusste, dass die Army-Ermittler nicht sehr beliebt waren, ließ es aber durchgehen. Er fragte nur, ob also alle Kisten die Basis verlassen haben und in Frankfurt angekommen sind. Godell bejahte. Gab es zerbrochene Kisten, Ausfälle? Godell studierte kurz seine Unterlagen und verneinte.

„Können wir die Unterlagen mitnehmen, es geht um eine Revision der Gesamtoperation."

„Natürlich. Es waren auch schon Korinthenkacker in Anzügen hier, die haben sich Zahlen abgeschrieben und so ähnlich gefragt, aber nicht im Detail."

Der Mayor schlug dann eine freundliche Tonart an. Zurück nach Frankfurt sei ja eine stundenlange Fahrt. Er bot einen Sommerabend im Hafen an, es gäbe eine Kantine mit ordentlichem Essen und guten Getränken. Auf der USS Saratoga, einem Truppentransporter, könnte er zur Übernachtung Offizierskabinen anbieten, mit Frühstück in der Messe.

Es wurde höflich abgelehnt. Der eine hatte einen Marschbefehl nach Berlin, der andere schon morgen Vormittag einen Termin in Frankfurt. Bach sagte aber, dass er im Oktober wieder käme, dann ginge sein Schiff zurück. Sie tranken die Kaffeebecher aus.

206 stand vor einem Rundbau nahe am Eingang. Der Fahrer trank Kaffee in der Kantine und kaufte mehrere Stücke Kuchen, die er in sein Taschentuch wickelte. Der Jeep startete sofort.

Türgriffe, lachte Anderson beim Verlassen des Hafens, wer denkt sich so was aus.

# 7

Kriminalassistent Rau blicke fasziniert auf die blankpolierte Schönheit im Sonnenlicht. Ein Mercedes 170V. Im Bereich der Auffahrt stand auch ein großer schwarzer Opel, an dem ein Mann in einer Fahreruniform lehnte. Sonst war der Platz vor dem Eingang mit den hohen Säulen leer. Er und Küster erreichten die Taunusanlage schon fast eine Viertelstunde vor der aufgegebenen Zeit und warteten. Dann bog ein Jeep mit schneidiger Geschwindigkeit von der Straße ab und kam auf ihrer Höhe zu stehen.

Lieutenant Bach trug heute eine Uniform mit Krawatte und Mütze. Statt eines Grußes fragte er nach der Uhrzeit. „11 Uhr 3", antwortete Rau nach einem kurzen Blick auf sein Handgelenk. „Dann lassen wir Herrn von Klemm noch etwas warten." Er steckte sich eine Zigarette an. Sein Fahrer rauchte am geparkten Jeep ebenfalls.

„Dies ist eine Bank, meine Herren. Die Bank deutscher Länder. Im Zuge einer Revision nach der Währungsreform werde ich mir die damaligen Sicherheitsvorkehrungen erläutern lassen. Denn hier war das Herz des Ganzen, der Ort, wo ihr schönes neues Geld gelagert worden ist. Ein Routineeinsatz. Von ihnen will ich, dass sie Augen und Ohren offen halten, ob es etwas Bemerkenswertes oder Ungewöhnliches gegeben hat. Fragen an Mitarbeiter sind erlaubt und erwünscht. Sind sie mit ihrem eigenen Bericht schon voran gekommen?"

„Wir treffen uns morgen mit einem erfahrenen Kollegen", antwortete Rau unsicher. „Die Arbeiten haben begonnen. Wir berichten fristgerecht", ergänzte Küster mit fester Stimme.

Dann betraten sie das große Gebäude aus grauem Stein. In der Vorhalle führte eine Treppe nach oben und eine nach unten. Rechter Hand fuhr ein Paternoster. In der Mitte stand ein großgewachsener Mann, in einem gut geschnittenen dunkelgrauen Anzug, mit leichten Anzeichen von Nervosität. Er ging auf Bach zu, nahm Haltung an und begrüßte den Offizier mit Handschlag. Die Kriminalbeamten erhielten ein Kopfnicken plus abschätzenden Blick. Herr von Klemm, Leiter der Verwaltungsabteilung dieses Hauses.

Bach knüpfte an ihr Telefonat an. Es ginge um den Abschlussbericht der Militärregierung zur Einführung der Deutschen Mark, um den Ablauf und das Sicherheitssystem vor dem Tag X. „Wir stehen Ihnen mit allen Auskünften zur Verfügung, Herr Offizier. Im Anschluss würde der zuständige Direktor Sie gerne zu einem Gespräch empfangen. Darf ich bitten."

Von Klemm führte sie zur Treppe nach unten. Sie bogen nach rechts auf einen langen, fensterlosen Gang mit spärlichem Oberlicht und erreichten eine breite und massive Tür aus Stahl. Davor stand ein Schreibtisch und der Mann dahinter stand auf. „Ganz nach Vorschrift", sagte von Klemm leutselig, „tragen Sie mich ein, Herrn US-Offizier Bach und…". Küster und Rau nannten ihre Namen. „Meine deutschen Mitarbeiter, von der Frankfurter Kriminalpolizei", ergänzte Bach. Mit einem großen Schlüssel mit markantem Bart wurde die Doppeltür vom Abteilungsleiter geöffnet und aufgehalten.

Ein eigenartiger Geruch schlug allen entgegen. Dann gingen nach und nach Deckenlampen an und das Ausmaß des Ortes wurde sichtbar. Ein ungeteilter Raum von großen Dimensionen. Überall Gänge, umrandet von Stahlregalen bis zur Decke und beschriftet mit Buchstaben und Ziffern. Sie endeten an der gegenüberliegenden Wand. „Unser Gewölbe, die Schatzkammer, wenn auch heute leer, bis auf erste Devisenbestände." Von Klemm sprach mit Stolz in der Stimme. Die Frage nach einem Notausgang wurde weggelächelt. Das würde dem Zweck einer zentralen Tresoranlage doch stark zuwider laufen.

Dann erklärte von Klemm auf Wunsch den Ablauf der Geldreform. Anfang Februar erreichten die ersten Kisten die Bank, wurden erfasst, danach erste Bedarfslisten für den späteren Umtausch erstellt. Nach und nach füllte sich das Gewölbe. Anhand der Bedarfslisten konnten jetzt Kisten einzelnen Orten und Institutionen zugeordnet werden. Was kommt für die Bevölkerung nach Dortmund oder Flensburg, was geht an die Sparkasse X, das Unternehmen Y oder die Landeszentralbank Z. Als letztes wurden Listen für die Transporte erstellt.

„Das Geld wurde nicht...gemischt, abgezählt", fragte Bach ungläubig.

Der Abteilungsleiter lachte fast. „Entschuldigen Sie bitte. Die Frage ist natürlich verständlich. Die Verteilung wurde intensiv besprochen, wir – und die amerikanische Seite – hatten ja keine praktischen Erfahrungen. Die Kisten wurden im Prinzip nicht geöffnet. Sie hatten außen einen Aufdruck, welche Scheine enthalten sind. Es gab Probezählungen und damit wurde gearbeitet. Eine Kiste mit 5-Mark-Scheinen entsprach 622.000 Mark, beispielsweise. Die kleinen Stückelungen gingen an die Volksumtauschstellen. Was sollten dort fünfzig Mark Scheine. Die Leute erhielten ja nur 40 Mark und konnten nicht herausgeben. Betriebe, Verwaltungen und die Kreditwirtschaft konnten aber mit größeren Scheinen operieren. Es wurde also bedarfsgerecht verteilt. Am Ende gingen alle empfangenen Kisten zum Abtransport raus. Da war das Gewölbe leer, wie sie es jetzt sehen."

Bach nickte, etwas verwirrt. Alles rein, alles bedarfsgerecht raus. Er würde bei Wallace von der Finanzabteilung noch einmal nachfragen. Dann erkundigte er sich nach dem Zugang zum Gewölbe und ging zum Ausgang.

„Schlüssel gibt es insgesamt vier. Schlüsselträger sind der Präsident, ein Mitglied des Direktoriums, der Leiter der Geldabteilung und meine Wenigkeit", erklärte von Klemm und schloss die Tresortür wieder ab. „Der Zugang ist nur in Begleitung eines Schlüsselträgers möglich. Die Schlüssel dürfen die Bank nicht verlassen. Sie werden in einem separaten Tresor in der Direktoriumsetage am Tagesende eingeschlossen. Das Herausholen ist nur nach dem 4-Augen-Prinzip möglich. Also jedes Mal durch zwei Herren aus diesem Kreis, von denen jeder nur eine Hälfte der Kombination kennt."

Bach, Rau und Küster wurden vor den Schreibtisch gebeten. „Ich darf Sie noch mit unserem Torbuch bekannt machen." Von Klemm ließ sich ein dickes Journal reichen. „Grundsätzlich immer wird vermerkt, wer, wie lange und zu welchem Zweck, das Gewölbe betreten hat. Es dient der Kontrolle. Sehen Sie, unsere Namen und die Zeiten. Als Grund können sie Revision eintragen", wies er den Mann hinter dem Tisch an. Dann gingen sie in Richtung Treppe.

Bach erkundigte sich nach den Bankmitarbeitern, die das Gewölbe für die Verteilung über die Monate betreten hatten. Etwa ein Dutzend von 190, rund 95 Prozent kamen nie in diesen Bereich, lautete die Antwort. Von amerikanischer Seite war die Zahl etwa gleich hoch.

Als sie das Foyer wieder erreichten, informierte von Klemm noch über weitere Sicherheitsmaßnahmen. Er zeigte auf den jetzt unbesetzten Eingang. Dort fanden nach dem Eintreffen des ersten Geldes, bis zu den Verladetagen, Taschenkontrollen für alle beim Verlassen des Hauses statt.

Ausgeführt von wechselnden Mitarbeitern der Verwaltung und der Pförtnerei, bei Anwesenheit von Amerikanern auch durch die Militärpolizei. Zudem gab es außen eine 24-Stunden-Bewachung durch deutschen Polizisten. „Unser Konzept, mit amerikanischem OK."

„Wussten alle Mitarbeiter also von dem Schatz im Gewölbe?", wollte Bach noch wissen.

„Das Direktorium hat es offiziell nicht bekannt gegeben. Die Umstände aber, da ist sicherlich einiges durchgesickert. Auf die Verschwiegenheit und Loyalität unserer Mitarbeiter ist aber Verlass gewesen. Da sind wir sicher."

Von Klemm bat dann die Herren, ihm in den Direktionsbereich zu folgen. Bach wies Rau an, sich bei den Männern am Empfang nach möglichen Auffälligkeiten in den letzten Monaten zu erkundigen. Küster sollte ihn nach oben begleiten.

Ihr Ziel lag im 3. Stock. Sie passierten ein Vorzimmer mit einer lächelnden Sekretärin, die überflüssiger Weise darauf hinwies, dass der Herr Direktor sie erwartet, und traten dann ein.

Küster befand sich in einem Raum von der Größe des Wohnzimmers einer gutbürgerlichen Familie. Eine Fensterfront mit braunen Vorhängen, die eine Wand getäfelt, an der anderen ein Bücherregal. Davor ein massiver Schreibtisch, Papiere, Schreibutensilien, ein Eingangskorb und ein eigenes Telefon. Davor zwei Ledersessel und etwas abseits ein Besprechungstisch, auf dem Tassen und eine Kaffeekanne standen. Dahinter hing ein Landschaftsbild. Der Direktor war gut fünfzig, markantes Gesicht mit einem kleinen Schmiss, ein nobler Anzug in dunkelblau mit Einstecktaschentuch.

Küsters Begrüßung fiel kurz aus. Ein kräftiger Händedruck eines Mannes mit Einfluss. Mit „Hackbart" stellte er sich vor. Man setzte sich, es wurde zur Selbstbedienung aufgefordert. Weißes Geschirr mit goldenem Rand, Zuckerdose und Milchkännchen. Küster roch echten Bohnenkaffee. Als einziger ohne Uniform und Maßanzug, wollte er aber nicht beginnen.

„Können wir Ihnen und der Militärregierung mit Auskünften oder Unterlagen noch behilflich sein, *Lieutenant*?", begann der Direktor die Unterhaltung.

„Wir arbeiten an einem Bericht für ganz oben, zur organisatorischen Abwicklung der erfolgreichen Währungsreform. Herr von Klemm hat uns bereits ausreichend unterrichtet und herumgeführt. Auch in das Gewölbe, das wirklich beeindruckend ist."

„Ich versichere Ihnen, der Zentraltresor unter der alten Reichsbank in Berlin war noch um ein Vielfaches geräumiger und enthielt viel Gold, wenn auch nicht so viel wie in Fort Knox", plauderte Hackbart. In früheren Jahren war er in der Bankzentrale tätig gewesen.

Küster verspürte Glück. Bach schenkte sich aus der Kanne ein, dann auch von Klemm. Nun war die Reihe an ihm, er nahm reichlich Zucker.

Bach fragte nach den künftigen Aufgaben der Bank. Nach der „Feuerprobe" des neuen Geldes, erklärte der Direktor, begann jetzt das Tagesgeschäft. Aufgaben bei der Abwicklung des Außenhandels, die Frage von Devisen und Konvertierbarkeit der neuen Mark, Präsident Vocke sei deswegen auf Dienstreise in der Schweiz, der interzonale Zahlungsverkehr, geldpolitische Maßnahmen waren auch zu treffen. Kurzfristig müsse auch der Geldumlauf erhöht werden, der Kreditbedarf steige enorm.

Küster verstand nichts, seine Tasse war leer, ein süßlicher Geschmack im Mund. Er goss sich noch eine ein.

„Ich möchte sie aber nicht langweilen, meine Herren." Hackbarts Bemerkung durfte als Beendigung der Audienz verstanden werden. Küster trank aus. Auch ihm wurde erneut die Hand geschüttelt. Von Klemm begleitete sie nach unten.

Dort meldete Rau nur, dass nichts Besonderes passiert war. Die Pförtner hatten die Zeit vor der Währungsreform aber als unangenehm hektisch erlebt. Vom neuen Geld wussten sie. Man hatte sie zu striktem Stillschweigen verdonnert.

Draußen ließ der Fahrer den Jeep aufheulen.

Rau dachte an die großen Gebäude, die er in den letzten Tagen von innen kennengelernt hatte. Von ihnen konnte etwas Gutes ausgehen.

Küster dachte an Protz in diesem geschundenen Land. Respekt hatte er dafür, dass der junge Amerikaner taktisches Wartenlassen gezielt einsetzte, um jemanden zu verunsichern. So machte er es auch immer – mit Zeugen und Verdächtigen.

Bach dachte an Schlüsselträger, das 4-Augen-Prinzip, Torbücher, Taschenkontrollen und Posten rund um die Uhr. Deutsche Gründlichkeit, die diesmal für etwas Sinnvolles eingesetzt wurde.

Lässig grüßend setzte er sich in den Jeep.

# 8

Wer den Fahrstuhl im 7. Stock des *Farben Building* verließ und nach links weiter ging, kam nicht weit. Der Korridor wurde mit einer Holzwand und einer Tür abgesperrt. Man brauchte einen Schlüssel oder musste klingeln. Auf einem kleinen Messingschild stand *Department of the Army Detachment*. Das war nicht die wahre Adresse. Hinter der Wand begann das Reich des Geheimdienstes CIA.

Herbert Powell, der stellvertretende *Chief of Station Germany*, hatte vier weitere leitende Agents um den Besprechungstisch versammelt.

Seine Entscheidung war getroffen. Natürlich gab es Gründe, bei der Jagd nach den verschwundenen Millionen nicht jedem alles zu erzählen. Aber auf seine Männer konnte er sich verlassen. Zwei gehörten noch zum Stamm des alten OSS, für den er selbst viele Jahre gearbeitet hatte, die anderen waren gute jüngere Männer, die in den letzten Jahren nach Europa geschickt wurden. Männer, die wussten, dass sie wieder im Krieg stehen. Gegen einen anderen, eigentlich schlimmeren Feind, als bis zum Mai 45. Ein Bewusstsein, dass nicht alle zivilen Mitarbeiter im Hauptquartier besaßen und möglicherweise nicht einmal alle Militärs. Obwohl die Blockade Berlins doch zeigte, dass die Lunte brannte. Der Start der Maschinen der Luftbrücke auf der benachbarten *AirBase* war der Klang der Freiheit.

Powell gab deshalb die wesentlichen Fakten von der Operation Bird Dog weiter, die er am Montag bei der Ermittlungsgruppe gehört hatte, und nannte auch die Zahl von 20 Millionen. „Die Army vermisst ihr Geld, die Agency wird helfen."

Dann sprach er von drei potentiellen Täterkreisen. Als erstes eine kriminelle Bande. Deutsche oder Amerikaner, oder beide gemeinsam, die einen Weg fanden und die Möglichkeit besaßen, schnell viel Geld zu stehlen. In diese Richtung würden der CID und die Militärpolizei ermitteln.

„In der Army fürchtet man wohl auch einen Nazi-Untergrund", fuhr er mit Spott in der Stimme fort, „obwohl wir wissen, dass es nicht mal in den ersten Wochen nach der deutschen Kapitulation den Werwolf gab, Hitler-Partisanen, einen Aufstand gegen die Besatzer, all dieser Unsinn. Es gibt keine aktiven und organisierten Nazis mehr. Wir wissen das. Da sollte man nach den Jahren keinen Popanz aufbauen. Die paar älter gewordenen Hitlerjungen, die deutsche Frauen beschimpfen und bedrohen, weil sie mit unsere Soldaten tanzen oder mehr, sind ein Fall für die Polizei. Dummköpfe, die einen großen Geldraub nicht durchziehen können."

Dann ging Powell zur dritten Alternative über. Naheliegend und beängstigend, von der CIA zu klären.

Handelte es sich um eine Operation des sowjetischen Geheimdienstes? Ausgeführt von einem eingesickerten Spezialkommando? Oder ermöglicht durch Erpressung oder Bestechung an der Währungsreform Beteiligter?

Oder waren Agenten aktiviert worden, die Moskau schon vor längerer Zeit in die amerikanischen Armee oder die deutsche Verwaltung platzieren konnten? Wobei als Ziel einer solchen Operation nicht die Wirtschaftssabotage in großem Stil gesehen werden konnte, dafür sei die Menge des Geldes zu klein und der Geldumtausch ja erfolgreich umgesetzt. Es gab aber noch eine schlimmere Möglichkeit.

20 Millionen Mark als rote Kriegskasse. Gutes neues Geld, den subversiven Kreisen in den Westzonen überlassen. „Ein Albtraum", fuhr Powell fort und blickte in die Runde.

Geld für die Wühlarbeit der Kommunisten, deren Partei legal arbeiten durfte. Geld für ihre Funktionäre, Zeitungen, Plakate, Kongresse, für ihre Bücher von Marx und Stalin, Autos, Parteibüros und Wahlkämpfe. Geld für ihre roten Intellektuellenfreunde, die Pazifismus propagierten und ein neutrales Deutschland wollten. Geld für ihre Kader in den Betrieben und Gewerkschaften, die die Arbeiter aufhetzten und Sozialisierungen forderten. Geld für ihr Fußvolk, das *Ami go home* an Häuserwände schmierte.

Powell holte laut Luft. „Unsere Frage lautet: Hat Generaloberst Serov mit seiner Sektion III diesen Angriff auf den freien Teil Deutschlands ausgeführt?" Die CIA wusste von dem Operationszentrum des russischen Militärgeheimdienstes in Babelsberg bei Berlin und der Sektion, die für alle Operationen in den Westzonen zuständig war.

Powell blickte erneut in die Runde und bat um Meinungen, operative Vorschläge und Berichte. Dann sagte er: „Michael".

Der Aufgerufene war Michael Redford, für die Überwachung der sowjetischen Militärmission in der amerikanischen Zone zuständig. Nach den alten Abmachungen aus der unmittelbaren Nachkriegszeit unterhielten die vier Siegermächte in den jeweils anderen Zonen ein Verbindungsbüro, mit eher diplomatischen Aufgaben und voller Bewegungsfreiheit. Die sowjetische Einrichtung befand sich in einem Haus im Frankfurter Stadtteil Niederrad. Die CIA hielt sie für eine legale Residentur des russischen Geheimdienstes. Deshalb wurde jeder Schritt der Offiziere der Mission überwacht und erfolgreich versucht, in den codierten Funk und die Fernmeldeleitungen einzudringen.

„Aus der routinemäßigen Überwachung gibt es zunächst nichts. Auch nicht bei unseren Partnern. Aber mit den neuen Informationen werden wir die letzten sechs Monate einer erneuten Überprüfung unterziehen."

Dann wurde Dan Reagan aufgerufen, Chef der Inlandsüberwachung.

„So viele Millionen für die Kommunisten und ihre roten Netze wären eine Katastrophe, da sind wir uns alle einig. Wir werden ihren Finanzapparat durchleuchten und unsere Quellen in den einschlägigen Organisationen auf ein erhöhtes Geldaufkommen ansetzen. Auch wäre eine stärkere Kontrolle der Zonengrenze nötig. Vielleicht deponieren sie das Geld im Osten und lassen es bei Bedarf rüberschmuggeln.

Ihre Aktivitäten sind jedenfalls gestiegen.

Überall agitieren sie gegen die Preissteigerungen der letzten Wochen und die Demontagen. Ein Beispiel. Der berüchtigte Emil Carlebach sitzt inzwischen für die KPD im Landtag und fordert Sozialisierungen, Lohnerhöhungen und mehr Wohnungsbau. Ja, genau der, der zu den rosaroten Zeiten von unseren Presseoffizieren eine der Lizenzen für die Frankfurter Rundschau bekam. Mit unserer Hilfe konnte das erst im letzten Jahr durch seine Entlassung korrigiert werden."

Einige der Männer nickten.

„Unser Lagebild ist angespannt. Wir verfolgen subversive Aktivitäten im Kulturbereich, zuletzt auf dem deutschen Schriftstellertreffen, vor Wochen hier in Frankfurt. Aufpassen müssen wir auch auf die Unterwanderung in den Radiosendern und bei der Presse. Sogar vier Prozent der Polizeibeamten in unserer Zone sollen Rote oder Sympathisanten sein."

„Geben sie auch mehr Geld aus?", wollte Mark Shapiro vom Redner wissen.

„Werden wir prüfen. Ihre Organisationen gibt es ja in allen drei Westzonen, wir nehmen mit MI6 Kontakt auf, Informationen des englischen Dienstes können helfen. Bei den Franzosen bin ich mir nicht so sicher. Wir klären diese neuen Informationen und hoffen natürlich auch auf Namen und Berichte aus Pullach."

„Was Pullach betrifft", übernahm Powell, „habe ich gestern dort mit James Critchfield telefoniert. Die Leitung war mir aber nicht sicher genug, um ihm alle Informationen von heute zu geben. Unser *Chief of Station* ist morgen zurück, dann sehen wir weiter. Wir finden dann auch einen geeigneten Weg, um der Organisation Aufträge zu erteilen, oder Dan fährt dafür persönlich hin."

Pullach war ein interner Begriff bei der CIA. In der kleinen Stadt bei München befand sich die Zentrale der *Organisation Gehlen*, wichtigen deutschen Gehilfen der Geheimdienstarbeit.

Kurz nach der Kapitulation stellte sich der Wehrmachtsgeneral Reinhard Gehlen den US-Truppen. Er war für die

Spionage gegen die Sowjetunion zuständig gewesen und hatte die Namen seiner Agenten in Karteikästen dabei. Die Army schickte ihn nicht in ein Kriegsgefangenencamp, sondern flog ihn in die USA. An den folgenden Gesprächen nahm 1945 auch Powell teil. Man kam ins Geschäft. Gehlen sollte seine Spionagearbeit wieder aufnehmen und im Inneren helfen, die kommunistische Unterwanderung zu bekämpfen. Im amerikanischen Auftrag, mit einem hohen Dollar-Etat und unter Anleitung von Verbindungsoffizieren der CIA. Die Organisation wuchs. Zu dem schnell wachsenden Stamm von Mitarbeitern gehörten auch zwielichtige Gestalten, aus der Gestapo und SS-Männer vom Reichssicherheitshauptamt des Naziregimes. Kein Geheimnis, aber der Zweck heiligte die Mittel. Die Ergebnisse ihrer Arbeit waren nützlich. Darauf konnte es auch jetzt wieder ankommen.

Powell wandte sich an den Jüngsten am Tisch.

„Mark, für Sie habe ich einen konkreten Auftrag. McBrides Leute werden sich eine Liste geben lassen, von allen amerikanischen und deutschen Kräften, die unmittelbar an dieser Geldoperation beteiligt waren. Ich werde sie vom CID besorgen. Ich will, dass alle, ausnahmslos alle Namen, auf ihre politische Gesinnung überprüft werden. Auch das kleinste Detail zählt, auch, gerade, was unsere Leute gemacht haben, als wir noch mit den Russen verbündet waren. Nutzen Sie mit ihrer Abteilung alle Akten, Dossiers und Quellen, hier und auch drüben in den Staaten."

Der Angesprochene nickte mehrfach Powell zu. Der schloss die Sitzung und entließ seine Leute. Ein Anfang war gemacht.

Es gab noch etwas, eine Quelle, die sprudeln konnte, aber die war so geheim, daß Powell darüber nur mit seinem Chef sprechen durfte. Die CIA besaß einen Spitzenagenten im

Herzen des Gegners östlich der Elbe. Nicht einmal er wusste, wer und wo. Nicht einmal, ob ein Mann oder eine Frau sich hinter dem Decknamen *Thunder* verbarg. Die Quelle wurde sehr geschützt, es gab keinen Funkkontakt. Jeder Auftrag musste durch die Zentrale in Washington genehmigt werden.

Critchfield würde mitziehen. Dann konnten sie auf der sichersten Militärleitung ein Krypto-Telegramm senden und mussten warten. Kam die Genehmigung, würde nach Vorschrift für die Aktivierung der Quelle vorgegangen. Der amerikanische Rundfunk RIAS in West-Berlin sendete dann mehrere Tage nach den Mitternachtsnachrichten codierte Zahlenkolonnen, die *Thunder* einen Kurier ankündigten, mit Datum und Ort. Der Kurier durfte keine Unterlagen dabei haben und nur mündliche Botschaften übermitteln. Bei diesem konspirativen Treffen legten sie die nächste Zusammenkunft selber fest. Powell hoffte sehr auf die Erlaubnis der Zentrale.

Es stand viel auf dem Spiel.

# 9

Das Reich des Frankfurter Polizeipräsidenten Willy Klapproth war überschaubar und litt Not an fast allem.

Er verfügte über rund 600 Beamte, schnell ausgebildete Jüngere und viele Ältere, die vor Jahren auch einem anderen Deutschland treu dienten. Nicht viel in einer Stadt von 500.000 Menschen, vielleicht mehr, vielleicht weniger, genaue Zahlen gab es nicht. 24 Wachen verteilten sich über das Stadtgebiet, das Präsidium befand sich provisorisch in einem ehemaligen Gebäude der Allianzversicherung im Kettenhofweg. Die alte Zentrale lag in Trümmern.

Provisorisch und prekär blieb auch viel im Dienstalltag. Fahrräder und Motorräder bildeten die hauptsächlichen

Fortbewegungsmittel. Die offenen Mannschaftswagen blieben dem Transport der Alarmreserven vorbehalten oder dem Abtransport nach Massenverhaftungen bei Razzien. Die wenigen Automobile durften nur mit Erlaubnis der Vorgesetzten genutzt werden. Eine Notrufzentrale sollte bald in Betrieb gehen, an ausreichend Telefonen fehlte es aber nach wie vor.

Die Militärregierung erhöhte nach und nach die Zuständigkeit der deutschen Polizeikräfte. Der Wunsch, jedem Beamten auch eine Waffe zu geben, blieb noch unerfüllt. Viele Streifenpolizisten mussten sich mit Uniform und Trillerpfeife Respekt verschaffen, Kripoleute mit Auftreten und Dienstmarke.

In einem Raum im 1. Stock des Präsidiums eröffnete Kommissar Ernst Löffler die Morgenbesprechung der Dienstgruppe K3A. Zu seinem Kommissariat Tötung/Selbstmord gehörte auch noch die B-Gruppe, beide arbeiteten an unterschiedlichen Fällen. Er begrüßt die Anwesenden knapp. Dann begann die Arbeit mit Fragen zur Toten im D-Zug-Wagen auf Gleis 47. Neues zur Identifizierung? Passende Vermisstenmeldungen aus der Trizone? War ein Notzuchtverbrechen wirklich auszuschließen? Wie in der Schule fragte er und erhielt Antworten. Einige seiner Männer berichteten. Neue Aufträge wurden verteilt.

Bernhard Rau kannte die Fälle noch nicht genau und nutzte die Zeit, sich umzusehen. In dem kleinen Raum mit den großen Doppelfenstern saßen sechs Männer und zwei Frauen. Diese tippten auch während der Morgenlage. Vor den Männern lagen Akten, Papiere, Schreibzeug und Tabakwaren. An den Wänden hingen eine Übersichtskarte der Stadt, ein Abreißkalender, ein kleines Blumenbild und ein Monatskalender. Es gab zwei ausgeprägte Wasserflecken. Der einzige Fernsprecher stand bei dem Beamten mit dem Schreibtisch direkt an der Tür.

„Wir sind dann durch", hörte er die Stimme des Chefs, der das Zimmer verließ. Mit einer Kopfbewegung beorderte Küster danach seinen neuen Kollegen nach draußen. Rau erhob sich vom Stuhl in der Ecke, mit kleiner Schreibunterlage davor, dem Katzentisch von K3A.

Beide gingen in das Erdgeschoss, an der Hauswache vorbei und in den Raum des Dauerdienstes, wohin ihr Gesprächspartner, nach der Auflösung des Referats zur Schwarzmarktbekämpfung, versetzt worden war. Der Beamte Helbert folgte ihnen nach ganz unten, wo sie sich in einer der drei zu Zellen umgebauten Kellerräume Platz suchten. Es gab noch Verhörzimmer und auch einen repräsentativen Raum im 3. Stock, doch die waren belegt oder nur in Ausnahmefällen zu nutzen. Deshalb hatte Küster improvisiert.

Helbert zündete eine Zigarette der Marke Golddollar an und eröffnete das Gespräch.

„Was verschafft mir die Ehre, Kollege Küster und Kollege...?" Rau nannte seinen Namen. „Der Schwarzmarkt ist tot. Was wollt ihr also noch wissen?"

Küster ließ sich ungern im Dienst duzen, sagte aber nur. „Unsere Herren und Meister aus dem IG-Farbenhaus wollen einen Abschlussbericht zur Währungsreform machen. Wir sollen über die Reaktion des deutschen Schwarzmarkts berichten. Ob große Geldsummen in Umlauf kommen, Unregelmäßigkeiten, Auffälligkeiten, so Dinge. Deshalb sitzen wir an diesem ungastlichen Ort mit einem Fachmann." Er holte seine erste Tageszigarre aus dem Jackett und blickte kurz zu Rau, der Papier und Bleistift vor sich liegen hatte.

Helbert machte eine vielfältig deutbare Handbewegung.

„Der schwarze Markt bestand aus drei Ebenen. Zwei kennt auch jeder Polizist. Auf den Flüstermärkten tauschten und handelten die Selbstversorger, um zu überleben. Mit dem neuen Geld wird jetzt nicht mehr getauscht, sondern gekauft. Meine Frau arbeitet als Verkäuferin in einem Geschäft für Haushaltswaren, Töpfe, Pfannen, so Sachen. Manchmal kommt sie später nach Hause, weil die Angestellten nach Feierabend Geld zählen müssen. Tagesumsätze von 10.000, manchmal 14.000 Mark. Geld ist für viele Menschen da, der Julilohn wurde ja schon ausgezahlt."

Der Fachmann zog an seinem Glimmstängel.

„Die mittlere Stufe bestand aus den kleinen Händlern. Sie konnten davon gut leben, manchmal wie Schmarotzer. Haben aber kaum etwas zurückgelegt. Jetzt sind sie auf Normalmaß zurückgestutzt und müssen sich durchschlagen oder sogar arbeiten. Die dritte Ebene blieb den meisten Menschen unsichtbar, die großen Schieberbanden."

„Die interessieren uns", bemerkte Küster.

„Wir haben sie die Kartelle genannt", begann Helbert und berichtete.

Organisiert wie ein Geheimbund, wie eine Armee, mit Offizieren und vielen einfachen Soldaten. Es steckte Planung dahinter. Es ging nur um Geschäfte im großen Stil. Lebensmittel, Zigaretten, Alkohol, Benzin, Ersatzteile, Werkzeug, Kleidung. Auch Medizin, wie Penicillin oder Insulin. Gehandelt wurde nicht auf den kleinen Märkten, sondern nur mit größeren Abnehmern. Die illegalen Waren stammten aus Holland, Belgien oder der russischen Zone und wurden geschmuggelt.

Das Gros kam aber aus US-Beständen. Wurde anfangs noch aus Lagern gestohlen, erwies sich später die Bestechung als probateres Mittel. Es flossen Geld oder große Geschenke und es leerten sich Proviantmagazine, Kantinenvorräte, Depots oder der Nachschub der PX-Stores, wo nur die amerikanischen Soldaten einkaufen durften. Es verschwanden Lastwagenladungen und der Inhalt halber Güterwaggons. Das war kein Schwarzmarkt, das war schwarze

Wirtschaft. Es ging um große Werte. Und sie wurden verdient.

Helbert hob seinen Zeigefinger. „Nur mal ein Beispiel."

Als im August 46 die Niederrader Rennbahn wieder eröffnete, sahen die Fahnder des Schwarzmarktreferats von K2 viele von ihnen Verdächtigte auf Pferde wetten. Der amtliche Toto-Umsatz, ohne die schwarzen Buchmacher, lag in der ersten Woche bei 3 Millionen Reichsmark. Geld war also da. Und einen kleinen Einblick gab im November 47 auch das Ableben des Schwarzmarkt-Königs Albert „Der Einarmige" Neumann. Beim Eintreffen der Polizei lag er erschossen auf seinem Sofa, auf dem Tisch davor fast 100.000 RM, und im Schuhkarton unter dem Bett sechs Goldbarren, mit dem Prägestempel der Reichsbank.

„Gab es keine Erfolge gegen die Kartelle, es gab doch regelmäßige Razzien und Verhaftungen?" Wollte Rau wissen, der von seinen Notizen aufblickte. Helbert blickte zurück.

„Ihr kennt vielleicht den Spanier mit dem unaussprechlichen Namen, aus dem Buch, der gegen Windmühlen kämpft. Kontrollen gab es jeden Tag, bei denen ein Beutel Kartoffeln oder eine Stück Speck beschlagnahmt wurden. Oder die Festnahmen der kleinen Händler, rauf auf unsere Wagen, Durchsuchung und Personalienfeststellung, wieder raus aus den Wachen. Die Amis ließen ihre MP von der Leine, es gab auch Urteile, von ihren Militärgerichten und von unserer Justiz. Aber das waren die kleinen Frontsoldaten, die klauten, fuhren, zwischenlagerten oder auslieferten. Von ganz oben erwischten wir kaum jemanden. Sie besaßen schon Macht, erhielten interne Warnungen aus unseren Kreisen oder von den Besatzern. Sie kauften sich schützende Hände."

Küster zog an seiner Zigarre. „Gut, oder eigentlich schlecht, Helbert, kommen Sie mal zur Währungsreform, was änderte sich?"

In der Zelle gab es ein kleines Waschbecken. Der Angesprochene drehte den Wasserhahn auf und trank. Dann setzte er sich wieder.

„Es änderte sich gar nichts. Die Kartelle machen ihre Geschäfte jetzt mit dem neuen Geld. Sie haben sich Werte angelegt und schwimmen oben mit."

„40 Mark für alle", warf Rau ein.

Helbert lachte. Dann erklärte er. Die Reichsmark spielte für diesen Kreis schon lange keine Rolle mehr. Sie dachten langfristig. Ihre Geschäfte sollten Sachwerte erzeugen. Anfangs ließen sie Depots in Wäldern oder sicheren Orten anlegen, gefüllt mit Wertgegenständen wie Gold, Silber, Pelzen, Kunstwerken, polizeilich nur auffindbar durch Verrat ihrer Helfer. Dann kamen Grundstücke, Bauland oder Häuser dazu. In Zeiten der Not den Alteigentümern leichter abzunehmen. Es wurden Firmen gegründet. Unternehmen, die über den Tag hinaus wertvoll wurden. Geschäfte mit Abbrucharbeiten, Neubau, Transportwesen, Luxusgüter oder Vergnügungsstätten. Der Bestand der deutschen ET-Taxis in Frankfurt, die nur Amerikaner benutzen durften, verdoppelte sich von 1947 zu 48 auf 200 Wagen. Ein Mercedes, BMW oder Opel kostete 50.000 RM, dort verwandelte sich also schlechtes Geld in gute Werte. Auch wenn nicht alle der begehrten Lizenzen an die Kartelle gingen.

„Ihr gehört doch sicherlich auch zu den Deutschen, die das Kleingedruckte der Währungsreform nicht gelesen haben, die Durchführungsbestimmungen, die auch veröffentlicht wurden?"

Küster und Rau schwiegen.

„Aber die starke Abwertung der Sparguthaben kennt ihr. Aktien hingegen wurden 1:1 verrechnet. Wertpapiere für 1.000 Reichsmark blieben Wertpapiere für 1.000 Deutsche Mark. Und alle Unternehmen erhielten pro Beschäftigten einen einmaligen Betrag von 60 neuen Mark."

Küster und Rau schwiegen immer noch.

„Es gibt also keine Gleichheit. Mit Sachwerten hast du einen guten Start gehabt und bist natürlich auch kreditwürdig, für neue Geschäfte. Lass ich dagegen meine Familie einen Monat lang hungern, können wir uns von meinem Gehalt ein neues Radiogerät von Grundig leisten. Hungern wir zwei Jahre, sogar einen funkelnagelneuen Volkswagen. Einige aber haben das Geld, sonst würde es ja keine Annoncen in den Zeitungen dafür geben. Sachwerte kannst du beleihen oder verkaufen, sie erzeugen Geld."

Er steckte sich seine letzte Golddollar an.

„In euren Bericht könnt ihr schreiben, die Unregelmäßigkeit bei der Währungsreform ist ihre Ungleichheit. Diese Erkenntnis ist auf dem Mist von Kriminalobersekretär Richard Helbert gewachsen."

Küster dachte, das ist eigentlich sozialistische Propaganda, ausgerechnet von einem Polizisten, der doch auch schon älter ist.

Rau hingegen sagte, darüber habe er noch nie nachgedacht, es leuchte ihm aber ein.

Helbert fügte noch etwas an. „Die Amerikaner sollten auch noch etwas wissen. Zukünftige Unregelmäßigkeiten sehe ich beim Falschgeld. Das wird jetzt anfangen. Die neuen Scheine haben keine Wasserzeichen und schlechte Farbqualität. Fehlen nur noch eine Quelle für das ungewöhnliche Papier und eine Druckerei, die schwarz arbeitet."

Küster fragte nach Namen und Treffpunkten der Kartelle und bekam Antworten. Namen finden sich in den Akten im Archiv. Ein Treffpunkt war lange die Fischerstube in der Moselstraße. Es wurden aber auch exklusivere Orte genutzt.

Zur Verabschiedung wünschte er den Kollegen viel Erfolg.

„Sie können Stenografie?", fragte Küster beim Weg nach oben. „Seit der Polizeischule", antwortete Rau. „Gut, dann machen Sie eine Zusammenfassung, aber ohne zu viel Politik. Der Helbert ist verbittert oder schlimmeres. Völker hört die Signale. Wir haben jetzt noch fünf Tage. Morgen gehe ich zu Banken, und Sie zu Autohändlern und Juwelieren, ob dort unverhältnismäßig hohe Transaktionen stattfanden. Und von wem. Dann durchforsten wir die alten Vorgänge. Übermorgen wird der Bericht abgestimmt und von einer unserer Schreibdamen getippt. Das wird zeitlich reichen."

Im Zimmer von K3A suchte Rau sich eine gute Position für den Bericht. Eine Überschrift hatte er schon. *Reaktion der Schwarzmarktszene im Raum Frankfurt auf die Währungsreform.* Das Papier füllte sich. Er saß unter der Elite der Kriminalpolizei, arbeitete den Besatzungsbehörden zu, hoffte, von dem so schweigsamen wie herablassenden Küster etwas zu lernen, und freute sich auf das Treffen nach Feierabend.

Bernhard Rau war heute mit seinem noch jungen Polizistenleben zufrieden.

# 10

Sein Berufswunsch seit Kindertagen war das nicht gewesen. Er hatte damals gar keinen. Der kleine Bernd trug ein Fußballtrikot und die Kluft der Hitlerjugend, der junge Bernhard machte ein Notabitur und wurde Soldat der 15. Panzerdivision der Wehrmacht in deren Afrikakorps.

Dort lernte er vieles kennen – Wüstenstaub, Hitze, Angst vor den alliierten Artillerieeinschlägen, die Funktechnik, Kameradschaft und den Tod um ihn herum. Im Mai 1943 wurde ihr Befehlshaber ausgeflogen und seine Soldaten kapitulierten in Tunesien. Der Gefreite Rau war 19 und der Afrikafeldzug vorbei. In Europa ging der Krieg mit aller Härte weiter.

Die Amerikaner sammelten die Gefangenen und transportierten sie dann mit Schiffen über den Atlantik. Fast zwei

Wochen dauerte die Überfahrt, in einem Geleitzug mit Handelsschiffen, in Gefahr, von deutschen U-Booten versenkt zu werden. Das Ziel hieß Camp Crosswell. Es lag in Tennessee, ganz im Süden der USA. Bernhard Rau wurde ein Prisoner of War, wie 300.000 weitere Wehrmachtssoldaten.

Fast 4.000 davon lebten in Crosswell. Sie hätten es schlechter treffen können. Die Verpflegung war ordentlich, es gab einen Sportplatz, Läden, Duschen und eine Lagerbücherei. Die Amerikaner erlaubten eine schriftliche Gefangenenmeldung in die Heimat, und Rau schrieb den Eltern in das Taunusdorf. Sie erlaubten auch noch andere Dinge. Feiern zum Führergeburtstag am 20. April, und eine Beerdigung des im Camp verstorbenen Generals Schubert, mit angetretenem Lager und Hakenkreuzfahne auf dem Sarg. Die meisten Kriegsgefangenen, jedenfalls die lautstärksten, glaubten an eine Rückkehr in das siegreiche Großdeutschland. Die Meldungen über militärische Rückschläge an allen Fronten taten sie als Feindpropaganda ab.

Es gab keine direkte Arbeitspflicht, aber fast alle arbeiteten. Es lockte ein kleiner Anteil am Stundenlohn, der in Zigaretten, Seife oder Süßigkeiten umgesetzt werden konnte. Rau mied schon immer den Tabak, nicht aber Schokolade und lernte echtes Kaugummi kennen. Er bewarb sich für Arbeit in der Landwirtschaft.

Am ersten Morgen fuhren Lastwagen sie auf die Farmen der Umgebung. Nur in Begleitung eines einzigen Postens. Flucht war sinnlos. Die Gefangenen wurden als Erntehelfer eingesetzt – Mandarinen, Zitronen und Mais mussten geerntet werden. Nach dem ersten Einsatz gab es einen Vorfall. Der Vorarbeiter trug einen breiten weißen Hut, rote Hosenträger, zeigte eine Zahnlücke beim Lachen und war schwarz. Am nächsten Morgen wurde nur Rau an der Farm abgesetzt. Die anderen Deutschen wollten sich nicht von einem *Neger* kommandieren lassen.

Bernhard Rau stand einem Schwarzen noch nie Auge in Auge gegenüber. Er kannte auch keinen. Nur den schwarzen Blitz, mit den vier Goldmedaillen, aus dem Olympiafilm von Berlin 36, den hatte er im Kino gesehen. Jesse Owens, auch ein Amerikaner. Den Dünkel seiner Kameraden von der Überlegenheit der weißen Herrenmenschen, spürte er nicht so stark. Immerhin waren sie die Gefangenen und der Vorarbeiter ein freier Mann. Auch gab er ihnen genug Pausen und eher leichtere Arbeit, damit sie sich gewöhnen konnten. Er war freundlich zu ihnen, obwohl sie doch Feinde waren. Bernhard Rau blieb und es gefiel ihm.

Die Abgesprungenen bekamen andere Arbeit oder mussten Lagerdienst verrichten. In den Baracken fegen, dazwischen harken und die Latrinen säubern.

Mit Carter, so hieß der Vorarbeiter, und anderen einheimischen Pflückern, auch schwarzen Frauen, übte Bernhard Rau seine Englischkenntnisse aus der Schule und den Kursen im Camp. Er lernte die wichtige englische Vokabel *crazy* kennen, die verrückt bedeutete und eigentlich für alles passte. Crazy war, wenn jemand sich nicht ausreichend gegen die Sonne geschützt hatte, mit der Leiter umfiel, zu schnell fertig wurde, oder als Rau vormachte, wie in Deutschland gesungen und getanzt wird.

Die Sprachkurse fanden im *Kulturhaus* am Rand des Lagers statt. Dort befanden sich auch die Bücherei und ein Saal, überfüllt, wenn Zeichentrickfilme liefen oder Lagerinsassen Musik machten. Spärlicher blieb der Besuch bei Vorträgen, zu Themen wie „Was bedeuten Demokratie und freie Wahlen" oder „Europäische und deutsche Geschichte." Rau ging dort oft hin, es fand sein Interesse. Das Neue reizte, alles Alte zu diesen Fragen kannte er schon, aus der Schule und den Weltanschauungsnachmittagen der Hitlerjugend. Eine Teilnahme wurde bei seinen Kameraden nicht gern gesehen. Propaganda und Umerziehung, nannten sie es, oder – schärfer – geistiger Verrat am deutschen Volk.

Dafür nahm Rau nicht an den Wehrertüchtigungsübungen und am Exerzieren teil, wie viele Gefangene, mehrmals die Woche. Antreten, marschieren, eine imaginäre Stellung erstürmen. Warum sie das taten, wo sie längst kapituliert hatten und tausende Kilometer entfernt der Krieg stattfand, traute er sich kaum jemanden zu fragen. Nur den gleichaltrigen Bauernsohn von der Ostsee, aus dem Bett über ihm, mit dem er lachen und stundenlang Karten spielen konnte. Der verstand ihn aber nicht und sagte nur, deutsch sein heißt doch, eine Sache um ihrer selbst willen zu tun.

Manchmal verteilten die Amerikaner in großer Zahl Handzettel im Lager, mit dem Text nach Deutschland ausgestrahlter Radioansprachen des Dichters Thomas Mann, der in den USA im Exil lebte und berühmt sein sollte. In der Schule hatte Rau noch nie von ihm gehört. Dort stand was vom alten preußischen Aberglauben, dass Unmenschlichkeit sich bezahlt macht. Auch, dass nach Ende des Krieges ein neues, besseres Leben beginnt. Sehr viele Blätter fanden sich danach auf den Latrinen wieder.

Im Sommer 44 nahm einer der Englischlehrer, selbst mit deutschen Vorfahren, seinen Schüler beiseite. Es gebe jetzt in Fort Getty eine spezielle Kriegsgefangenenschule. Mit Kursen und Ausbildung, für junge Soldaten wie ihn, die nach dem unvermeidlichen Kriegsausgang ein geistig und gesellschaftlich neues Deutschland mit aufbauen sollten. Ob das nicht was für ihn sei? Aber Rau war das zu viel Politik, und die war ein schmutziges Geschäft.

Nach Stalingrad und der Landung in der Normandie 1944 hörte das Gerede von der Kriegspropaganda auf. Nun wurde geglaubt, dass die Alliierten in Deutschland stehen, Hitlers Tod und schließlich die Kapitulation. Es war vorbei.

Camp Crosswell wurde aufgelöst. Die deutschen Gefangenen kamen wieder auf Schiffe und kehrten schon im Spätsommer 1945 zurück.

Bernhard Rau brachte Optimismus mit. Dass etwas Neues beginnt und besser ist als das Alte, das verbrannte Erde und Elend hinterließ, glaubte er jetzt auch. Aber Hoffnungen und Realität vertrugen sich schlecht. Im Taunusdorf fand er nur seinen Vater, der wieder Post austrug. Die kränkelnde Mutter zog zu seiner älteren Schwester in ein Dorf an den Bodensee, in die französische Zone, der Vater folgte bald. Das Leben war schlechter und mühevoller, als in den Gefangenenjahren. Hunger und Kälte hatte es dort nicht gegeben.

Lehrer wollte Rau werden, modern und aufgeschlossen, ohne Schläge und ideologischen Ballast, vielleicht für Englisch und Geschichte. Aber gab es einen Studienplatz, Geld für die Gebühren, und wie finanzierte er die langen Jahre ohne Einkommen? Erst einmal musste bei einer Stelle an der Frankfurter Universität, mit Unterrichtsstunden und neuer Prüfung, ein vollwertiges Abitur nachgemacht werden.

Dort sah er das Plakat. *Wachtmeister auf Probe gesucht.* Ein Polizist werden? Crazy.

Er ging in das Werbungsbüro. Die Sicherheit überzeugte ihn. Ein Jahr Polizeischule, Dach über dem Kopf im Mehrbettzimmer, drei Mahlzeiten am Tag, etwas Geld, Verwendung nach erfolgreichem Abschluss in Frankfurt, Zuzugsberechtigung dorthin und Zuweisung eines Kleinstwohnraums. Zwei Tage später unterschrieb er, ein Studium konnte warten.

Im Januar 1946 ging es los. Die Schule befand sich in einer ehemaligen Kaserne. Auf dem Plan standen Allgemeinbildung, Staatsbürger- und Rechtskunde, Sport, Selbstverteidigung und Schießen. Exerzieren ließen sie die Ausbilder nur, wenn kein amerikanischer Kontrolloffizier in der Nähe war. Nach einem halben Jahr kam er in die gehobene Ausbildung für die Kriminalpolizei und bestand die Abschlussprüfung. Kriminalassistent Rau wurde 1947 zum Kommissariat 1 der Frankfurter Kripo versetzt und erhielt 213,41 RM im Monat und den Wohnungsschein.

Manchmal ging er in den *Topper Club* in die Adickesallee, dort machten Männer Musik, die aussahen wie Carter, nur jünger. *Jazz*. Den englischen Sprachunterricht setzte er fort. Im Amerikahaus konnte man auch kostenlos Zeitungen und Bücher lesen oder Filme im Original erleben.

Im Amerikahaus sah er sie zum ersten Mal. Constanze Klee, Medizinstudentin, Arzttochter aus Northeim in der englischen Zone. Die dunkelblonden Haare kurz geschnitten, große braune Augen, die Brille steckte sie gleich in ihre Handtasche, als es nach dem Film *Our little Town* wieder hell wurde. Sie kamen ins Gespräch, weil sie nicht alles verstanden hatte und er gern erklärte. Seit zwei Monaten trafen sie sich öfter, unternahmen einiges, es ging für Rau in die richtige Richtung, geküsst hatten sie sich schon häufig. Er war zu viel mehr bereit. Gedanken und Wünsche sind zollfrei, hatte seine Mutter immer gesagt.

Heute Abend waren sie zum Kino in die Scala-Lichtspiele in der Schäfergasse verabredet. Zeit, die Arbeit am Bericht zu beenden. Die 50 Pfennig für den Eintritt hatte er, für einen Besuch in der Scala-Stube über dem Kino nach der Vorstellung, würde es finanziell knapp werden.

Er sah Constanze gleich. Sie trug das weiße Kleid, mit den roten Punkten und dem schmalen Gürtel, und winkte ihm zu. Er winkte zurück.

Aber was war das? Ein Mann, der nicht nur zufällig neben ihr stand. Statt eines Kuss gab es nur eine Berührung ihrer Wangen. Dann wurde der Mann vorgestellt. Ferdinand Becher.

Von dem war schon die Rede. Ferdinand, der Kommilitone, der für sie eine verpasste Vorlesung über Nierenfunktionen mitgeschrieben hatte, ihr Partner am Seziertisch, Doktor in spe. Gutaussehend, wenn eine Frau Männer mit langen, nach hinten gekämmten blonden Haaren mochte, die ein gut sitzendes Jackett trugen, mit höflichen Umgangsformen. Auch wenn die Bemerkung „Der Herr Polizist, sehr angenehm", für Rau wie „*Der kleine Polizist*" klang.

Im Vorführsaal saß Constanze in der Mitte. Die ganze Wochenschau berichtete über die Berliner Luftbrücke. Die Vorschau pries die Wiederaufführung von „Große Freiheit Nr.7" mit Hans Albers an. Dann folgte der Hauptfilm. Herzkönig. Eine Komödie.

In Bernhard Rau brodelte es.

Der andere Mann störte.

# 11

Sitzungen, in denen ihm eine passive Rolle zugedacht war, schätzte Colonel James McBride nicht.

Einmal in der Woche blieb ihm aber nichts anderes übrig. Als kommandierender Offizier des CID nahm er an den Zusammentreffen der *Public Safety Branch* teil, mit anderen Sicherheitsexperten von Armee und Zivilverwaltung. Sein Unwille kam auch daher, dass deren Leiter jünger war und ein Zivilist, ehemaliger Polizeichef einer kleinen Stadt an der Ostküste. Aber die Politik hatte Theo Hall nun einmal zum Sicherheitschef der Militärregierung gemacht.

Dieser war ein Freund von Umfragen – wie ein Politiker. Sie bedeuteten ihm viel, als Ausgangspunkt von Betrachtungen und Entscheidungen, als Barometer der Sicherheitslage. Die neueste

Umfrage der Militärregierung unter der deutschen Bevölkerung referierte er ausführlich. Sie war nach der Währungsreform erstellt worden. Bei den Hauptsorgen lagen Geldprobleme erstmals an der Spitze. Während die Sorgen über Ernährung und das Schicksal der Kriegsgefangenen gesunken waren.

An die Zahlen schloss sich eine längere Diskussion an, an der McBride sich nicht beteiligte. Einer aus der politischen Abteilung verwies auf eine andere Umfrage, die es seit 1945 regelmäßig gab. Die Frage lautete: War der Nationalsozialismus eigentlich eine gute Sache, die nur schlecht ausgeführt wurde? Dieser Auffassung sollten aktuell 55 Prozent der Befragten zugestimmt haben, nur ein Drittel hielt ihn für schlecht. Die Deutschen brauchen einen vollen Bauch, dachte McBride, und eine Perspektive, dann gibt sich das.

Hall verwies dann noch auf ein nach dem Geldumtausch deutlich gewordenes Problem. Die Freigabe der Preise, bei gleichzeitigem Lohnstopp, hatte zu starken Preissteigerungen geführt. „Der Unmut ist groß. Es wird zu Käuferstreiks und Protesten aufgerufen. Ein Nährboden für Agitatoren. Wir dürfen nicht zulassen, dass die Lage aus dem Ruder läuft und Unruhen entstehen, das gefährdet die gesamte Sicherheitslage."

Dann ging es noch um einen ständigen Punkt, die deutsche Polizei, ihre Ausstattung und Zuständigkeit. Hall ging es diesmal um einen anderen Aspekt. Auch dafür gab es eine Umfrage. 75 Prozent der Deutschen glaubten, die Polizei besaß umfassende Rechte, nur 8 Prozent wussten, dass sie sich heute gegen Festnahmen, Durchsuchungen oder Haft auch zur Wehr setzen durften. Er forderte mehr Aufklärung, als Grundlage für mehr demokratische Umerziehung.

Dann ging es um die interzonale Zusammenarbeit in Sicherheitsfragen und eine dazu angesetzte Konferenz.

Beschlossen wurde auf diesen Sitzungen wenig, gelegentlich konkrete Aufgaben erteilt. Mehr Politik als Praxis. Nach

Sitzungsende nahm Hall McBride beiseite und fragte nach dem Beginn der Ermittlungen der Bird Dog-Gruppe. Den kurzen Bericht kommentierte er mit einem Kopfnicken. Es war also noch Zeit. Anderenfalls – und das konnte kommen – hätte der Satz gelautet: „Ganz oben will man bald Resultate sehen, Colonel." Eine konkrete Weisung gab es aber doch.

Zurück in seinem Dienstzimmer beschloss der Chef der Militärermittler auch heute das Essen im Offizierskasino ausfallen zu lassen. Seine Frau Helen würde ein gutes Abendessen gekocht haben. Ende März traf sie endlich ein. Als Berufsoffizier hatte er Anspruch auf ein Zusammenleben mit der Familie, aber darauf musste er lange verzichten. Helen wollte erst nachkommen, wenn die Zwillingstöchter aufs College gingen. Eine vernünftige Entscheidung, die für ihren Ehemann aber einsame Tage bedeuteten und Männerabende in der Villa Merton, einer noblen Einrichtung für höhere Offiziere. Diese Zeiten waren vorbei, die geräumige Wohnung in der Cronstettenstraße endlich eingerichtet.

McBride unterzeichnete einige Schriftstücke und wandte seine Aufmerksamkeit dann den vorliegenden Berichten zu.

Der erste stammte vom FBI. Das Telex berichtete von Nachforschungen beim *Bureau of Graving and Printing* in Washington und bei der *American Bank Note Company* in New York, den Druckorten des neuen deutschen Geldes. Keine besonderen Vorkommnisse, präzise Angaben zu Verpackung, Lagerung und Verschiffung. Kein Wort zu viel, nachvollziehbare Fakten. Er war selbst Spross einer Polizistenfamilie aus New Jersey und schätzte solche Arbeit.

Der Rapport der Militärpolizei war länger. 811 LKWs hatten das Geld ausgefahren, 2013 Fahrer, Sicherheitskräfte und Militärpolizisten waren im Einsatz, keine Überfälle, 29 Pannen, von denen 27 durch Reparatur beseitigt wurden und zweimal durch Umladung auf Ersatzfahrzeuge. Es gab

11 Unfälle mit Blechschäden, keine Verletzten und auch sonst keine besonderen Vorkommnisse.

Von seinen eigenen Leuten lag noch kein Bericht für die Sitzung am 20. Juli vor. Aber der CID arbeitete. Zunächst wurde der Geldfluss zwischen Frankfurt und anderen Standorten mit der Heimat kontrolliert. Doch bei *Finance Office*, *Chase National Bank*, *American Express* und *Post Exchance* gab es keine Auffälligkeiten.

Die Liste mit dem engeren Kreis der beteiligten Amerikaner und Deutschen lag vor. Sie umfasste 26 Personen, die mit Transport, Versand und Leitung der Operation zu tun hatten. Die Überprüfungen liefen. Powell hatte die Liste für seine Jungs aus dem 7. Stock auch erhalten. Eine politische Überprüfung konnte nützlich sein.

Andere Berichte kamen erst mündlich in zwei Tagen zur Sprache. Der Colonel war erfahren genug. Erst das ganze Bild, dann die nötigen Rückschlüsse. Es gab noch keinen Druck von oben.

# 12

Den Fleischklops mit Kartoffelbrei und seinen Kaffee hätte David Bach im Offizierscasino gern in Ruhe vor der Sitzung verzehrt. Doch das auffordernde Winken von Colonel McBride konnte er nicht ignorieren. Er trat an seinen Tisch, nahm leicht Haltung an und setzte sich neben den stämmigen Mayor der Militärpolizei aus der Ermittlungsgruppe, dessen Namen er schon wieder vergessen hatte.

Das nur kurz unterbrochene Gespräch am Tisch ging um die sich zuspitzende Lage um Berlin, die Luftbrücke und das seit Tagen laufende Gerücht über einen „bewaffneten Konvoi."

Angeblich gab es Pläne, bis in die Führung hinein, einen Konvoi aus Lastwagen mit Waren für Berlin zusammenzustellen, und ihn mit bewaffneten Kräften über die Grenze in die sowjetische Zone zu schicken. Mit allen Konsequenzen, wenn er gestoppt oder sogar beschossen werden würde. Der Militärpolizist war begeistert. „Wir zeigen dem Bären unsere Zähne. Und wenn amerikanisches Blut fließt, wird zurück geschlagen. Wir haben doch die Atombombe. Unsere B 29-Bomber zum Abwerfen sind schon nach England verlegt. Ein Hiroshima für die Russen. Die Japsen haben danach doch auch aufgegeben."

McBride antwortete ruhig. „Mayor Brown, wir sollten kühlen Kopf bewahren. Die Luftbrücke steht und kann noch ausgeweitet werden. So schlagen wir die Sowjets. Bedenken Sie, das ist doch kein Geheimnis, auch Stalin will die Atombombe und hat sie vielleicht schon. Wollen Sie einen Gegenschlag riskieren, auf Frankfurt, London oder Washington?"

Bach äußerte sich nicht. Er kannte ähnliche Diskussionen. Spiel mit dem Feuer am Rande des Abgrunds. Er hätte lieber schräg gegenüber am Tisch der Radioleute von AFN gesessen, von dem lautes Gelächter herüber kam. Unter einem Vorwand entschuldigte er sich so rasch wie möglich und ging kurz in den sonnigen Park hinter dem *Farben Building*.

Pünktlich waren alle im Raum 2/44 versammelt. Nach der Begrüßung stellte McBride Captain Howard als Nachfolger von Mayor Robertson vor, der zum CID in Berlin versetzt wurde. Die Berichte begann er selbst mit dem Verlesen des Telex über die Ermittlungen des FBI in den USA und über die eigenen CID-Recherchen, die noch nicht abgeschlossen waren. Dann wurde der Spur des Geldes weiter nachgegangen.

Bach erzählte von den Erkenntnissen in Bremerhaven und erzielte mit der Falschdeklarierung als „Türgriffe" einen Lacher. Es schloss sich der Bericht über die Bank deutscher

Länder und ihr Sicherheitssystem an. Brown referierte über den Rapport der Militärpolizei. Einsilbig sagte Powell, die Ermittlungen der CIA liefen intensiv. Zu den großen Schieberbanden informierte wieder Bach darüber, dass nach Untersuchungen von beauftragten deutschen Polizisten keine geldmäßigen Besonderheiten großen Stils aufgefallen sind, und sich der ehemalige Schwarzmarkt offenbar mit der neuen Lage arrangiert habe.

Wallace vom Finanzstab erhob sich für seinen Bericht und ging zu dem kleinen Tisch am Fenster. Dort stand eine Holzkiste, die schon die Blicke auf sich gezogen hatte. Er drehte sie, sodass Buchstaben und Zahlen zu sehen waren, die er erklärte. „Das ist eine von – wie wir gehört haben – 22.895 Geldkisten. Der Schriftzug Bird Dog, oben, weist das aus. Dann folgt 2-100. Das bedeutet, Einheit 2 mit 100-Mark-Scheinen. Und I 3396 heißt, gedruckt in Washington, Kiste 3396."

Dann forderte Wallace zum Raten auf. Wie viel Geldwert steckt in einer Kiste mit 100er-Scheinen, die 10 inch tief und 29 breit ist? Es gab viele Mutmaßungen. „Sorry, keiner hat den Jackpot geknackt. Der Geldwert beträgt 5,4 Millionen. Von diesem Wert ist bei der Erstellung der Versendungslisten ausgegangen worden. Natürlich auch bei den kleineren Stückelungen. Und so können wir sagen …"

„Ihr habt das Geld nicht gezählt?", platzte es aus Brown heraus.

Wallace Grinsen steigerte sich zu einem Lächeln. „Nein, Sir, das wäre wohl, mit Verlaub, auch Irrsinn gewesen. Es gab Probezählungen, um den Wert einer Kiste festzulegen. Natürlich auch Kontrollen, ob Geld der Inhalt ist und nicht alte Ausgaben der New York Post. So ist das Verteilungssystem entstanden und hat sich ja auch bewährt. Unser gesicherter Stand lautet, alle Kisten gelangten nach Frankfurt und wurden ausgeliefert, alle Ansprüche – einfache Bürger, Unternehmen, Behörden – konnten nach den Vorgaben im Prinzip befriedigt werden."

Brown hatte sich noch nicht wieder beruhigt. „Was, wenn Kisten unterschiedlich voll waren?"

Wallace unterdrückte eine gewisse Überheblichkeit nicht. „Mayor, in der Militärregierung und der von ihr eingesetzten Kommission war man der Auffassung, diese Jahrhundertaufgabe müsse diskret, umsichtig, erfolgreich und zeitlich auf den Punkt abgewickelt werden. Bei einem Volumen von fast sechs Milliarden konnte es auf ein oder zwei Millionen nicht ankommen. Wohl aber auf 20 Millionen, weshalb wir ja einen gemeinsamen Auftrag haben. Und nun dazu. Es ist mittlerweile sicher, dass vier Kisten zu 100 Mark einen Fehlbetrag von rund 20 Millionen ausweisen. Sie wurden an vier der insgesamt neun Landeszentralbanken ausgeliefert. Und zwar nach Hannover, Hamburg, Stuttgart und München. Zwei in unserer, zwei in der englischen Zone. Diese Geldkisten wurden nicht für die erste Welle der Währungsreform am Tag X des Umtausches verwendet. Deshalb entdeckte man das Defizit erst Tage später, meldete es aber sofort. Das ist unser Stand der Dinge in der Finanzabteilung."

Die letzten Informationen wurden sofort kommentiert. Diese Landesbanken sind doch ein guter Ort, um Geld verschwinden zu lassen. Aber sie haben es gemeldet. Clever, um von sich abzulenken. Arbeiten dort nur Deutsche? Wurden sie überprüft? Bankleute kennen sich mit Geld aus.

Powell von der CIA meldete sich. „Noch mal zurück, Mr. Wallace. Diese Codes auf den Kisten, wer kannte die?"

Wallace antwortete, nur ein kleiner Kreis. Auf jeden Fall alle, die mit der Zusammenstellung der Listen und Transporte zu tun hatten. Aber nicht die Empfänger bei den Zentralbanken.

„Also die 26 Namen, die wir schon kennen." Powell nickte zufrieden.

„Ist ihrer auch dabei", fragte Brown Wallace direkt und schroff. „Nein, Mayor, an der operativen Abwicklung war ich nicht beteiligt. Nur an der Planung. Meine Hände sind sauber." Der Mann von der Finanzabteilung hob die Arme und lächelte spöttisch.

Erstmals meldete sich Howard, der Neue. „Kriminalistisch denkbar ist für das Verschwinden auch eine Konstellation aus internem Tippgeber und Helfern von draußen. Ein amerikanisches oder deutsches Komplott. Oder eine sehr spezielle deutsch-amerikanischen Freundschaft."

„Oder ein rotes Komplott", rief Powell.

Dann kam ein neuer Punkt in die Debatte. Wenn Gewinnsucht das einzig denkbare Motiv war, wo konnte so viel Geld sicher gelagert werden? Wie speiste man es in den Wirtschaftskreislauf ein? Das fällt doch auf. In den USA war die Deutsche Mark wertlos. Konnte sie in Dollar umgewechselt werden? In der Schweiz schon, wusste Howard. Nach dem gültigen Kurs waren die 20 Millionen rund sieben Millionen Dollar.

McBride übernahm wieder das Kommando.

„Wir sind einige Schritte weiter als bei unserem ersten Zusammentreffen, haben aber noch viel Arbeit vor uns. Dazu am Ende mehr. Es gibt noch eine neue mögliche Spur, die wir untersuchen sollen, Mr. Hall wies mich darauf persönlich hin. Waren *Displaced Persons* beteiligt? Wir kennen die Probleme der nach Deutschland Verschleppten und ihre Leiden, über eine halbe Million sind immer noch hier und können oder wollen nicht in ihre Heimatstaaten zurückgeführt werden. Die Sicherheitsabteilung sieht aber auch, dass manche an illegalen Aktivitäten beteiligt waren, 14.000 bei der Army als Bewachungspersonal arbeiten, und ihrer Lager einer strikten Kontrolle entzogen sind. Auch gab es Fälle, in denen Täter aus ihren Kreisen bei Überfällen amerikanische Uniformen zur Tarnung benutzt haben. Wir sollen dem nachgehen."

Bach zögerte erst, dann sagte er: „Ich weiß, dass der Militärregierung die Zahl der *Displaced Persons* in den Westzonen noch viel zu hoch ist. Aber sollen hier ehemalige Zwangsarbeiter oder jüdische Überlebende der Konzentrationslager als Sündenböcke aufgebaut werden?"

„Die Sowjetpropaganda nutzt sie auch und behauptet, in den Camps würde von uns eine Armee zur Befreiung Osteuropas aufgebaut", rief Powell dazwischen.

McBride antwortete unwillig. „Das ist nur eine von vielen Spuren, Lieutenant Bach, denen wir objektiv nachgehen werden. Anweisung von oben."

Einigkeit bestand darin, dass neue Ermittlungen in den USA, in Bremerhaven und bei der deutschen Bank in Frankfurt zurzeit nicht nötig sind. Dann wurden Aufgaben verteilt.

Der CID würde die Überprüfung des inneren Kreises der Währungsreform beschleunigt fortsetzen, auf Loyalität, Schulden, Motive und Möglichkeiten. Die CIA unterstütze mit ihren Erkenntnissen. Die Ermittlungen bei den Landesbanken, die den Geldverlust gemeldet hatten, würde auch der CID leiten, unter Mithilfe der Finanzabteilung.

Die Militärpolizei erhielt den Auftrag, sich in den DP-Camps umzusehen, insbesondere zu klären, ob Leute von dort als Wachpersonal offiziell am Transport oder der Sicherung des Geldes beteiligt waren. Bach erhielt den Auftrag, die deutsche Schwarzmarktszene weiter aufzuklären, in Hinblick auf Verbindungen zur Army und dem inneren Kreis. Die CIA arbeitete weiter an der Frage, ob der Angriff auf die Operation von jenseits des Eisernen Vorhangs erfolgte.

Die Stimmung war gut, als McBride sagte, dass die nächste Sitzung handfeste Ergebnisse liefern muss. Ihr Datum wurde festgelegt.

Montag. 2. August. Uhrzeit: 0900

# 13

Was für ein Inferno. Was für ein Schlachthaus. 200 Tote und über 3.000 Verletzte. Eine Giftwolke steigt auf, lässt Menschen erblinden oder vergiftet sie. Auf dem Werksgelände der BASF in Ludwigshafen war ein Kesselwagen explodiert. Der Sachschaden soll Dutzende Millionen betragen. Der Blick von Kriminalassistent Rau blieb an dem Foto in der Frankfurter Rundschau hängen. Es zeigte Feuerwehrleute, die sich mit einer großen Leiter Zugang zu einer zerstörten Fabrikhalle verschaffen. Am Fuß der Leiter stehen viele provisorische Holzsärge. Er legte die Zeitung aus der Hand.

Im Raum von K3A herrschte am frühen Vormittag ruhige Arbeitsatmosphäre bis der Chef eintrat, mit einem kleinen Zettel in der Hand. „Mal Obacht. Wir haben LF Wasser in Höhe Alt -Griesheim. Einweisung durch örtliche Kräfte. Küster machen Sie das und nehmen Sie ihren Adlatus Rau mit. Der KT-Mann steht im Hof. Motorisierung ist zugelassen."

Küster erhob sich langsam von seinem Stuhl und machte eine einladende Handbewegung, erst zu Rau und dann zur Tür. Auf der Treppe versuchte der Jüngere möglichst beiläufig nach einer unbekannten Abkürzung zu fragen. *LF?* Leichenfund. Wasserleiche am Main, wurde er belehrt.

Der Mann der Kriminaltechnik stand mit seiner Tasche im Hof, neben einem Volkswagen der Vorkriegsproduktion. Ein uniformierter Wachtmeister fuhr, Küster saß neben ihm, die anderen zwängten sich auf die Rückbank.

Mit der Straßenbahn fuhr Rau mehrmals die Woche, auf dem polizeilichen Transportwagen in seiner alten Dienststelle gelegentlich. Aber in einem PKW hatte er seit Jahren nicht gesessen. Er genoss die Fahrt. Hinter der Stadtmitte wurden die Zerstörung rasch weniger, es gab kaum noch andere Autos, dann wurde es grün, Bäume und Felder. In Höhe Alt-Griesheim stand ein Posten der Polizei, gestützt auf sein Dienstfahrrad, winkte sie von der Straße ab und erklärte den Weg zum Ziel. Kurz darauf konnte der VW nicht mehr weiterfahren. Alle stiegen aus. Zu Fuß ging es dem Main entgegen, auf eine Baumgruppe am Ufer zu.

Dort erwartete sie ein weiterer Polizist und salutierte militärisch. „Doktor Reinart schon da?", fragte Küster ihn. „Es ist heute der Professor", lautete die Antwort. Auch das noch, dachte Küster und sagte dann zu Rau gewandt: „Kein Interesse für Fahnen und Flaggen zeigen, sonst wird es ein langer Vormittag." Rau verstand gar nichts.

Dann traten sie hinter die Baumgruppe, sahen einen weiteren Beamten in Uniform und einen großgewachsenen Mann um die siebzig, mit Baskenmütze und einer lauten Stimme. „Der Berliner Ostpreuße, den es zu uns Hesse verschlagen hat", wurde Küster begrüßt. Der Techniker erhielt ein Kopfnicken, Rau einen prüfenden Blick.

„Professor Wiethold, was führt uns heute zusammen?" „Schauen Sie selbst, Herr Küster" antwortete der Angesprochene. Man begab sich zur Leiche.

Rau war dem Soldatentod schon früher begegnet. In seiner Polizeizeit jedoch nur einmal einem Blutbad in einer Wohnung, wo das Blut von schwarzgeschlachteten Hühnern stammte. Er sah einen kleinen Wurm, der neben dem einen Augapfel hervor kroch, und musste sich schnell abwenden.

Küster hatte in seinem Berufsleben zahllose Leichname gesehen – erdrosselt, erschlagen, erhängt, enthauptet, erwürgt, erstochen, verbrannt. Dieser war männlich, um die fünfzig, bekleidet, bis auf den rechten Schuh und mit aufgedunsenem Gesicht, wie bei Wasserleichen üblich. „Sagen Sie mir, was ich noch nicht selber sehe?"

„Unfall, Selbstmord oder im Fluss zur letzten Ruhe gebettet. Das Mysterium ist in dieser Stunde nicht zu lösen", antwortete der Professor, der sich jetzt auch über die Leiche bückte. „Es gibt Hinterkopfverletzungen, sicherlich von stumpfer Gewalt. Sie können auch postmortal, durch Steine im Fluss entstanden sein. Wir sehen keinen Schaumpilz, wie sie Krampfatmung beim Ertrinken hervorbringt. Das will aber noch nichts heißen. Sichtbar sind sonst nur rundliche Vertrocknungen am Hals, die auf Blutegel schließen lassen. Das Emphysem sehen Sie ja. Und der Mann hatte eine irreparable Knieverletzung. Ein steifes Bein."

„Wie lange schwamm er im Main?"

„Sie fragen nach der Wasserzeit des Corpus?" Der Gerichtsmediziner zuckte mit den Achseln. „Einige Tage."

Sie wurden von dem Kriminaltechniker unterbrochen. „Pro Einsatz kann ich drei Fotos mit der Leica machen. Mein Vorschlag wäre, ich nehme den Fundort, die Leiche ganz und nur das Gesicht." Küster nickte. „Fingerabdrücke?" Küster schüttelte den Kopf. „Sonst noch was?" Küster entgegnete: „Versuchen Sie die genaue Position des Flussufers näher zu bestimmen. Markante Stellen oder Wasserzeichen. Vielleicht wissen die Ortspolizisten was. Könnte wichtig werden. Und ich brauche die Asservatentasche."

Dann wies er Rau und einen der Uniformierten an, die Umgebung abzusuchen, nach dem zweiten Schuh und anderen Gegenständen.

Der Professor hatte inzwischen eine Zigarre angezündet und bot großzügig auch dem Kriminalbeamten an. Küster akzeptierte dankbar. „Was meinen bescheidenen Beitrag zur

Lösung des Mysteriums betrifft, melde ich mich in bewährter Weise, vor Ablauf von 24 Stunden, fernmündlich bei K3, nach der Obduktion. Sind Sie eigentlich inzwischen zu einer transurethralen Resektion entschlossen?"

Küster wollte sich nicht wieder über seine Prostatabeschwerden unterhalten und vermied eine klare Antwort. Dr. Reinart, der Polizeiarzt, pflegte keine Medizinersprache und war angenehm wortkarg. Bis auf seine schweinischen Witze.

Dann ging er auf die beiden jungen, nur mit Badehosen bekleideten Männer zu, die die Leiche gefunden hatten. Sie kannten den Toten nicht, waren quasi über ihn am Morgen gestolpert, hatten nichts angefasst und liefen dann gleich zum Polizeiposten. Ihre sichtbare Neugier blieb unbefriedigt.

Die Suche von Rau erbrachte nichts. Küster winkte ihn zum Toten, dessen Durchsuchung begann. Einiges kam in den Asservatenbeutel. Eine Armbanduhr, stehengeblieben 1 Uhr 17, morgens oder abends. Eine braune Brieftasche, ein lose in der Jacke innen steckender Führerschein, den er an Rau weitergab. Keine Geldbörse, aber ein Ehering, ohne Namen mit der Gravur *2.4.23*, ein Taschentuch, wenig Bargeld.

Rau hielt den Führerschein hoch. „Mmh, etwas verwaschen. Es müsste Bruno heißen und der Familienname beginnt mit *D* und endet auf *Bach*. 13.10.98 oder 08."

„Mit dem steifen Knie müsste das reichen. Wenn ihn jemand vermisst gemeldet hat", meinte Küster.

Den Abtransport der Leiche regelte die Ortspolizei. Küster verabschiedete sich vom Professor. „Sie sind sicherlich mit dem Motorrad gekommen und brauchen keinen Platz in unserem Wagen."

Dieser dankte für das Angebot und wandte sich dann plötzlich zu Rau. „Sie sind neu bei K3. Dann sehen wir uns ja öfter. Haben Sie eine Leidenschaft für Vexillologie, der faszinierenden Lehre von den Flaggen, junger Mann?"

Rau schüttelte den Kopf und wurde von seinem älteren Kollegen in Richtung Auto geschoben.

Im Präsidium gab es in der Vermisstenkartei einen Treffer von der Wache 12 am Bahnhof, mit einem Namen: Bruno Degenbach. Und einer Adresse.

Küster entschied, dass die Motorisierung immer noch zugelassen war, und ließ den Wagen an den Rand des Gutleutviertels fahren. Ein unversehrtes Haus mit offener Eingangstür. Es roch noch Mittagessen. Die Wohnung lag im 1. Stock, es gab keine Klingel. Küster klopfte energisch und zog seine Dienstmarke aus der Anzugjacke. Rau tat es ihm gleich. Er hatte noch nie eine Todesnachricht überbringen müssen. Hinter der Tür schrie ein Kind. Dann wurde sie geöffnet.

Die Frau war mittelgroß, verhärmte Gesichtszüge, die Haare zu einem Dutt gebunden, in einer Kittelschürze. Nach einem kurzen Blick auf die Marken fragte sie: „Ist er tot?"

Ohne eine Antwort abzuwarten, ging die Frau dann in das Wohnungsinnere. Die Beamten folgten ihr. In der Küche saß ein kleiner Junge auf dem Schoß einer gutaussehenden blonden Frau. Das Kind blickte neugierig, die Frau auch besorgt. Zur letzten Sicherheit fragte Küster nach dem Hochzeitsdatum auf dem Ehering, dann sprach er es aus und wartete auf die Reaktionen. Der Junge lächelte die fremden Männer an, die ältere Frau erstarrte, die jüngere brach in Tränen aus.

Die ältere Frau war die Witwe, die jüngere die Tochter, die mit ihrem Sohn auch in der Wohnung der Eltern lebte. Rau fand zwei Kaffeetassen, füllte sie mit Leitungswasser und stellte sie auf den Küchentisch vor die Frauen. Die Beamten setzten sich auf freie Stühle.

Nur die Tochter fragte, was passiert sei. Küster erzählte vom Fund am Mainufer. Die genaue Todesursache sei noch unbekannt. Dann hatte er weitere Fragen. Ob der Tote Geld oder wertvolle Sachen bei sich hatte? Nein, antwortete die Tochter, sehen sie sich um, wir haben doch nichts. Könnte ihm jemand nach dem Leben getrachtet haben? Die Tochter antwortete. Wir sind doch einfache Leute, wer sollte so was tun. Oder war er krank, hatte er schwere Sorgen, die mit seinem Ende in Verbindung stehen könnten?

„Vati hat sich nichts angetan, wenn Sie darauf hinaus wollen. Es ging ihm schlecht, wie uns allen. Ich selbst bin eine Kriegerwitwe von 26 Jahren mit einem kleinen Kind", sagte die Tochter mit festerer Stimme. „Seine Druckerei war ausgebombt, er hatte die schwere Kriegsverletzung, aber er hatte auch uns, besonders Martin, seinen einzigen Enkel, und auch wieder eine Arbeitsstelle." Dann trank sie die Tasse leer und ging zum Herd, um nach dem Suppentopf zu sehen.

„Wann können wir ihn beerdigen?", fragte die Witwe, die noch keine Träne vergossen hatte. Küster antworte, dass bei den Umständen eine Leichenschau notwendig sei, in zwei Tagen sollten sie auf dem Polizeipräsidium vorsprechen und ihn verlangen, um näheres zu erfahren. Dann sagte er: „Heute haben wir den 28. Juli, wann haben Sie ihren Mann und Vater zuletzt gesehen?"

Es war Freitag, der 23. Juli. Morgens ging er ganz normal zur Arbeit. Nach Feierabend wollte er zu seiner Nichte, einer Krankenschwester, die ihn regelmäßig massierte, gegen die Schmerzen von den wandernden Splittern im Körper, dann zu seinem Schwager, da ging er gerne hin. „Wenn wir den Willi nicht hätten", meldete sich die Witwe mit Nachdruck. Jedenfalls kam der Tote in der Nacht nicht heim. Was sonst nie geschah.

Am nächsten Tag wollten Frau und Tochter Gewissheit. Bruno Degenbach erschien nicht zur Arbeit. Zur Massage war er gekommen und ging am selben Abend auch wieder weg. Beim Schwager erschien er nie. Niemand wusste etwas. Die Ungewissheit wurde drückend. Die Ehefrau ging auf die Bahnhofswache, musste sich spöttische Bemerkungen anhören, doch die Beamten nahmen eine Vermisstenmeldung auf. Dann kamen weitere lange Tage der Ungewissheit.

Küster bat die Tochter, Namen und Adresse von Nichte, Schwager und Arbeitsstelle aufzuschreiben. Rau reichte ihr Papier und einen Bleistift.

„Opa, brumm, brumm", rief plötzlich der Junge fröhlich in die Runde. Seine Mutter fragte: „Wo ist das Motorrad von meinem Vater, können wir es abholen?"

„Wir haben nur einen Führerschein gefunden", entgegnete Küster überrascht." Er hatte ein Motorrad?"

„Vati konnte sich sonst über längere Strecken nicht bewegen. Selbst zum Gehen brauchte er immer einen Stock. Er hinkte sehr stark. Er fuhr die BMW R 23 von meinem gefallenen Mann. Auf seine Kriegsversehrtenkarte bekam er Benzin."

Rau bat sie, auch das Kennzeichen noch mit auf den Zettel zu schreiben. Die Tochter ging in eines der Zimmer. Als sie zurückkehrte, fragte Küster nach persönlichen Unterlagen, Aufzeichnungen oder Tagebüchern des Toten. Die Witwe verneinte. Der Suppentopf wurde noch mal gerührt. Signal zum Aufbruch. Die Beamten verabschiedeten sich mit Beileidsfloskeln.

Danach ließ die Tochter ihren Tränen freien Lauf und drückte das verstörte Kind an sich. Ihre Mutter deckte den Tisch. „Warum hast Du den Polizisten nichts von der Dose gesagt?" „Das geht niemanden was an", antwortete ihre Mutter.

Auf der Rückfahrt ins Präsidium sprühte Rau vor Ideen. Die sofortige Fahndung nach dem Motorrad einleiten und Zeugen gäbe es doch auch schon auf ihrer Liste. Küster leckte das Mundstück seiner Zigarre an, heute würde er viermal in den Genuss kommen, und entzündete sie. „*Marjellchen. Marjellchen*, die Suchmeldung geht in Ordnung, wird vielleicht wenig bringen, die Kiste könnte auch im Main liegen. Ansonsten lassen wir den Professor für uns arbeiten. Ist es Selbstmord oder ein Unfall, sind wir durch. Ansonsten sehen wir weiter."

Der Geburtstagkuchen von Laura Schwarz, der jüngeren der Sekretärinnen von K3A, war restlos verzehrt. Das hatten sie verpasst. Küster erstattete dem Chef einen kurzen Bericht. Rau musste einen anderen Kollegen bei dessen Recherchen anhand des letzten Frankfurter Fernsprechverzeichnisses von 1944 unterstützen.

Der Höhepunkt des Tages würde für ihn erst gegen 8 Uhr abends beginnen.

Den Weg zu seiner Wohnung legte er zu Fuß zurück. Ein früher Sommerabend. Er ging durch Straßen mit unversehrten Häusern und Ruinenlücken, Straßenverkehr und Leuten, die einen kleinen Leiterwagen hinter sich herzogen. Das Leben war normaler, langsamer und geordneter geworden, als noch vor ein, zwei Jahren.

Es gab noch die Nachrichtenzettel an Häuserwänden, aber auch druckfrische Zeitungen. Leute trugen umgefärbte Uniformteile als Mäntel oder Kleider, andere deckten sich schon in den feineren Textilgeschäften ein. Der Trümmerzug zur Stadtentrümpelung zwischen Schefflerstraße und Ostpark, der Hitler-Gedächtnis-Express, hatte seine Arbeit vor Monaten eingestellt. Aber außer der Paulskirche gab es wenige Neubauten. Wie lange ein Wiederaufbau dauern würde? Die Optimisten meinten 20, 30 Jahre. Sich arrangieren, das Beste draus machen, lautete das Motto der Masse.

Für Rau auch. In der Speicherstraße im südlichen Gutleutviertel bewohnte er eine frühere Kellerwerkstatt eines

Schusters. Ich hause in einem Kellerloch, dachte er am Anfang, als er den Ledergeruch beseitigte, mit Petroleum eine
Entlausung durchführte und den blutigen Krieg gegen die
Ratten vorerst gewann. Das war Anfang 1947 und viel besser als seine wenigen Tage übergangsweise im Tiefbunker in
der Moselstraße. Eine Hölle aus Menschenmassen, Unruhe,
Ansteckungsangst vor Krankheiten, Dreck, Schlangen vor
dem Abort und Hoffnungslosigkeit.

Sein Hausstand war spärlich. Er umfasste einen Alles-
brenner zum Heizen, ein Bett, das auch für zwei reichte,
eine Kochplatte, wenig Geschirr und zwei Töpfe aus ge-
presstem Flugzeugblech. Ein Volksempfänger stammte aus
dem Elternhaus und übertrug Musik und Nachrichten mit
gelegentlichen technischen Problemen.

Zur Wohnung ging es einige Stufen hinab. Bernhard
Rau schlug eine muffige Hitze entgegen. Als erstes trank
er aus der Flasche mit dem abgekochten Leitungswasser,
das ihm auch lauwarm schmeckte. Er kochte immer ab, obwohl die Behörden von der Unbedenklichkeit ausgingen.
Der Dämon *Dünnschiss* begegnete ihm schon in Afrika, im
Gefangenenlager und auch in Frankfurt. Hier war er der
Hauptgrund seiner wenigen Schwarzmarktgeschäfte. Kleine Servietten als Toilettenpapier gegen die Rauchermarken.

Im Spiegel über dem kleinen Waschbecken sah er sein
Gesicht. Blaue, müde Augen und dunkelblonde, kurzge-
schnittene Haare, eingefallene Wangen. Er zog eine lächeln-
de Fratze. Hunger verspürte er nicht.

Es war auch wenig Essbares vorhanden. Sein Frühstück
bestand aus Brot von den Lebensmittelmarken, Sirup, Marmelade und Malzkaffee, eine kleine Packung Bohnenkaffee
blieb besonderen Ereignissen vorbehalten. Zum Abendbrot
wäre nur ein Würfel Hartkäse vorhanden gewesen. Manchmal kochte er abends Kartoffeln, um sie mit Speck oder

Pferdewurst zu essen, aber in der Sommerhitze fürchtete er, das Fleisch würde ungekühlt verderben. Gelegentlich ging er zu den Gasthäusern mit Massenspeisung. Jetzt brauchte man für das Essen keine Berechtigungskarte mehr. Es kostete aber eine Mark. Bei 224 Mark im Monat, 31 Mark Miete, und einem dringenden Bedarf an wasserabweisenden neuen Schuhen, nicht immer möglich. Vielleicht sollte er richtig kochen lernen.

In seinen Blick fiel das noch ungeöffnete Glas eingemachter Marmelade, von einer noch unbekannten Frau Klee, das deren Tochter Constanze ihm geschenkt hatte. Er erwartete sie gegen acht Uhr. Vorher würde seine Freundin, das war sein Stand, auf Verlobte arbeitete er hin, wie jede Woche als Helferin zur Rot Kreuz Studentengruppe gehen. Dort unterstützten sie bedürftige Studenten, organisierten Kleidungstausch und sammelten auch Geld. Bei einem Konzert zu diesem Zweck gingen sie vor zwei Wochen in die Räume der Quäkergemeinde und ein Pianist spielte Beethovens *Appassionata*. Rau litt bei ungewohnter Klassik fast eine halbe Stunde lang, Constanze war ergriffen. Die Einladung zu einem Swing-Abend in einem Club war von ihr angenommen, aber noch nicht eingelöst.

Goethe, Schiller, Rilke, Beethoven, die Kunst des alten Deutschlands, bedeutete Constanze sehr viel, als Zeichen seiner wahren Größe und als Fixsterne eines neuen Lebens. Beschmutzt und missbraucht durch das Dritte Reich mit seinen Untaten, aber auch der Gleichmacherei, der lockeren Moral und der Herrschaft der Masse. Wo sie doch Ritterlichkeit, Romantik und wahre Größe schätzte. Über die ganz nahe Zukunft des Landes machte sie sich weniger Gedanken.

Jetzt rief sie durch das kleine geöffnete Fenster. *Bernhard*. Sie rümpfte über seine Wohnung gelegentlich die Nase und kam nicht gern herein, obwohl ihr Mehrbettzimmer in einem Schwesternwohnheim sicher sauberer, aber dafür nicht für sie allein war.

Der Gerufene erschien nach wenigen Augenblicken, im lockeren Hemd und ohne Hut, weil sie Männer mochte, die auch bei der Kleidung etwas anders waren als die Masse.

Die Umarmung dauerte lange und nach dem Beginn des Sommerspaziergangs wusste Rau wieder alles, was er an Constanze liebte. Zum Beispiel ihre Ideen, das Temperament und den Mitteilungsdrang. Er erhielt einen Bericht über den Tag als Famulus an der Universitätsklinik, über Zirkus Hoppe, wo sie unbedingt reingehen müssen und auch noch mal in den Zoo. Einer der Oberärzte war im Variete Palette in der Bergerstraße gewesen, teuer, aber eine Wucht.

Richtung Mainufer schlenderten sie an der geschlossenen Tauschzentrale und an einer Gaststätte vorbei, in deren Hof, gegenüber von Hausruinen, Sonnenschirme aufgespannt standen und Gäste an runden Tischen bedient wurden.

Am Mainufer fanden sie Platz, abseits von anderen Pärchen. Eine gute Örtlichkeit für Rau, mit dem Fund der Wasserleiche und den heutigen Ermittlungen aufzutrumpfen. Constanze hörte interessiert zu. Bei Professor Wiethold belegte sie am Anfang des Studiums einen Einführungskurs in die Anatomie. Er soll im Widerstand gewesen sein, wusste sie noch.

Nach den Gesprächen gingen sie dann zu anderen Dingen über.

Ein Name fiel nicht. Bernhard Rau wusste, dass die Person nicht der Hilfsgruppe des Roten Kreuzes angehörte und sein medizinisches Praktikum an einem anderen Hospital ableistete.

Das Thema Ferdinand war erst einmal begraben. Aber das Grab war flach.

# 14

Die morgendliche Rasur sah Küster nicht nur als Pflicht. Mit ihrer Mischung aus Belebung durch die aufgetragene Seife und die zur Vermeidung von Schnittwunden notwenige Konzentration, machte sie ihn wohlig wach. Die ersten grauen Haare im kurzen Haupthaar und im Schnurrbart störten ihn nicht. In knapp zwei Wochen stand der 52. Geburtstag vor der Tür. Eigentlich kein Feiertag, dachte er beim vorsichtigen Schaben bis zum Haaransatz.

Fast dreißig Jahre dieses Lebens arbeitete er als Polizist.

Von der Berliner Polizeischule marschierten sie im August 14 zum Bahnhof, Kapelle vorweg, Bürgerspalier am Straßenrand. Siegreich bis Paris zogen sie dann nicht. Es wurde eine elende Zeit, in der Küster seinem Kaiser diente. Vier Jahre, zwei Verwundungen und zwei Orden später, kehrte er nach Berlin zurück. 1919 erfolgte die endgültige Einstellung. Er war 23 und diente jetzt einer Republik. Das Dienen gelang ihm gut. Er durfte zum Kriminalamt, ins Präsidium am Alexanderplatz, konnte sich hocharbeiten.

Küster ließ das Wasser laufen und spritzte damit den letzten Schaum ab. Dann wusch er sich den Hals und unter den Achselhöhlen.1933 gelangte ein anderer Gefreiter des Weltkriegs an die Staatsspitze. Küster hatte immer deutschnational gewählt, und er diente auch diesem Führer.

Seine Karriere verlief nicht mehr so erfolgreich, es gab Vorfälle, er wurde von Berlin in die Provinz strafversetzt. Zwischen Königsberg und Memel diente er dann in einer Weise, die heute niemand wissen durfte und mit den Jahren auch kaum noch interessierte. In Ostpreußen verlor er im August 44 Frau und Sohn bei einem Luftangriff. Dann ging es für ihn nach Westen. Küster besaß ein gutes Gespür dafür, woher politisch der Wind wehte. Mit einigen Unterlagen zu seiner Polizeilaufbahn floh er bis Frankfurt, durfte wieder dienen und durchaus mit größeren Erfolgen.

Nach Behelfsunterkünften wohnte er seit Ende 46 in Bockenheim. Nicht allein, sondern als Untermieter in der Wohnung von Frau Griesbach. Für beide Seiten ein Gewinn. Die Beamtenwitwe hätte, bei drei kleinen Zimmern, mit einer Zwangseinweisung und einer Möbelabgabe rechnen müssen. Da kam ihr ein anderer Beamter ganz recht, der höflich und ruhig war, für Essen und Miete Geld und Marken abgab, sich umsorgen ließ und ihren Redefluss nicht einschränkte. Kuster seinerseits wurde hausfraulich perfekt versorgt, konnte wie auch sonst meist schweigen, und es lag altersbedingt keinerlei störende erotische Spannung in der Luft.

Das einzige, was dort missfiel, war fett, faul, herrschsüchtig und verschlagen. Ein Kater, schwarz, mit einer weißen Pfote. Muck, der unantastbare Liebling seiner Wirtin.

Küster zog das gebügelte Oberhemd an und einen der zwei abgetragenen Anzüge, die Frau Griesbach immer wieder „aufmöbelte". Im Zimmer hatte er alles, insbesondere einen Lesestuhl. Das Bad lag natürlich indisch, jenseits des Ganges. Er setzte sich an den gedeckten Frühstückstisch. Heute gab es wieder ein Zuckerei, ein rohes Ei mit Zucker verrührt. Seine geliebte Energiequelle. Dem Kater gehörte das Sofa.

Das Radio spielte schon. Seine Wirtin war radiobesessen, wenn es so etwas gab. Erst vor kurzem kaufte sie sogar einen ganz modernen Apparat. Er lief den ganzen Tag, neben ihm lagen stets Papier und Bleistift.

Frau Griesbach wartete auf Nachricht von ihrem seit 1944 vermissten Sohn. Vermisst, wusste Küster, ohne es auszusprechen, bedeutete in der kühlen Militärsprache, ein Soldat ist tot, aber die Leiche in Stücke zerfetzt, im Sumpf versunken, von zurückweichenden Kameraden nicht zu bergen gewesen. Für sie aber war es ein Verb der Hoffnung. Sie hörte alle Suchmeldungen ab, alle Berichte über heimkehrende Kriegsgefangene. Neues über Oberleutnant Ulrich Griesbach erwartete sie offenbar auch in den Weltnachrichten oder bei *Doppelt oder Nichts*, der Ratesendung von Radio Frankfurt. Es wurde ihre fixe Idee.

Ihre Zettel füllten sich und die aufgeschnappten Nachrichten wollten eine Öffentlichkeit. *„Un es geht eim ja wägglisch allerhand dorch de alde Kobb.“* Nach diesem Einleitungssatz ging es um die Frage eines drohenden neuen Krieges, wo der letzte doch erst vorbei war. Oder, ob neues Geld und ein neuer Staat im Westen, nicht das Land spaltet, wo die anderen im Osten doch auch Deutsche sind.

Jetzt hatte der Apparat ihr berichtet, dass Westberliner im Osten der Stadt Lebensmittel, Kleidung und Heizmaterial bekommen können, auch ohne Luftbrücke. Da fragte Küster dann doch, ob Stalin persönlich ihr das auf Radio Moskau versichert habe. Nein, antwortete sie, ein deutscher Sender und es gab auch kleine Gespräche mit Frauen, die das machten, in den Westsektoren der Stadt deshalb aber schlecht angesehen wurden. Außerdem dürfe man heute ja jeden Sender hören.

Auf der Metzstraße steuerte Küster allmorgendlich den Laden des mürrischen Herr Haase an, der ihm drei Zigarren *Erntekrone* für je 15 Pfennig verkaufte. Die Zigarre diente Küster als Indikator seiner gesellschaftlichen Stellung. Früher Raucher der Edelmarke *Loeser&Wolff*, jetzt nur wenig über Tabakselbstversorgern stehend, mit dem Ziel die Glocke für 35 Pfennig zu erreichen, aber weit entfernt von *La Tagena*, hellen Sumatras, die bei Herrn Haase nur im Fünferpack zu haben waren, für den stolzen Preis von 4,90.

In der Straßenbahn musste Küster nicht zahlen, die Polizeimarke diente als Fahrschein. Die Haltestelle lag neben dem Stand mit den Losen der Aufbau-Tombola. Nach sechs Stationen und einem kleinen Fußmarsch erreichte er pünktlich das Präsidium.

Die Morgenlage dauerte nur kurz. Gestern Abend, beim Schließen des Geschäfts, wurde ein Verkaufsladen überfallen, der Inhaber erlitt schwerste Kopfverletzungen. Versuchter Raubmord, wurde in der Runde gemurmelt, es wird immer brutaler. Stock und Wenninger übernahmen. Sonst gab es nur Sachstandsberichte. Küsters Beitrag zur Wasserleiche lautete, es werde auf den vorläufigen Obduktionsbericht gewartet.

Der erreichte die Dienststelle eine halbe Stunde später.

Küster nahm ihn am Telefon entgegen und sagte nur einmal, „das kommt mit seinem Verschwinden hin." Dann ging er in das Zimmer von Löffler, ihrem Chef. Nach seiner Rückkehr blieb er im Raum stehen und gab bekannt, dass die Leiche vom Mainufer kein Wasser in der Lunge hatte, also nicht ertrunken ist, sondern erschlagen wurde. Zeit im Wasser, fünf bis sieben Tage. Eine neue Akte.

Danach winkte er Rau auf den Flur.

Neuer Marschbefehl, sagte Küster. Wir suchen die Zeugen für den letzten Abend auf und die Arbeitsstelle. Die Suche nach dem Motorrad läuft? Diesmal nickte Rau stumm. Es gab keine Motorisierungserlaubnis. Eine Fahrt mit dem Dienstrad lehnte Küster aus Gründen seiner Würde ab. Sie nahmen die Straßenbahn. Es ging ins Nordend.

Die Nichte des toten Bruno Degenbach hatte im Krankenhaus Nachtdienst gehabt und schlief noch. Ihre Mutter öffnete den Beamten die Tür. Die Todesnachricht war schon angekommen. Bei der Frage, was denn genau passiert war, hielten sich die Besucher bedeckt. Ihre Tochter blickte nach dem Wecken verschlafen, aber freundlich, als sie die Küche betrat. Krankenschwestern müssten mit wenig

Schlaf auskommen. Küster verschwieg die vorsätzliche Tötung weiter und bat, das letzte Zusammentreffen mit Onkel und Schwager zu schildern.

An einem Freitag war das, ganz sicher, und nach einigem Rechnen und mit Raus Hilfe, der 23. Juli, genau vor einer Woche. So gegen viertel vor sieben. Bruno kam gern, um sich von Hilde massieren zu lassen. Er hatte diese vielen wandernden Granatsplitter, hauptsächlich im Rücken. Seine Nichte besaß geschickte Hände, etwas Fett als Ölersatz zum Einreiben gab es immer, und nach 15 Minuten endete die Prozedur, sie versprach einstweilen etwas Linderung der chronischen Schmerzen.

Sofort gegangen ist er nicht. Man hockte noch in der Küche zusammen. Ob es dafür einen Grund gab? Nein, das war üblich, es gab auch noch ein Gläschen Selbstgebrannten, den mochte Bruno. Aber die Einkochtöpfe für seine Frau mitnehmen, das wollte er nicht. Er fuhr nicht gleich nach Hause, er wolle noch nach oben, ins Westend. Ein wichtiges Männergespräch, genau das waren seine Worte. Er trank dann auch noch ein zweites Gläschen. Mutantrinken, hatte er gesagt. Aber kein Wort mehr, mit wem oder wo.

Ob er auch zu seinem Schwager wollte, wie er seiner Frau gesagt hatte? Onkel Willi, der Krösus, meinte die Tochter. Glaube ich nicht, antwortete die Mutter. Der Willi haust doch bei seinem Lastwagen, aber nicht im Westend. Wann Bruno Degenbach gegangen ist? Spätestens halb acht. Ob er bedrückt oder ängstlich wirkte? Nein, da waren sich Mutter und Tochter einig, eigentlich wie immer, eher froh und unternehmungslustig. Bruno hat nie aufgegeben, sagte seine Schwägerin mit verschwörerischem Ton, meine Schwester schon. Warum hatte er sich nur umgebracht? Oder fiel er einem Verbrechen zum Opfer? Die Polizisten vermieden eine klare Antwort.

Der Schwager des Toten wohnte nicht im vornehmen Westend. Die Adresse führte zu einem gepflasterten Hinterhof mit einigen Garagen, neben einer stand, handgemalt auf einem Schild, *Spedition Kolb*. Der Inhaber blickte kurz auf die vorgezeigten Marken und meinte, Polizei, das habe ihm schon vorher seine Nase gesagt. Dann stellte er sich vor. Kolb, Wilhelm, mit dem Oberbürgermeister nicht verwandt oder verschwägert, leider.

Aber mit Bruno Degenbach, brachte Küster das Gespräch in die gewollte Richtung. Ja, Bruno, sagte der gedrungene Mann Mitte der Vierzig, er hätte es schon gehört, war ins Wasser gegangen. Küster klärte die Sache bewusst nicht auf und wollte stattdessen wissen, welchen Grund es für einen Freitod denn gegeben habe.

Der Schwager überlegte nicht lange. Bruno passte nicht mehr in die Zeit, in der die Karten neu gemischt wurden und er keine Asse mehr hatte. Es gab doch ein Gedicht aus der Volksschule. *Im Glück nicht stolz sein und im Leid nicht klagen, das Unvermeidliche mit Würde tragen.* Das konnte er nicht.

Kolb dachte kurz nach. „Als ich seine Schwester im Krieg heiratete, war ich der kleine Schlosser und er der große Druckereibesitzer. Jetzt geht es mir soweit ganz gut. Er aber hat seinen Besitz verloren, seine Druckklitsche und damit sein ganzes Leben. Er stand sich selbst im Weg, soweit man das mit eigentlich nur noch einem Bein kann."

Küster war von der kaltschnäuzigen Aussage überrascht, ließ es sich aber nicht anmerken. Stattdessen fragte er nach dem letzten Freitag, ob Degenbach bei ihm vorbeikam.

„Nein, er ist nicht gekommen. Nur Luise, seine Frau, am nächsten Tag. Die Frau hat wirklich gelitten, unter und mit ihm."

Wie er stattdessen den Freitagabend verbrachte? Kolb antwortete, ohne zu zögern. „Mit meinem besten Stück. Dem

MAN hier." Er wies auf einen kleinen LKW, mit Verdeck über dem Laderaum, der außerhalb der Garage stand. „Hat immer irgendwelche Ausfälle. Es ist schwer, Ersatzteile zu bekommen. Da hilft es, wenn man bei der Motorenfabrik Oberursel gelernt und bei der Wehrmacht Fahrzeugen in Schuss gebracht hat. Das habe ich an dem Freitag auch gemacht. Danach um die Ecke ins *Edelweiß* und dann Bettruhe."

Rau wollte wissen, wann er seinen Schwager denn tatsächlich zuletzt gesehen hatte. „Einige Tage ist das her. Bruno kommt oft vorbei, schwätzen, oder wenn sein kleines Motorrad Wehwehchen hat."

Küster fragte dann nach Freunden des Toten, außerhalb des Familienkreises. Kolb zuckte mit den Achseln. Wen er denn zu einem Männergespräch treffen könnte, für das er sich Mut antrinkt? Wieder nur ein Achselzucken. Wie es denn mit Feinden und Übelwollenden aussieht? Dafür sei Bruno zu unbedeutend gewesen. Und die Ehe? „Was sagt Luise denn? Manchmal ist es besser einer geht, wie meine Frau, ist auch nicht schade drum. Nein, nein, die wurde nicht aus dem Main gefischt, die ist abgehauen und spielt jetzt große Dame in Bad Vilbel."

Kolb fragte dann mit Misstrauen in der Stimme. „Wozu eigentlich diese Fragen. Er ist doch ins Wasser gegangen. Oder nicht?"

„Das wird untersucht", erhielt er von Küster als Antwort. Rau wollte noch etwas wissen. „Die Spedition läuft gut, man nannte sie schon Krösus." Kolb blickte geschmeichelt und meinte: „Man tut, was man kann." Ein Fernsprecher läutete aus der geöffneten Garage. Kolb hob verabschiedend die Hand. „Kundschaft."

„Er hat erst sehr spät nach dem Grund unserer Fragen gefragt." Über den Mann wollte Küster mehr wissen und gab Rau einen Auftrag.

Den letzten Weg konnten die Beamten zu Fuß zurücklegen. Ohne amerikanische Uniform, ohne Anmeldung, nur mit ihren Marken ausgewiesen, betraten sie wie Bittsteller die Bank deutscher Länder und wurden auch genauso behandelt.

An der Rezeption in der großen Halle mussten sie warten, erst nach einiger Zeit erschien ein Mitarbeiter der Personalabteilung und sagte in herablassendem Ton: „Es geht um unseren Mitarbeiter Degenbach, was wollen die Herren wissen?"

„Er ist tot", sagte Kuster.

„Nach unserer Personalakte nicht", antwortete der Mann.

„Ich habe seine Leiche gesehen", beharrte der Polizist. „Wo hat er gearbeitet und mit wem?"

Der Personalmann war nun doch etwas verwirrt und verwies auf den Empfangsschalter. Degenbach arbeitete in der Pförtnerei. Dort gingen sie hin. Die dort Tätigen trugen Dienstkleidung. Eine uniformähnliche bläuliche Jacke, weißes Hemd, schwarzer Binder und eine dunkle Hose. Letztere wurde aber offenkundig nicht gestellt, sondern musste privat besorgt werden, was unterschiedlichen Schnitt und Qualität erklärte.

„Sie können von unseren Mitarbeitern der Pförtnerei sicherlich alle notwenigen Auskünfte direkt erhalten. Ich würde mich gerne verabschieden." Doch Küster konnte auch anders und sagte in sehr schneidendem Ton. „Sie bleiben und halten sich zur Verfügung, wir ermitteln in einem Todesfall von einiger Bedeutung." Rau genoss, wie der Personalheini verstummte, einen Schritt zurücktrat und der kommenden Dinge harrte.

Die Beamten erfuhren von den beiden Pförtnern, dass sie den Toten kannten, durch einen Besuch seiner Frau aber nur von seinem Verschwinden, nicht vom Ableben wussten. Er war nicht zur Arbeit erschienen, zuerst am Samstag der letzten Woche. Sonst arbeitete er zuverlässig, mehr in sich gekehrt.

Sie wussten wenig von ihm, hatten auch keinen privaten Umgang. Er hinkte stark und konnte nicht alle Aufgaben erfüllen. Diese bestanden im Dienst am Empfang, der Entgegennahme und Verteilung der Post, direkt oder zur Annahmestelle im 1. Stock, dann der unbeliebte Dienst vor dem Tresorgewölbe, genau, die Führung des Torbuchs. Zum Ende der Arbeitszeit kam die Aufgabe der ausgehenden Post dazu, manchmal auch Botengänge im Haus. Die Arbeitszeit lag in zwei Schichten zwischen 8 Uhr morgens und 7 Uhr abends, am Samstag nur bis 2. Je Schicht drei Kollegen. Degenbachs Einstellung erfolgte zum 1. Oktober 1947, ergab die Personalakte. Ein Kriegsversehrter, keinerlei Beanstandungen.

Einen Spind hatte der Tote nicht, es gab nur ein gemeinsames Pförtnerzimmer. Darin fanden die Polizisten keine privaten Sachen von Bruno Degenbach. Der Mann der Personalabteilung dachte laut über die richtige Form der Kondolenz nach. Genügte eine Karte der Pietät oder gebot der Anstand eine Teilnahme an der Beerdigung? Gab es schon einen Termin dafür? Küster verwies auf die Witwe.

Als sie ins Präsidium zurückkehrten, hatte Rau diverse Vermutungen über den Todesfall Degenbach geäußert. War die Ermordung eine *Scheidung auf italienisch*, ein Gattenmord, weil er einer neuen Verbindung seiner Frau im Weg stand? Seine Ehefrau passte aber nicht dazu. Eigentlich ist er der typische Selbstmordkandidat, ein Kriegsversehrter, der vor den Scherben seines Lebens steht. Aber er hatte sich nicht selbst getötet. Krumme Geschäfte, aber er machte doch gar keine. Ein Raubmord für das Motorrad?

Küster wartete lange bis er sprach. „*Marjellchen, Marjellchen*, nicht das Pferd von hinten aufzäumen. Das Motorrad wäre eine elegante Lösung. Wir müssen rausbekommen, wen er am Freitagabend zu einem Männergespräch treffen wollte." Dann wies er Rau an, die Fotos und Asservate von der Kriminaltechnik zu holen.

Mit der angelegten Akte wartete Küster auf dem Flur vor ihrem Dienstzimmer. Sie gingen zu einem der Fenster und benutzten das Fensterbrett als Unterlage. Aus einer Papiertüte holte Rau die drei entwickelten Fotos. Dann den Ehering, die Armbanduhr, den Führerschein, den sie schon kannten. In der abgegriffenen Brieftasche befanden sich ein Kinderfoto, vielleicht vom Enkelsohn, und ein durch das Wasser angegriffener Schein a 5 DM, sowie ein Zettel. Auf dem stand in Bleistiftschrift *Off* und es folgten vier Ziffern, lesbar eine „2" und am Ende eine „1", dazwischen musste man raten.

*Off* konnte viel bedeuten. Dahinter stand vielleicht eine Telefonnummer, ein Aktenzeichen, ein Datum oder eine Uhrzeit?

Sie spekulierten.

Offenbach?

Offizier?

Offenbarungseid?

Offene Rechnung?

Oder ein abgekürzter Name?

Der Techniker hatte auf einem Zettel handschriftlich auch den Stromkilometer des Fundortes vermerkt.

„Morgen können wir mit einem Besuch der Witwe oder ihrer Tochter rechnen, da gibt es vielleicht Antworten. Oder wir gehen noch mal zur Wohnung. Die 30 Tage haben begonnen." Und auf den fragenden Blick von Rau fügte Küster hinzu. „Im ganzen Kommissariat ist es Usus, dass ein Fall in dieser Frist aufgeklärt wird oder in das Archiv der ungelösten Akten wandert. Ab dann hilft nur noch Kommissar Zufall."

Küster legte die Asservate in die Akte. Einiges würde die Familie zurück erhalten. Er verteilte die Berichte, die von ihren heutigen Befragungen zu verfassen waren. Dann schob er Rau eine Notiz der Sekretärin des Vizepräsidenten zu. Der amerikanische Leutnant wollte umgehend angerufen werden.

Auch ein Offizier.

# 15

Im Polizeipräsidium gab es keine Kantine. Das führte zur Selbstversorgung der Mitarbeiter in der Mittagszeit. Und zu allerlei unterschiedlichen Gerüchen, trotz offenen Fenstern im Dienstzimmer von K3A.

Um die Lufthoheit konkurrierten zwei Suppen, die aus Henkelmanntöpfen verzehrt wurden, mit Brotbelegen, von denen ein hartes Käsearoma hervorstach. Verzehrt wurden auch Pflaumen und ein rundes, kleines, graues Etwas, das entfernt an eine Frikadelle erinnerte. Dazu kamen die Dünste von Rauch und Malzkaffee. Die Stimmung war gut. Fräulein Schwarz stand im Mittelpunkt bisweilen leicht anzüglicher Fragen und Bemerkungen, wusste aber auch selbstbewusst auszuteilen. Einer der Beamten erheiterte mit dem Spruch: *Wenn man mit Gott redet ist man gläubig, wenn Gott mit einem redet ist man irre.*

Nur Frau Steinert schüttelte empört den Kopf. Von dieser Sekretärin hieß es, ihr Ehemann sei Ritterkreuzträger gewesen, nach einem Kopfschuss heute aber nur noch sehr vermindert zu Heldentaten in der Lage. Für Gesprächsstoff sorgte auch eine Großschlägerei zwischen GIs und deutschen Jugendlichen, die zu einer zertrümmerten Gaststätte führte, aber nicht in die Zuständigkeit dieser Ermittlergruppe fiel.

Ein Wachtmeister erschien. „Das Haustelefon ist schon wieder gestört. Bei uns unten ist eine Frau Degenbach für Hauptmeister Küster." Der Angesprochene verzehrte in Ruhe einen Rest Brot, trank sein Wasserglas leer, säuberte seinen Mund mit einem Taschentuch und ging. Rau folgte ihm.

Die Witwe trug schwarz und erschien nicht allein. Begleitet wurde sie von einem älteren, kleinen, stämmigen Mann mit wenig Haarkranz auf dem Kopf. Küster lotste beide in Verhörraum 2, der in der Mittagszeit zur Verfügung stand. Frau Degenbach schwieg, machte aber ein Handzeichen in Richtung ihres Begleiters. Dieser stellte sich vor als Rahn, Herbert. Küster ließ ihn reden.

Rahn war nach dem Krieg Inhaber des *Offizin Gallus* in der Frankenallee, ein gut eingeführter Druckereibetrieb, den er verkaufen wollte, um sich zur Ruhe zu setzen. Das hatte er im weiteren Kollegenkreis herumerzählt und es gab eher lockeres Interesse. Da erschien im Juli, so Mitte des Monat, ein Herr Degenbach in dem Betrieb, ihm nicht persönlich bekannt, der sich als ehemaliger Inhaber der Druckerei Paasch aus dem Gallusviertel vorstellte, ausgebombt 1944. Dieser bekundete eine ernsthafte Kaufabsicht. Schien ein seriöser Mann zu sein und fachlich versiert.

Er besichtigte die „Bude", die beiden Druckmaschinen, Vorkriegstechnik und noch tipptopp in Schuss, und sprach mit dem Mitarbeiter, der nach dem Verkauf bleiben sollte. Man kam sich auch menschlich näher. Der mögliche Käufer erhielt Einsicht in die Bücher und einen Blick in den Kundenstamm – solide Geschäftsleute, Magistratsaufträge, Handzettel für das Deutsche Turnfest im August, Aufträge für die Frankfurter Herbstmesse im Oktober. Eine gute Auslastung.

Die Zahl 15.000 als Kaufpreis schreckte ihn nicht. Der Laden war das ja auch wert. Sie schlossen beim zweiten

Besuch einen Vertrag per Handschlag. Bis Ende Juli sollte das Geld fließen, dann mit einem schriftlichen Vertrag. Die Übergabe sollte bis Mitte August erfolgen. Er hätte noch beim Einarbeiten geholfen, Ehrensache. Und als die Tage vergingen und sich doch noch ein zweiter Interessent meldete, eine größere Druckerei, die seine Firma vom Markt kaufen wollte, da wurde er aktiv. Wollte doch mal nach dem Rechten sehen. Handschlag ist Handschlag. Dann gestern Abend der Schock. Sein Käufer ist tot.

„15.000 Mark", presste Frau Degenbach als erste Worte aus sich heraus.

Auch Küster wollte genau das wissen. „Er hatte das Geld oder war es ein Verhandlungsangebot?"

„Nein, nein", antworte Rahn, „der Bruno, wir duzten uns schon, tat so, als gäbe es kein Problem. Ich hab ihm am Anfang schon *Kabitschko* angeboten, wie wir als Kinder im Pott sagten, Ratenzahlung. Aber er wollte in einem Mal in bar zahlen. Ich habe auch über Kredit gesprochen, der wäre bei der Bank doch drin gewesen, mit dem Betrieb als Sicherheit. Ich hätte ihn auch unterstützt, mit Jahresumsatz, Auftragsbuch, Betriebsbesichtigung, Hosen runter, man kennt die Banken ja. Aber er wollte nicht. Ich hab ihm geglaubt."

„Erschien der Bruno Degenbach allein?"

„Ja, insgesamt sahen wir uns dreimal, einmal etwas länger. Da gab es Schnaps auf den Vertrag."

„Sie hatten nicht den Eindruck, er kauft für eine dritte Person, als Strohmann?" Wollte Küster weiter wissen.

„Auf keinen Fall. Das war für ihn, er hatte schon kleine Pläne, was er ändern oder verbessern wollte. Ist ja nun nicht mehr...", brach Rahn ab.

Rau fragte dann nach der Telefonnummer des *Offizin Gallus*. Sie lautete Frankfurt 2301. Angerufen hatte Degenbach aber nicht.

Die Kriminalbeamten entließen den Mann. Er kondolierte der Witwe noch einmal und ging.

Ein Moment der Stille. Dann begann Küster wieder.

Ob sie von dem Geschäft wusste? Frau Degenbach schüttelte den Kopf und wiederholte leise den vereinbarten Kaufpreis.

Einfühlsam und mit Geschick, was Rau ihm gar nicht zugetraut hätte, berichtete Küster der Frau von der Leichenschau und der Freigabe zur Beerdigung. Er bitte um Benachrichtigung des Termins. Es habe sich aber der böse Verdacht bestätigt, dass ihr Mann ums Leben gebracht und erst dann in den Main geworfen wurde. Möglicherweise wegen seines Motorrades, oder der Dinge, um die es gerade eben gegangen war. Oder aus einem noch unbekannten Grund. Die Polizei bitte deshalb um die Hilfe der Familie. Ein Verbrechen, eine Untat, müsse doch gesühnt werden.

Frau Degenbach seufzte, blieb aber tränenlos und nickte.

„Hatte ihr Mann denn annähernd so viel Geld oder Wertsachen, die zu Geld zu machen wären?"

„Wir hatten doch nichts mehr, Sie haben doch gesehen, wie wir wohnen. Vier Personen auf zwei kleine Zimmer. Sein bisschen Geld, das von unserer Tochter."

„Machte ihr Mann Geschäfte auf dem Schwarzmarkt, als sich das noch lohnte?"

„Nein, mit seinem Bein. Mal Schokolade oder Kinderschuhe, das machte nur Irma, unsere Tochter."

„Hatte er denn noch andere Arbeit als bei der Bank in der Pförtnerei?"

Die Witwe holte nun doch ein Taschentuch hervor. „Nein, das wenige Geld, eine Kriegsversehrtenrente, das war alles." Sie schnäuzte sich.

Küster wartete einen Moment ab. „Hätte er denn Geld, sehr viel Geld, von jemandem bekommen können. Der Plan mit der Druckerei scheint doch ernst gemeint gewesen zu sein?"

„Willi Kolb, der Mann von Brunos Schwester, hat uns öfter mal ausgeholfen, noch mit dem alten Geld oder mit Sachen. Aber so viel, so reich ist Willi nicht."

Küster nestelte nach der ersten Zigarre des Tages. „Ihre Nichte und ihre Schwester haben ihn mutmaßlich als letzte aus der Familie gesprochen. Da hatte ihr Mann gesagt, er fährt anschließend zu einem wichtigen Männergespräch nach oben, ins Westend. Wissen Sie wohin?"

„Mir hat er am Morgen gesagt, er fährt erst zur Massage und dann zu Willi. Mehr weiß ich nicht."

Aus der Akte holte Küster diverse Gegenstände, wie die Uhr, den Ring und die Brieftasche. Er ließ Frau Degenbach den Empfang quittieren. Dann legte er das Kinderfoto aus der Brieftasche vor sie. Die Reaktion überraschte. Jetzt brach sie in Tränen aus. Das Bild zeigte nicht den Enkel, sondern Alfred, den eigenen Sohn, der plötzlich verstarb, bevor er in die erste Volksschulklasse kam.

Küster begleitete sie nach draußen. Dann holte er Rau im Vernehmungszimmer ab, der schon Notizen zu dem zu schreibenden Bericht gefertigt hatte. Im Stehen sagte Küster: „Ich glaube an den Druckereikauf. Aber nicht aus eigenen Mitteln. Er muss eine Geldquelle gehabt haben, die sprudeln konnte. Aber wie. Er besaß doch nichts als Gegenleistung?"

Rau packte die Akte zusammen. „Vielleicht musste Degenbach nachhelfen. Er hatte etwas, dass viel Geld wert war. Wir wissen noch zu wenig über ihn. Auch das Schweigen über Dinge aus der Vergangenheit kann heute ein Vermögen einbringen." Küster nickte anerkennend, der Junge dachte richtig.

Auf dem Weg in den 1. Stock überraschte Rau ihn auch noch mit einem Vorschlag. Der Präsidialstab vermittelte den Kontakt zur Frankfurter Presse. Sie könnten Degenbachs

Foto veröffentlichen lassen, mit der Frage, wer ihn und in wessen Begleitung am 23. Juli gesehen hatte. Oder sein Motorrad. Sachdienliche Hinweise an K3A. Mitarbeit der Öffentlichkeit, in Amerika wurde so etwas häufig eingesetzt. Küster mochte nicht, was von dort kam. Aber er stimmte zu.

Die Akte füllte sich. Ohne Durchbruch und ohne ein klares Bild.

Der amerikanische Offizier hatte sein Erscheinen angekündigt. Es ging um Kontakte deutscher Schwarzmarkthändler mit den Besatzern. Das hatten sie auch noch zu bearbeiten.

# 16

Seit dem 1. Juli gab es eine Neuerung im Polizeipräsidium. Die Notrufzentrale. Es konnte wieder vom ganzen Stadtgebiet aus 110 angerufen werden. An den beiden Plätzen in der Telefonzentrale saßen Streifenbeamte. Das alte Telefonsystem existierte natürlich weiter. Diese Leitungen dienten nicht zuletzt dem Verkehr zwischen den Polizeiwachen und den Kräften in der Zentrale. Eingehende Anrufe wurden durch die Frauen in der Vermittlung an die Endanschlüsse in den Büros weiter geleitet. Auf diesem Wege klingelte der Apparat im Raum von K3A.

Ein Beamter des 15. Reviers am Wiesenhüttenplatz wünschte Kriminalhauptwachtmeister Küster zu sprechen. Der begab sich zum Fernsprecher und sagte seinen Namen. Dann erfolgte die militärisch kurze Mitteilung, dass die Fahndung nach dem Motorrad BMW mit dem Kennzeichen AH 76-48 erfolgreich verlaufen war. Die Fußstreife habe auch den Fahrer, anlässlich einer allgemeinen Verkehrskontrolle, und trotz seiner Proteste, einweilen festgehalten. Was jetzt passieren sollte.

Die Arbeit im Dienstzimmer wurde unterbrochen und dem Telefonat gelauscht. Küster sagte „gut, gut", dann „sofort herbringen" und „sowohl als auch". Dann legte er auf.

Es dauerte eine ganze Weile, bis der Apparat wieder klingelte und Vollzug gemeldet wurde. Die Maschine im Hof, der Fahrer im Vernehmungsraum 1. Sie gingen zuerst zum Motorrad und verglichen sein Nummernschild mit den Angaben aus der Akte. Daraufhin sahen sie durch den Türspion in die Vernehmungszelle im Keller. Ein junger Mann, mittelgroß, kräftig, gesund, dachte Rau als erstes. Sicherlich in der Lage, den älteren und behinderten Degenbach zu erschlagen. Ein Menschenleben für ein Motorrad? Ein Raubmörder? *Crazy.*

„Sie dürfen anfangen, konfrontieren Sie ihn mit unserem Wissen." Rau fühlte sich durch Küsters Angebot geschmeichelt. Er ging durch die Tür voran. Beide Beamten setzten sich dem Verhafteten gegenüber. Rau fragte zuerst die Personalien ab. Küster lauerte.

Berger, Hans. 19 Jahre, aus Frankfurt. Tischlerlehrling. Die Stimme leise. Der Blick flackernd. Der Kopf gesenkt.

Rau holte das Führerscheinbild aus der Akte und wollte wissen, ob er den Mann kennt. Berger schaute das Foto kurz an und schüttelte den Kopf. „Sein Name ist Bruno Degenbach und ihm gehörte die schwarze BMW." Er holte jetzt das Leichenfoto aus der Akte und legte es auf den Tisch. „So sah er vor einigen Tagen aus, tot aus dem Main angeschwemmt. Erschlagen. Jetzt fragen wir uns natürlich, wie kommt sein Motorrad zu Hans Berger?"

Die Tränen liefen. Worte wurden nur nach und nach hervorgestoßen. *Ich war das nicht und nur geklaut.*

Küster trommelte mit den Fingerspitzen auf den Tisch. Er wartete und gab Rau ein Zeichen, auch abzuwarten. Dann sagte er ganz bedächtig. „Junge, Du bist doch helle. Auf

Raubmord steht die Todesstrafe, der Galgen. Kein schöner Tod, ich war mehr als einmal Zeuge. Der Strick, das Würgen, es dauert eine ganze Minute, ersticken, dann explodiert das Gehirn, fast alle pissen sich vor Angst ein. Wie gesagt, kein schöner Tod und Du bist unser erster Kandidat dafür."

Hans Berger erlebte einen tränenreichen Zusammenbruch und hörte die Worte. „Wir gehen jetzt nach draußen. Du denkst nach und dann sehen wir weiter."

Küster wollte in das helle Sonnenlicht und sie gingen vor den Haupteingang. Er paffte eine Zigarre. Fünfzehn Minuten gab er als Zeitraum vor. Rau wollte etwas wissen.

„Die Todesstrafe wird doch eigentlich gar nicht mehr vollstreckt und der Berger ist auch minderjährig." Küster blies Rauch nach oben. „Wir wissen es, er nicht."

„Und Sie waren persönlich bei einer Hinrichtung dabei?" Jetzt blies Küster einen Ring aus Rauch in die Luft. „Früher wurde manchmal exekutiert, aber nicht immer mit dem Strang." Mehr sagte er nicht.

Bald gingen sie zurück.

Hans Berger hatte sich ein wenig beruhigt und wimmerte leise. Er sei nur ein Dieb, bis Küster mit der flachen Hand auf den Tisch schlug, und auf klare Fragen klare Antworten verlangte.

Wann wurde das Motorrad gestohlen? Freitag, nicht gestern, den Freitag davor. Am 23. Juli also. Wenn das das Datum ist, ja.

Uhrzeit? Am Abend um 9 Uhr 30 musste er Rosie, er geht mir ihr, schon zwei Monate, pünktlich nachhause gebracht haben. Sie hat strenge Eltern. Wohin? Grüneburgweg, ja das ist im Westend. Dann ging er zu Fuß nach Hause. Also vielleicht 10 Minuten später, da passierte es.

Wo? Im Reuterweg, eigentlich wollte er zur Straßenbahn. Da stand die Maschine, schon alt, eigentlich eine *Nuckelpinne*, unter einer Laterne, wie auf dem Präsentierteller, ohne

Schloss oder Bügel. Ja, er schaut danach, eine Maschine ist sein Traum. Mit ihr ist man doch wer. Die *Magger* aus der Bahnhofsgegend, die sind nicht älter als er, aber die haben alles, mit ihren krummen Geschäften. *Stinos* werden wir von denen genannt, Stinknormale. Er hat doch nur 32 Mark im Monat, im dritten Lehrjahr. Da hat er es getan, den Benzinhahn aufgedreht, die Maschine angetreten und weg.

Wo genau stand das Motorrad? Vor einem Hotel, das stand auf einem großen Schild. Heller Backstein und ein Baldachin über dem Eingang, da waren die Fenster hell erleuchtet. Auf der anderen Straßenseite ist eine Schule.

Ob da andere Menschen waren? Nein, dann wäre es doch gar nicht gegangen. Ganz bestimmt nicht der Mann auf dem Bild, der jetzt tot ist. Vor dem Hotel stand auch eine DKW RT 125, ein dicker Brummer, aber die war mit einem Bügel gesichert. Ein, zwei Autos parkten dort auch, nein für Automobile interessiert er sich nicht, hat auch keinen Führerschein dafür.

Ob an dem gestohlenen Motorrad Blut war, eine Tasche oder ein Krückstock? Nein, bestimmt nicht, Ehrenwort.

Und danach? Er hat die Maschine vor seinen Eltern versteckt, mit Rosie hinten drauf ist er ein paar Mal gefahren, ihr erzählte er, sie wäre von einem Vetter geliehen. Jetzt ging der Sprit aber zur Neige, heute war er auf dem Weg zur Arbeit, da würde es auch noch Ärger geben.

Die Polizisten blickten sich kurz an.

„Wir machen jetzt wieder eine Pause. Du denkst weiter nach, jede Kleinigkeit kann für uns wichtig sein. Dein Kopf ist noch nicht aus der Schlinge." Küster stand auf und erlaubte dem Jungen in der benachbarten Arrestzelle auf die Toilette zu gehen und riet, einen Schluck Wasser zu trinken. Dann verfrachteten sie ihn wieder in den Verhörraum und berieten sich auf dem Gang.

„Nun, Herr Kriminalassistent." Rau sammelte seine Gedanken und antwortete. „Seine Geschichte könnte stimmen. Eine kleine Wurst, die einmal seinem Mädchen imponieren möchte. Er kann sich so schnell keine Geschichte mit so vielen Einzelheiten ausdenken. Der Reuterweg liegt im Westend, dahin wollte Degenbach offenbar. Berger hätte die Leiche nicht unentdeckt bis zum Main transportieren können. Und er fühlte sich sicher, wie ein Dieb, nicht wie ein Raubmörder. Er machte die Maschine nicht sofort zu Geld und wechselte nicht einmal das Kennzeichen."

Küster nickte anerkennend. „Gut."

„Natürlich brauchen wir noch den vollen Namen und die Adresse seiner Motorradbraut."

Küster wiegte den Kopf. „Nicht unser Bier. Wenn wir hier durch sind, gehen Sie mit ihm zu K1, die bekommen ein Geständnis in einem Diebstahlsfall und sollen uns ihr Ermittlungsaktenzeichen mitteilen. Rosie und ihr Vater sind dann deren Sache. Ich kümmere mich um das Hotel."

Der Junge konnte sich nur noch erinnern, dass das Hotel wie ein alter General hieß. Dann nahm Rau ihn mit. Küster ließ sich mit der Wache verbinden, in deren Bezirk der Reuterweg lag.

Im Dienstzimmer trank er danach Kaffee aus einer Warmhaltekanne von Frau Griesbach, ohne dem wiederkommenden Rau etwas anzubieten. Dieser fragte, ob Fingerabdrücke vom Motorrad genommen werden sollten, für alle Fälle. Und ohne Aussicht auf Erfolg, dachte Küster, erteilte aber seine Zustimmung. Dann forderte er seinen jungen Kollegen auf, mit in den zweiten Stock zu kommen.

Dort saß die Dienststelle K2C – das Sittendezernat. Chef der *Sitte* war der Beamte Herkenrath. Auf Küsters Stichwort, „Hotel Zieten, könnte für eine unserer Ermittlungen wichtig sein", entzündete er mit einem silbernen Feuerzeug eine Zigarette aus einem silbernen Etui und kam ohne Umschweife zur Sache.

„Mit dem ältesten Gewerbe ist es in Frankfurt wie eine Pyramide. Unten haben wir freilaufende Hühner, besonders am Bahnhof, und zurückgehende Kellerprostitution. Dann kommt ein breiter Mittelbau, Straßenstrich in Bornheim und in der Kaiserstraße, dort sind auch Puffs. Dann die Spitze. In den feineren Hotels oder dem *Rendevous Club* der Amis neben ihrem Postamt, das geht uns aber nichts an. Das *Zieten* ist gar kein Hotel im eigentlichen Sinn, sie haben zwar Zimmer und Schankerlaubnis, na ja, und Zimmermädchen. Eine Fassade, Steuern werden gezahlt, die Bücher stimmen. Ein gehobenes Etablissement, Einlasskontrolle, Diskretion Ehrensache, geschlossene Gesellschaft, deutsches zahlungskräftiges Publikum. Die letzte Razzia liegt längere Zeit zurück, sie haben Gönner und Freunde. Wir müssen uns bedeckt halten."

„Und dieser Edelpuff gehört?"

„Frankfurter Geschäftsleuten, die in den letzten Jahren zu Vermögen gekommen sind. Namen kann ich Ihnen geben."

Küster bedanke sich. Mit Rau ging er ein Stockwerk runter, aber noch nicht wieder in das Dienstzimmer.

Der Jüngere sprach seine Gedanken unaufgefordert aus.

„Degenbach hatte schon die 15.000 Mark, wollte sich amüsieren, prahlte damit im Hotel Zieten und das war sein Verhängnis. Oder, denken Sie daran, was Helbert uns gesagt hat, für kommende Geldfälschungen braucht man eine Druckerei. Es wollte mehr Geld als seinen Anteil. Oder er wollte von einem Gast aus dem Hotel Zieten Geld erpressen. Das lief aus dem Ruder."

„Blödsinn, recht steiler Unfug und Spekulation", antwortete Küster. „Woher hatte er Geld, um deshalb vor Nutten, Freiern und Personal erschlagen zu werden? Warum einen

Strohmann töten, bevor er nützlich gewesen ist? Wen könnte er, womit, um Geld angehen? Das sind unsere Fragen."

Dann erzählte er von Kommissar Rotenberg, dem Chef seiner Anfangsjahre in Berlin. Tatsachen nicht Spekulationen, lautete eine von dessen vielen Regeln.

In den Puff müssten sie auch noch. Aber erst einmal: Wen wollte das Opfer im Westend treffen? Wie kam seine Leiche in den Main? Wer war dieser Bruno Degenbach eigentlich?

# 17

Auch die geöffneten Fenster taten nichts gegen die stickige Luft in Raum 2/44 des Hauptquartiers und die sich rasch erwärmende Augustsonne. Die Uniformträger saßen mit offenen Hemdkragen da, die beiden Zivilisten zwar mit Krawatte, ihre Anzugjacken hingen jedoch über den Stuhllehnen. Dem Wasser auf den Tisch wurde mehr zugesprochen als dem Kaffee. McBrides Begrüßung fiel kurz aus. Dann erteilte er das Wort zum ersten Bericht.

Vor Captain Howard lag ein mehrseitiger Bericht seines CID, Vermerke zu insgesamt 16 Personen, dazu mehrere Zettel mit Notizen. Die Früchte von Recherchen, die gemeinsam mit den Briten in vier Zweigstellen der Landeszentralbanken im englischen Norden und im amerikanischen Süden der Besatzungszonen durchgeführt wurden. Er nahm das Ergebnis vorweg. Mit großer Wahrscheinlichkeit sind die 20 Millionen nicht dort gestohlen worden. Bestätig wurde aber, dass dorthin Kisten mit geringerem Inhalt von 100-Mark-Noten geliefert wurden als deklariert. Er hielt den Zettel hoch mit den Codes der vier Kisten.

Erst drei bis vier Tage nach dem Stichtag der Währungsreform wurde das Fehlen des Geldes bemerkt, als auch größere Beträge zur Auszahlung an Wirtschaft und Verwaltung anstanden. Dann erfolgte jeweils eine konkrete Feststellung des Fehlbetrages, so lautete die Vorschrift. Die Meldung an die Revisoren der Militärregierung erfolgte unverzüglich. Es wurde vollständig kooperiert. In den betroffenen Landeszentralbanken arbeitet nur deutsches Personal. Insgesamt 14 Personen hatten mit den Kisten zu tun. Sie wurden einer umfangreichen Überprüfung unterzogen. Dabei ergab sich nichts Negatives. Weder im persönlichen Umfeld, noch politisch, oder Schulden und dergleichen. Die möglichen Verdächtigen an den vier Orten unterhielten keine Verbindungen untereinander und auch keine Kontakte zu der Gruppe, die in Frankfurt unmittelbar alle Vorarbeiten für Bird Dog leistete.

McBride danke für den Bericht. Es gab keine Fragen aus der Runde. Er blickte zum Vertreter der Militärpolizei.

Mayor Brown wischte sich Schweiß von der Stirn. „Für *Displaced Persons* ist so ein 20-Millionen-Ding einige Nummern zu groß. Klauen, Schwarzhandel, andere Sachen, das kommt vor. Aber auch in den Lagern wurden alle von dem neuen Geld überrascht. Das ist unsere Einschätzung, das sagen unsere Spitzel aus den Camps und die Lagerpolizei. Keine von diesen armen Seelen kam dem Geld auch nur nahe. Definitiv nicht beim Laden, Fahren oder Bewachen, das wurde geprüft. Das machte nur die Army. Details stehen in unserem Rapport."

Die Ausführungen wurden schweigend zur Kenntnis genommen. Die Blicke wanderten zu Agent Powell, der sein Wasserglas absetzte.

Dann sagte er in sachlichem Ton, eine geheimdienstliche Operation der Sowjets sei in diesem Fall ausgeschlossen. Das konnte die CIA eindeutig feststellen. Der Druck der kommunistischen Subversion halte natürlich unvermindert an, aber die Millionen hätten die Russen oder ihre roten Freunde nicht.

Die Runde wirkte erleichtert.

McBride trank fast das ganze Wasserglas leer, das vor im stand. Die bisher gehörten Berichte kannte er in schriftlicher Form schon und wurde durch das Ergebnis deshalb nicht überrascht. Verliefen diese Spuren im Sand, blieb nur die Gruppe der 26, die unmittelbar Beteiligten. Darauf richteten sich die von ihm selbst geleiteten Ermittlungen der letzten zwei Wochen. Er ließ ein Blatt Papier herumreichen. Darauf standen 26 Namen, 16 amerikanische und 10 deutsche. Dann sagte er in die Runde:

„Dies ist eine Liste der Männer, die drei Monate lang die Operation Bird Dog unmittelbar vorbereitet haben. Wie Mayor Brown sagen würde, die dem Geld wirklich nahe waren. Fast jeden Tag, inmitten von Unmengen an Kisten. Manche auch mehr am Schreibtisch. Wir haben sie auf Herz und Nieren überprüft und sind noch nicht zu einem Ende gekommen. Dafür ist Fingerspitzengefühl nötig. Wir klagen ja bisher niemanden an, wir untersuchen. Es kann sich auch ergeben, dass alle der Uniform und der Fahne unseres Landes in wichtiger Mission treu gedient haben. Und die Deutschen ihrem Land."

Dann ging er ins Detail. Die CIA hatte eine politische Überprüfung aller Namen vorgenommen. Das ergab nur bei der Nummer 14, Howard Bishop, einem Mitarbeiter der Finanzabteilung, Hinweise auf eine Beteiligung an sozialistischen Zirkeln während seines Studiums in den dreißiger Jahren. Aber ohne heutige Relevanz.

„Wurden auch die deutschen Namen auf Mitarbeit in nationalsozialistischen Zirkeln überprüft", warf David Bach spöttisch ein.

„Da dürfen Sie sicher sein, Lieutenant", antwortete Powell gereizt. „Alles ehemalige Mitarbeiter der alten Reichsbank, Fachleute, die gebraucht werden, letztlich Patrioten, denn sie arbeiten am Aufbau der Finanzen eines neuen deutschen Staates in vorderster Front mit."

McBride ging die Liste weiter durch. Laufende Nummer 9, Captain Frank Michael Adair, 42, Berufsoffizier, ein erfahrener Transportmann. Der CID ermittelte eine teilweise Pfändung seines Solds. Er musste Unterhalt für Frau und zwei Kinder nach der Scheidung in den USA zahlen. Kaum Kontoguthaben, Schulden bei Kameraden, Schulden in den Staaten aus der Pleite eines Fuhrunternehmens, dessen Teilhaber er war.

„Wir gehen von rund 24.000 Dollar an Verbindlichkeiten aus", ergänzte Howard. „Eine stolze Summe. Der CID überprüft in diesem Fall weiter. Auch mit der Hypothese, ob er ein Tippgeber gewesen sein könnte – für Leute von draußen. Er ist allerdings erst im Januar nach Deutschland versetzt worden."

„Ein Griff in die richtige Kiste hätte ihm nur Deutschmark verschafft, aber keine Dollar, ebenso ein Tipp an deutsche Gangster", meinte der bisher schweigsame Wallace von der Finanzverwaltung.

McBride antwortete. „Wir arbeiten dran. Wir haben festgestellt, dass die Nummer 11, Peter William Nixon, 39, Zivilist. mit dem Adair monatelang zusammenarbeitete, häufiger Reisen in die Schweiz unternommen hat, möglicherweise Dienstreisen, er arbeitet jetzt für den Sektor Devisen der Finanzdivision. Das wird geprüft. Die Informationen sind neu. Alles sind nur Anhaltspunkte, darauf weise ich noch einmal hin."

Dann fragte Wallace noch, ob die Amerikaner beim Verlassen der Bank eigentlich auch kontrolliert wurden. Ja, lautete die Antwort, am Haupteingang, ausnahmslos.

Daraufhin ging McBride auf die zehn deutschen Namen auf der Liste ein. Ein verdächtiger Hintergrund habe sich nicht ergeben. Keine finanziellen Besonderheiten. Natürlich keine Vorstrafen. Keine kriminellen Kontakte. Fachleute eben. Andererseits: Langfristiger Nutzen des Coups lag eher bei ihnen oder Deutschen von außerhalb der Bank. Auch nur eine Vermutung.

„Wir haben also noch Arbeit vor uns. Der CID hat die Federführung, Lieutenant Bach vom CIC wird die deutsche Seite weiter untersuchen. Wir werden heute keinen neuen Termin vereinbaren. Wir treffen uns, wenn neue Fakten vorliegen und möglicherweise in einem kleineren Kreis. Ich danke allen für ihre bisherige Mitarbeit."

Die Männer erhoben sich und gingen auseinander.

McBride fragte Bach, ob es beim Dinner heute Abend bliebe.

„Natürlich, Sir. Ich freue mich."

# 18

Acht Stunden später trocknete David Bach sich nach dem Waschen ab. Er lag gut in der Zeit. Einige Fragen galt es noch zu klären. Zunächst die Kleidung. Der Colonel sprach die Einladung vor vier Tagen aus, es blieb unklar, ob er auch noch andere Gäste erwartete. Ein privates Dinner in familiärer Atmosphäre. Uniform oder ein blaues Oberhemd? Bach entschied sich für die Sommeruniform, ließ die Krawatte aber weg.

Wurde ein Geschenk für Misses McBride erwartet? Höchstwahrscheinlich. Dafür brauchte er kundige Hilfe. Erst frisierte er sich aber noch, kämmte die kurzen schwarzen Haare leicht ins Gesicht und trug etwas *Old Spice* auf. Dann wurden die schwarzen Schuhe nachpoliert. Bach wollte einen guten Eindruck hinterlassen, er war neugierig und hoffte auf die Kochkünste einer Offiziersfrau oder ihrer Haushaltshilfe. Im Kopf hatte er noch, was Mayor Robertson im Jeep vor Bremerhaven über Begegnungen privater Art mit dem Colonel sagte – keine liberalen Meinungen äußern und eine Vorliebe für Zigarren und Bourbon zeigen. Die beiden letzteren Dinge sollten nicht schwerfallen.

Sam stand wie immer im Foyer des *Special Service House* hinter seinem Empfangstresen. Es hieß, er könne alle Wünsche seiner Gäste erfüllen, große und kleine, legale und die anderen auch. Karten für ausverkaufte Shows im *Topper Club*, ausgefallene Getränke, *Frauleins* oder einen Tisch im Luxusrestaurant Wahl. Bach sprach die Geschenkfrage an.

„Ihr erste Besuch dort, Sir?" Bach bejahte. Sam überlegte. „Es gäbe, die Zeit ist ja recht knapp, einen Blumenstrauß der Saison, nicht sehr üppig, für einen Dollar. Oder, einen *Mosel Vine*, sehr deutsch und süß, wird von Damen gerne getrunken. 2 Dollar 50." Bach entschied sich für die Blumen.

Die Abkommandierung zur Bird Dog-Gruppe erfolgte Ende Juni. Er musste dafür Camp Delta, die Zentrale des CIC-Nachrichtendienstes in Wiesbaden, verlassen und nach Frankfurt gehen. Die Army bot ihm ein Offizierszimmer in einer der Kasernen an. Durch den Tipp eines Freundes landete er dann aber hier.

Das *Special Service House* beherbergte auch Soldaten, hauptsächlich aber Musiker, andere Künstler und Journalisten, die nur zeitweilig in Frankfurt Station machten und für ihre Auftritte oder Reportagen bald weiter zogen. Sofern ihnen Konzertagenturen, Heimatredaktionen oder die Truppenbetreuung des USO keine Zimmer in den teureren Hotels reservierten. Ein guter Ort für David Bach. Auch seine Welt.

Im kleinen Speiseraum oder auch später am Abend an der Bar, traf man interessante Leute, Trompeter, Autoren auf Lesereise oder Korrespondenten der *LA Times*. Die erzählten viel und wollten auch viel wissen. Wie ist es denn so ist, heute, in *Germany*. Wovon handelten die jetzt publizierten deutschen Romane? Spielten die *Krauts* auch was anderes als Marschmusik? Oder er nahm sie mit, ins Künstlerlokal *Die Insel* oder in das Gloria-Theater. Exzentriker traf er auch, wie den Literaturprofessor, den er zu einem Drink einladen wollte und dessen Absage lautete: „Hamlet, 2. Akt, Szene 4, Vers 48, *Nein.*"

Für den kurzen Weg brauchte Bach weder einen Jeep, noch ein ET-Taxi. Von der Bremer Straße ging er nur rechtsherum, wenige Minuten bis zu den McBrides in der Cronstettenstraße. Bei der Einladung sagte der Colonel, sie beide seien ja fast Nachbarn, nur durch den Hudson getrennt. Er aus Newark in New Jersey und Bach von der anderen Flussseite, New York City.

Das stimmte, genau genommen, nur für gut die Hälfte seines Lebens. Das erste Jahrzehnt verbrachte David Bach in einer viel kleineren, doch auch sehr schönen Stadt. Sie wohnten in der Oberstraße, nahe am Innocentiapark, einer der vielen grünen Lungen von Hamburg. Am Kaiser-Friedrich-Ufer lag seine Schule, in der Rothenbaumchaussee spielte sein Hamburger Sport Verein in der Fußballoberliga, die Zahnarztpraxis des Vaters wurde in der Grindelallee viel besucht.

Nach seinem zehnten Geburtstag änderte sich die heile Kinderwelt. Im April 33 standen Männer in SA-Uniform vor dem Geschäftshaus in der Grindelallee. Ihre Schilder forderten die Passanten auf, nicht bei Juden zu kaufen, und sich bei ihnen auch kein Zahnweh kurieren zu lassen. Dem jungen David wurde bald das Tragen des Trikots des Eimsbüttler TSV verboten und dann der Besuch des Gymnasiums. Dr. med.dent. Emil Bach begriff die neue Lage nicht. Er hielt sich von Parteien fern, war nicht besonders religiös und diente im großen Krieg doch in der kaiserlichen

Marine. Er zahlte Steuern, spendete für die Kunsthalle und segelte im eigenen Boot auf der Außenalster.

Seine Frau Alma erwies sich als politisch wacher. Sie drängte – mit großen finanziellen Verlusten – auf die Auflösung von Praxis und Haushalt und organisierte die Übersiedlung zu einem Cousin ihres Mannes in London. Von dort ging es nach Monaten, und mit der Unterstützung einer Hilfsorganisation, in die große Stadt New York.

Der Neuanfang für die Eheleute, Sohn und Tochter gestaltete sich schwierig. Zähne waren überall gleich, doch die Diplome, sie zu behandeln, nicht. Bachs Vater fand lange nur Anstellung als ein besserer Gehilfe, musste demütigende Prüfungen nachholen. Die Wohnung in der 8. Straße West hielt dem Vergleich mit der Oberstraße nicht stand. Alma Bachs Energie und Improvisationsgeschick standen großen Prüfungen bevor.

Ihren Kinder David und Miriam gelang nach einigen Schwierigkeiten der Sprung in ein zweites Leben. Für ihren Sohn spielte in einer Stadt, die den Fußball nicht kannte, der Sport keine große Rolle mehr. Wohl aber die Kultur. Das Erlernen der englischen Sprache fiel leicht. Er besuchte ein staatliches College und bekam ein Stipendium für die *Law school* der *New York University*. Mit 21 erhielt er die amerikanische Staatsbürgerschaft, mit 22 sein juristisches Diplom und meldete sich im selben Jahr zur Armee. Wie es alle machten, bei ihm auch aus Dankbarkeit, zusätzlich wegen der Lager und allem, was man aus Deutschland hörte.

Noch während der Grundausbildung in Camp Ritchie wurde er für das *Counter Intelligence Corps* rekrutiert. Deutsche Sprache, Kenntnisse des Gegners, Universitätsabschluss – prädestiniert für nachrichtendienstliche Arbeit.

Diese begann im Spätsommer 1944 in England, nach der Invasion in der Normandie, mit Dolmetscherarbeit bei der Befragung gefangener Wehrmachtsoffiziere. Im Januar 1945 – fast 12 Jahre nach Hamburg – betrat er im Raum Aachen wieder deutschen Boden.

Er wäre nach dem Sieg im Mai gerne Kulturoffizier geworden, Theater, Bibliotheken und Verlage säubern und demokratisch neu aufbauen. Doch die Army stellte ihn woanders hin.

In den ersten Monaten überprüfte Bach Deutsche von der „weißen Liste" potentieller Anti-Nazis auf ihre Tauglichkeit beim Neuaufbau der Verwaltung in der Besatzungszone. Dann gehörte er einem Team an, das nach Gräbern alliierter Soldaten suchte, die in deutscher Kriegsgefangenschaft starben oder den Abschuss ihrer Bomber nicht überlebten. *Bring all our boys home,* lautete der Auftrag. Irgendetwas über seine verschollenen Tanten mütterlicherseits konnte er nicht in Erfahrung bringen.

Es folgten harte Monate als Übersetzer, dann als Vernehmungsoffizier, im Verhörzentrum für Kriegsverbrecher auf Schloss Kransberg im Taunus. „Ich will lieber mit den Adlern irren, als mit den Würmern Recht haben." Der Satz von einem von ihnen blieb in seinem Gedächtnis.

1946 wäre seine Dienstzeit beendet gewesen. Aber er verpflichtete sich für weitere zwei Jahre, er fand, er habe noch etwas zurück zu zahlen, bis das Zivilleben begann.

Der Wind hatte sich mächtig gedreht, seit dem Beginn seiner Zeit in der Army. Undenkbar heute das Bild vom Sommer 45, als Truman, Churchill und Stalin, die Großen Drei, einträchtig auf der Sieger-Konferenz von Potsdam den Fotografen zulächelten. Jetzt standen ihre Länder an der Schwelle eines Krieges. Auch die einstmals gemeinsamen Ziele, ein demokratisches und friedlicheres Deutschland zu schaffen, verblassten hinter der Machtpolitik.

Die Sowjets begingen Fehler, dachte Bach oft, wir aber auch. Nach unseren Vorgaben wird ein deutscher Staat westlich der Elbe entstehen, mit Dollar-Hilfe, Schutz durch unsere Truppen und neuem Geld. Wie ein historisches Fort gegen die Rothäute. Dafür wurde auch ein Preis bezahlt. Die Kräfte von gestern waren wieder zurück, nur die braune Farbe wurde gewaschen. Jetzt musste alles demokratisch aussehen. Die Entnazifizierung endete schon im vergangenen Jahr, jetzt lief auch die Serie von Kriegsverbrecherprozessen aus. Erst letzte Woche kamen Manager des IG-Farben Konzerns mit kleinen Strafen davon, die KZ-Häftlinge als Arbeitssklaven benutzt hatten.

Und die einfachen Deutschen? Meister im Verdrängen. Glücklich ist, wer vergisst. Gleichgültig bewegten sie sich durch die Trümmer. Wenn David Bach sich ohne seine Uniform unter sie mischte, hörte er ihre Klagen über die harten Lebensumstände und erfuhr, dass es die 12 Jahre lang eigentlich nur ein halbes Dutzend Nazis gab – Hitler, Goebbels, Himmler und einige andere. Ein ganzes Volk war in Dinge hineingeschlittert wie auf blankem Eis. Nicht ohne Grund erfreute sich ein Theaterstück seit Monaten in der Zone eines so großen Zuspruchs. Möglicherweise nicht wegen der mystischen Handlung, sondern wegen des Titels. *Wir sind noch einmal davongekommen.*

Politische Überlegungen behielt er gern für sich. Es war nicht mehr opportun, sie laut auszusprechen. Wirklich innerlich berührt wurde Bach nur zweimal. Beim einzigen Besuch in der Synagoge in der Freiherr-von-Stein-Straße und der Mitteilung, dass von 30.000 Frankfurter Juden nur 140 geblieben waren. Das andere Mal nach einer Zeitungsmeldung vom letzten Jahr. Tull Harder, das Hamburger Fußballidol seiner Jugend, wurde als KZ-Kommandant von einem englischen Militärgericht zu 15 Jahren Haft verurteilt.

Gute Deutsche gab es auch. Man konnte sie treffen, sie hatten Utopien, wirkten im Alltag, arbeiteten in Parteien, schrieben für Zeitungen oder machten Rundfunk. Sie wollten ein anderes und besseres Land. Manche kamen aus dem Exil zurück, andere aus den Lagern. Es waren auch junge Menschen dabei. Schon die links von der Mitte passten nicht mehr zum Zeitgeist.

In den letzten Monaten beim Nachrichtendienst hatte Bach nur Routineaufgaben zu erfüllen. Ihre Arbeit bezog sich auf die sowjetische Besatzungszone. Er wertete Befragungen von Flüchtlingen aus und schrieb Berichte über Demontagen in der Zone, die Informanten lieferten, besonders über Rostocks Hafen. Da kam die Abkommandierung zur Jagd auf die Bird Dog-Millionen ganz recht. Im Oktober ging sein Truppentransporter in die Staaten. Noch zwei Monate.

Er klingelt im 1. Stock. Der Hausherr trug ein ziviles weißes Hemd mit aufgekrempelten Ärmeln und grüßte mit breitem Lächeln. Seine Frau dankte im Wohnzimmer für die Blumen. Der große Tisch war schon für drei Personen gedeckt. Eine gutbürgerliche Wohnung, Teppiche über dem Parkett, dunkle Möbel und ein Buffet, auch in diesem Ton, Bilder an den Wänden mit Naturmotiven. Überreste des Vorbesitzers? Hatte Bach nicht gehört, der Colonel habe Töchter? Die vielen Türen, die vom Flur abgingen, sprachen für mehr Bewohner. Doch niemand sonst erschien zur Begrüßung des Gastes.

Helen McBride bat an den Tisch, verschwand und kehrte mit einer kleinen Fleischplatte zurück. Dazu gab es gebratene Kartoffelscheiben und einen Salat. Die Gastgeberin, apart, zierlich, brünette Haare und ein luftiges grünes Kleid, kam offenbar wenig unter Leute. Deshalb nutzte sie die Gelegenheit und bestritt den Großteil der Konversation.

Ihre vielen Fragen beinhalteten oft schon Teile der Antwort des Gastes. Woher aus New York kommen Sie, Manhattan? Genau. Midtown. Sind Sie allein hier oder wartet drüben jemand? Noch bin ich zu haben. Wo kann man in dieser Stadt hingehen, Mr. Bach, das *Globe Theater* wurde mir schon empfohlen. Das wäre auch mein erster Vorschlag und besuchen Sie den Taunus. Was werden Sie nach dem Ende des Dienstes tun? Weiss und Partner würden mich einstellen. Eine Kanzlei für Urheberrecht in der Avenue A.

Der Gast danke für das Essen mit erhobenem Weinglas.

Zum Abschluss kam Obst auf den Tisch. McBride aber meinte, es gebe auch anderes Dessert. Er forderte seinen Gast auf, zum geöffneten Fenster zu kommen. Davor standen zwei Sessel und auf dem kleinen Tisch daneben eine Zigarrenkiste, zwei Gläser und eine Flasche.

„Eine wunderschöne Wohnung.“

„Ja, danke. Meine Frau ist seit einigen Wochen hier und kümmert sich. *Heaven, I am in heaven*, könnte ich mit Fred Astaire singen. Ein Song vor Ihrer Zeit. Ist lange her. Man wird nicht jünger. 2. März 23, das war mein erster Tag in Uniform. West Point, 101. Jahrgang. Setzen wir uns.“

Er bot eine Zigarre an und schenkte – *Sie trinken doch Bourbon* – ein Glas voll. Dann kam McBride auf die Weltlage zu sprechen. Und sie war ernst. Die Berliner Luftbrücke steht seit zwei Monaten und wird noch ausgeweitet werden. Wenn es sein muss, auch über den Winter. Die Russen greifen an. Putsch in der Tschechoslowakei, Bürgerkrieg in Griechenland, die rote Flut in Italien. Wir bauen hier ein Bollwerk gegen den Kommunismus. Die Briten und Franzosen sind ausgelaugt und können nur assistieren.

„Was denken Sie, David?“ Der Colonel stand vier Ränge über ihm und durfte den Vornamen ungefragt benutzen.

Bach vermied eigene Gedanken und antwortete nur: „Ich erinnere an den Satz von Präsident Trumann, dass die USA 300 Milliarden Dollar für den Sieg im Zweiten Weltkrieg aufgewendet haben, als Kapitalanlage in Weltfreiheit und Weltfrieden."

McBride blies Rauch aus. „Genau, und der gute Onkel aus Washington sagte auch, so unsympathisch die Deutschen wegen ihrer Vergangenheit sein mögen, sie sind unsere logischen Verbündeten von morgen."

Dann ging es noch um Kriegserinnerungen, die Präsidentschaftswahlen im November, wirklich schlechte Zigarren, die Berufsfelder für Juristen und die hohen Collegegebühren für zwei Töchter.

Beim Entzünden der zweiten Zigarre hatte McBride ein Anliegen.

„Noch mal zu heute Morgen und Bird Dog. Die CIA hat ja Entwarnung für eine rote Aktion gegeben. Jim Critchfield, ihr Chef, bestätigte mir das vorher schon unter vier Augen am Rande der letzten Sitzung der Sicherheitsabteilung. Das gab ein Aufatmen ganz oben, es wäre sonst das denkbar schlimmste Szenario gewesen. Die Sache hängt jetzt also deutlich tiefer. Ich möchte gern, dass Sie einen Abschlussbericht verfassen."

„Wir stellen die Arbeit ein", entfuhr es Bach.

„Nein, nein. Die Ermittlungen gehen weiter, so wie auf der Sitzung besprochen." McBrides streifte Asche ab. „Aber mit einem Abschlussbericht kann schon begonnen werden. Er sollte alle Fragen aufwerfen und möglichst beantworten. Lang, fundiert und mit allen Berichten, die es schon gibt und die noch kommen, als Anhang. Wenn es aber keine Lösung für die verschwundenen Millionen gibt…"

Er fixierte Bach.

„…dann wäre das nicht schlimm. Aber es muss etwas sein, das hier in Frankfurt und auch in Washington, Bestand hat. Sehr viele Leser wird der Bericht nicht haben. Er wird als streng vertraulich klassifiziert."

Bach nickte zustimmend.

„Sie sind also im Boot, genau der richtige Mann dafür. Sie bekommen alles Material und dürfen Druck machen, wenn etwas fehlt, bei unseren Leuten und den Deutschen. Fertigstellung bis Anfang, Mitte September. Schaffen Sie das?"

„Ein schöner Abschluss meiner Arbeit, meine Dienstzeit endet im Oktober."

Der Colonel lächelte ganz jovial.

„Wir wollen sauber aus der Sache raus, David. Noch einen Bourbon?"

Bach schob ihm sein Glas zu.

# 19

Vier Männer saßen um den Tisch im Konferenzraum des Polizeipräsidiums. Fast wie von gleich zu gleich. Vier Tassen Kaffee, Kondensmilch und Zucker standen vor ihnen. So etwas war Hauptmeister Küster in seinen Frankfurter Dienstjahren noch nie passiert. Rau nahm viel Zucker. Helbert sehr gern eine Zigarette, die der amerikanische Offizier ihm und allen anbot. Rau griff ebenfalls zu. Küster rauchte lieber die erste Tageszigarre und lauerte. So viel Freundlichkeit konnte auch einen Haken haben.

Dann begann David Bach. Er habe die Herren ja vor Tagen gebeten, er sagte tatsächlich gebeten, einige Nachprüfungen vorzunehmen. Wegen möglicher Unregelmäßigkeiten im Verhältnis von Besatzungsoffizieren und der Spitze des deutschen Schwarzmarktes. Wie denn der Stand sei?

Kriminalassistent Rau mühte sich, die Zigarette aus seinem Mund und den Rauch weg von seiner Nase zu bringen, und berichtete, dass bei seiner Überprüfung im Archiv in keiner der Akten von Januar bis Mitte Juni der Name des amerikanischen Offiziers Frank Adair vorkam. Auch keiner der übrigen Amerikaner auf der Liste.

Helbert, der als Fachmann der Schwarzmarktbekämpfung wieder zugezogen wurde, wollte gerade mit seinem Bericht beginnen, als Küster ihm zuvorkam.

Der Rauchwolke schickte er die Frage hinterher, um welche Art von Unregelmäßigkeiten es denn ginge. Klarer gestellt, wäre eine Antwort möglicherweise auch leichter zu finden. Bach antwortete sachlich. Es gibt den begründeten Verdacht, dass es ungute, illegale Beziehungen zwischen beiden Kreisen, nicht nur bei den namentlich genannten Amerikanern, gegeben habe.

Küster hätte jetzt fragen müssen: Welchen Verdacht? Es war für ihn klar, dass dieser Amerikaner etwas verschwieg. Der Schwarzmarkt war seit fast zwei Monaten Vergangenheit. In ihren Reihen konnten sie doch selber aufräumen. Da musste mehr sein. Provozieren wollte er aber nicht. Das konnte Nachteile nach sich ziehen. Und er wollte auch später noch etwas. Grundregel Schweigen. Küster genügte, dass der junge Leutnant weiß, dass ich etwas ahne.

Kurze Zeit später steigerte sich sein unterdrücktes Misstrauen noch. Erst erklärte Helbert, dass ihm die Namen auch nicht untergekommen sind. Dann beschrieb er das übliche Vorgehen in der Vergangenheit, wenn bei ihren Ermittlungen amerikanische Soldaten, egal welchen Dienstgrads, verstrickt waren. Sie hatten dies unverzüglich dem Verbindungsoffizier im Präsidium zu melden, mit allen schriftlichen Unterlagen. In der Regel übernahm dann die Militärpolizei das weitere Verfahren. Das passierte früher mehrmals im Monat.

Bach fragte daraufhin, ob auch in Dollar für die kriminelle Unterstützung gezahlt worden sei? Rau blickte von seinen Notizen auf. Küster dachte, jetzt wird es interessant. Helbert antwortete. Der absolute Ausnahmefall.

Bei den Schwarzmarktkartellen waren keine Dollar im Umlauf, aus den speziellen Taxis vielleicht, aber normalerweise wurde dort ja korrekt mit Coupons bezahlt. Der Lohn für Tipps und Hilfe lief über Sachen. Von Fotoapparaten und Kunstbildern, bis Schmuck und Geschenken für die Lieben daheim. Je nach Vorleistung. Weniger für Beihilfe zum Diebstahl oder das Verschieben von Waren, mehr für das Umlenken größerer Partien und die Manipulation ganzer Listen.

Wie denn Kontakte angebahnt wurden, dort, wo für Besatzungsoffiziere Juwelen und Gold zu verdienen waren? Das wisse er nicht sicher, sagte Helbert. Aber die deutschen Schwarzmarktgrößen traten nicht wie zwielichtige Gestalten auf, sondern als Geschäftsleute. Mit Kontakten zur Stadt, zur deutschen Verwaltung, sie sprachen Einladungen aus, sie bauten am kommenden Deutschland mit. Dann kam er noch auf sein Thema der Ungerechtigkeiten bei der Währungsreform zu sprechen.

Das zog an Bach vorbei. Er sortierte seine Gedanken. Der Alte ahnt etwas, aber nichts Konkretes. Die Schwarzmarktbosse waren stark und ohne Zweifel eine kriminelle Organisation. Die Aussicht auf Millionen des neuen Geldes musste sie reizen. Sie konnten mit dem Geld etwas anfangen, es verstecken und nach und nach verwenden. Sie würden dafür eine große Gegenleistung anbieten. Wohl eher nicht in Dollar. Aber wie sollte das Geld praktisch zu ihnen kommen? Wie konnten sie oder ihre Komplizen in die Geldkisten greifen? Wo war die Verbindung? Diese Fragen konnte er an diesem Tisch nicht aufwerfen, ohne zu viel von dem schwarzen Fleck der Operation Bird Dog preiszugeben.

Deshalb bedankte er sich nur für die Informationen, es müsse kein Bericht geschrieben werden, bei weiteren Fragen würde er sich melden. Als Zeichen einer kleinen Anerkennung blieb die halbvolle Schachtel Chesterfield auf dem Tisch liegen.

Überraschend meldete sich der Alte noch mal. Er bat um amerikanische Hilfe bei der Überprüfung von zwei Personen und einem Ort, in einer schwierigen Mordsache, die er gegenwärtig zu bearbeiten habe. Man wollte alle Ermittlungsmöglichkeiten ausnutzen. Einen Zettel legte er vor Bach hin. Ob das mit seinen Fragen in einem Zusammenhang stehe? Küster schüttelte den Kopf. Bach steckte den Zettel ein und versprach sich zu kümmern. Dann ging er.

Die Zigaretten gingen an Helbert. Küster wollte wissen, ob Rau mit dem Rauchen angefangen hat. Diese murmelte, er nahm die Zigarette nur aus Höflichkeit. Küster dachte, der Grünschnabel hat manchmal helle Gedanken, ist aber ein Opportunist. Solche Deutschen gibt es viele.

Dann sagte er: „Jetzt kommt wieder unsere Arbeit. Wir haben für den toten Bruno noch knapp drei Wochen. Gehen wir nach unten."

Der Raum von K3A war fast leer. Stock, Wenninger, der Baron und Hartmann im Außeneinsatz, Frau Steinert erkrankt. Fräulein Schwarz tippte. Der Kollege Grube zeigte sich bereit, seinen Platz zu tauschen, damit Küster und Rau sich an zwei Arbeitsplätzen gegenüber sitzen und besprechen konnten. Die Akte Degenbach füllte sich.

Über den Toten gab es amtlich so gut wie nichts. Nicht polizeibekannt, weiße Weste. Nur zwei Meldeadressen in der Stadt. Die heutige und eine alte in einem besseren Viertel.

Sein Schwager war nicht so unbescholten. Über Kolb, Wilhelm, geboren 16. Oktober 08, existierte eine Karteikarte des alten Schwarzmarktdezernats. Mit diversen handschriftlichen Eintragungen.

*4.4.47 Kontrolle (unleserlich) Spirituosen*

*2.7.47 Kontrolle 6 Kisten Konservenfleisch aus US-Lager. Angbl. Auftragsfahrt. Militärgericht 30 Tage Haft wg. Hehlerei*

*9.1.48 Personalien Razzia Fischerstube*

Rau konnte noch ergänzen, dass er polizeiintern als „LKW-Willi" bekannt war, ein Schwarzmarktfahrer, der illegale Waren an Gaststätten lieferte, die als Umschlagsplatz dienten.

Mit einer Reihe von Tippfehler lag auch der schriftliche Obduktionsbericht vor. Professor Wiethold beschrieb einen 50jährigen Mann, in schlechtem Allgemeinzustand, mit steifem linken Fuß und Fremdkörpern in der linken Körperhälfte.

Todesursache war eine Impressionsfraktur des Schädeldaches mit starker Splitterung der *Tabula interna*. In Küsters Worten: ein schwerer Schlag auf den Kopf. Nach Auffassung des Gerichtsmediziners von hinten, bei stehendem Opfer, abgegeben. Weitere Hinterkopfverletzungen könnten entweder durch darauf folgenden Sturz auf eine harte Oberfläche entstanden sein, oder *postmortem* durch Kollision mit festem Material z.B. im Fluss.

Tatwerkzeug war ein schwerer Gegenstand, eher metallisch, nicht aus Holz. Wundspuren konnten nicht mehr festgestellt werden. Die Wasserzeit der Leiche wurde auf 5 bis 7 Tage errechnet. Unter Zugrundelegung einer Wassertemperatur um 17 Grad und anhand der Abstreifbarkeit der Oberhaut, und sonstiger äußerlich sichtbarer Merkmale, wie Anfressen durch Wassertiere. Die Beamten verzogen die Gesichter.

Dann lasen sie den Rücklauf nach dem Zeitungsbericht über den Fall. Gesehen hatte Degenbach am Tag seines Verschwindens niemand. Alles andere blieb obskur. Ein Hellseher bot gegen geringes Entgelt seine Dienste an. Ein Mann mit Namen und falscher Adresse beschuldigte sich selbst, den Vermissten aufgeschlitzt und ausgeweidet zu haben. Eine Frau ließ anonym die Botschaft zukommen *Blockwart Degenbach* war ein Schwein. Ein weiterer anonymer

Anrufer, männlich, empfahl in den Fremdarbeiterlagern zu ermitteln, dort herrschten Sodom und Gomorrha.

Bald wurde es im Zimmer lauter. Wenninger und Hartmann kehrten zurück. Sie verteilten die Abfassung eines Einsatzberichts untereinander und wandten sich der Sekretärin zu. Es ging um die Farbe eines kleinen roten Apfels und der gesunden Gesichtsfarbe von Fräulein Schwarz. Diese beschränkte sich als Entgegnung auf das Wort *Altmännercharme*.

Küster und Rau verständigten sich kurz, nahmen die Akte und gingen auf den Vorplatz des Präsidiums. Es lockte ein seit kurzem aufgestellter Kiosk schräg gegenüber, aus dem eine Frau Zigaretten, Schokolade, Bonbons und *echten Bohnenkaffee* verkaufte – 20 Pfennig, Zucker und Milch zusätzlich 5 Pf. Rau gab ihr einen 50-Pfennig-Schein für zweimal Kaffee, einmal Milch, einmal mit Zucker. Und einen zweiten Schein für das Pfandgeld. Die Tassen waren aus Porzellan, aber klein. Küster dankte ihm mit einem Grunzlaut.

In Ermangelung eines Tisches überquerten sie wieder die Straße, legten die Akte und stellten die Tassen auf einen zivilen Einsatzwagen, einen Opel. Küster entschied sich, recht früh, für die zweite Zigarre und sagte: „Was wissen wir sicher, junger Kollege. Mit Betonung auf *sicher*." Auch eine von Rotenbergs Berliner Kriminalistenregeln. Neben: Nicht zu früh festlegen. Was können wir ausschließen. Das Motiv führt zum Täter. Und einige andere.

Rau nippte an der Tasse und schwieg. Küster begann.

Degenbach wurde am 23. Juli zuletzt lebend gesehen. Etwas nach 7 Uhr abends startete er von Niederrad aus zu einem Männergespräch Richtung Westend. In den nächsten Stunden kam für ihn, durch einen Schlag mit einem schweren Gegenstand von hinten, das ewige Licht. Sein Motorrad parkte gegen 9 Uhr 30 abends im Reuterweg im Westend.

In Höhe des Bordells Hotel Zieten. Seine Leiche wurde an einem noch unbekannten Ort in den Main geworfen. Seine Armbanduhr blieb auf 1 Uhr 17 stehen. Nachts oder mittags. Am 28. Juli trieb der Leichnam an Land.

„1 Uhr 17 muss die Nachtzeit sein, wer würde eine Leiche an einem frühen Sommernachmittag versenken?" Rau blickte Küster an, dieser entgegnete. „*Sicher* wissen. Noch nicht schlussfolgern. Ein besonders geschützter Ort. Die Leiche steckt in einem Sack, oder sie wird am helllichten Tag aus einem Boot oder Schiff geworfen. Nicht völlig undenkbar."

Dann kam Küster auf das Motiv der Tat. Es war natürlich kein Lustmord aus sexuellen Gründen. In Frankfurt ging kein Massenmörder um, dessen zufälliges Opfer Degenbach wurde. Auch kam keine tödlich endende Schlägerei in Frage, denn die Leiche wies keine Kampfverletzungen auf und wurde durch einen gezielten Schlag von hinten getötet. Eifersucht, eine Dreiecksgeschichte, kann bei den Lebensumständen und dem Äußeren des Toten auch ausgeschlossen werden.

„Dann verlassen wir aber die Ebene des sicheren Wissens. Das gute alte Motiv der Habgier liegt natürlich sehr nahe. Nicht der klassische Raubmord. Denn seine wenigen materiellen Güter, Ring, Uhr, Geld, wurden nicht weggenommen. Es geht also um eigene Habgier, die ihm zum Verhängnis wurde, oder die Habgier des Mörders."

Rau nickte mehrfach. „Unsere Frage lautet also: Musste Bruno Degenbach sterben, weil er an diesem Abend schon Geld hatte oder weil er Geld wollte?"

Er denkt gut mit, musste Küster sich eingestehen. Dann forderte er seinen jüngeren Kollegen auf, zu sagen, wen das Opfer treffen wollte.

Rau ließ einige Sekunden verstreichen. Einen Mann, sicher. Wahrscheinlich einen einzelnen Mann, keine Gruppe.

Er wusste, wen er treffen wollte. Er fuhr nicht ins Blaue. War vielleicht verabredet. In optimistischer Stimmung, aber, was er wollte, war nicht einfach zu bekommen. Deshalb musste er sich Mut antrinken. Er wollte etwas von dem Mann. Möglicherweise das Geld für die Druckerei. Der Mann musste also viel Geld besitzen. Er wollte nichts geben. Ein einfaches *Nein* reichte nicht. Er hatte etwas zu verlieren und schlug zu, oder ein anderer Mann schlug für ihn zu.

Wie in der Schule wartete Rau auf die Reaktion des Lehrers.

„*Marjellchen, Marjellchen*", rief Küster, „immer ruhig mit die jungen Pferde. Wir wissen immer noch nicht, wen er treffen wollte und warum. Nicht einmal, wo. Dass mit den 15.000 Mark könnte stimmen. Degenbach hatte schon per Handschlag den Vertrag gemacht, die eigene Druckerei war ihm sehr wichtig und viel Zeit gab es nicht mehr. Aber kein Mann aus einem besseren Viertel hätte einem armen Schlucker wie ihm Geld geliehen. Er musste also einen Trumpf ausspielen können, Erpressung käme in Frage, aber womit. Der geheimnisvolle Mann müsste dann schon sehr viel zu verlieren haben."

Aus Bernhard Rau sprudelten jetzt neue Gedanken. „Die zweite Möglichkeit gibt es ja auch noch. Bruno bekam sein Geld. Wollte sich einmal was gönnen, den dicken Max markieren, geht ins Zieten, plaudert zu viel, weckt Begehrlichkeiten, kriminelles Milieu. *Peng.* Oder er fährt, wie so oft, zu seinem Schwager. Das viele Geld ist auch gut für ein Fuhrgeschäft. *Peng.* LKW-Fahrt an den Main. Leerfahrt zurück."

„Schluss jetzt", Küster hob kurz abwehrend beide Hände hoch, „so geht das nicht. Das Männergespräch, das Motorrad oder das Hotel Zieten bekommen noch ihre Bedeutung. Aber erst, wenn wir mehr gearbeitet haben. Wirklich sicher wissen wir noch zu wenig."

Küster hob die Akte auf. Rau sollte versuchen zu klären, wo die Leiche in den Main geworfen wurde. Wasserpolizei oder irgendein Amt könnten es mit Strömungsberechung und Hinweisen vielleicht eingrenzen. Er selbst wird dem Chef gleich einen Zwischenbericht geben. Am morgigen Freitag würden sie dann den Toten auf seinem letzten Gang begleiten.

Rau nahm die Tassen und holte sich sein Pfandgeld ab.

# 20

Die Morgenlage im Dezernat K3A lief nach der üblichen Routine ab.

Zunächst verteilte Kommissar Löffler die neuen Fälle. Ein Spätheimkehrer aus der Kriegsgefangenschaft hatte seine Ehefrau erstochen, vor den Augen der Kinder, wohl eine Eifersuchtstragödie. Erst floh er, dann saß er, Messer in der Hand, vor dem Haus und ließ sich ohne Schwierigkeiten festnehmen. Jetzt saß er in Zelle 3 im Keller. „Man kommt nicht aus der Krieg und duftet nach Rosen", merkte Wenninger lakonisch an, der sich in der Dienststelle für Weisheiten zuständig fühlte. Ihm und Grube übertrug der Chef die Vernehmung.

Dann gab es einen mutmaßlichen Selbstmord, ein älterer Mann, Veitsgasse, *dribbe de Bach* in Sachsenhausen. Selbstmorde zu bearbeiten, galt bei den Beamten als unbeliebt, viel Lauferei, keine Lorbeeren zu ernten. Alle blicken interessiert auf die Schreibtischunterlagen. Es traf Kriminalobermeister Stock, unter leisem Murren.

Dann ging es um laufende Ermittlungen. Die Tote im ausrangierten Zugwagen hieß Hannelore van der Veltz. Polizeilich auffällig geworden in Hannover, englische Zone, durch Gelegenheitsprostitution. Dort gab es ein Erkennungsdienstfoto von ihr. Den Namen zu ermitteln, dauerte zwei Wochen. Todesursache erdrosseln. Keine Spuren zum Täter, keine Ansatzpunkte. Was machte sie in Frankfurt, wovon lebte sie, wen traf sie? In diesem Fall lief die Monatsfrist bald ab.

Der Baron vernahm gestern im Krankenhaus einen jungen Mann, der in der Bahnhofsgegend durch Faustschläge und einen Messerstich in die Brust verletzt worden war. Er schwieg beharrlich. In der Bahnhofswache vermutete man Revierkämpfe unter Zuhältern. Das Opfer besaß einen Ausweis von zweifelhafter Echtheit und war danach erst 19 Jahre alt. Löffler ordnete eine Zeugensuche an.

Küster referierte den Stand im Fall Degenbach. Als die Zahl 15.000 Mark fiel, wurde es unruhig. Wer besaß so viel Geld? Wen könnte man um eine solche Summe angehen? Fräulein Schwarz hatte schnell gerechnet und gab bekannt, dass sei so viel, wie 375 Deutsche am Geldsonntag vor sieben Wochen zusammen erhielten. Schon ein Grund, jemanden um die Ecke zu bringen, fügte die junge Sekretärin hinzu. Niemand widersprach. Heiterkeit löste die Mitteilung aus, als nächstes würden in dieser Sache die Ermittlungen bei der Beisetzung und in einem Bordell fortgesetzt. *Friedhof und Puff. Andacht und Andrang.* Männerlachen, bis der Chef zur Ordnung rief.

Löffler sagte dann noch, dass der Kollege Rau bis zum Abschluss dieser Ermittlungen bei K3A bliebe, die Arbeit für die Besatzer habe ja offenbar ihr Ende gefunden.

Es wurde eine lange Fahrt für Küster und Rau bis zum Südfriedhof in Sachenhausen auf der anderen Mainseite. Wegen der Zerstörung der Trauerhalle würde die Zeremonie um 11 Uhr direkt am Grab stattfinden. Am Ehrenmal, mit der Frau und dem Lorbeerkranz für die Gefallenen des vorletzten Weltkrieges, bogen sie rechts ab und stießen nach wenigen Minuten auf die einzige sichtbare Menschenansammlung.

Den Tod gab es noch. Doch er hatte seine Erhabenheit verloren. So massenhaft und so grausig war er in der jüngsten Vergangenheit aufgetreten. Er erzeugte noch Leid, aber kaum noch Mitleid.

Die Trauergemeinde war schmal. Die Sargträger und der Totengräber standen abseits. Zur eigentlichen Versammlung gehörten weniger als ein Dutzend Menschen. Die Polizisten kannten einige schon aus den Ermittlungen der letzten Wochen. Die anderen konnten Nachbarn sein oder Arbeitskollegen. Alle im Schwarz der Trauer, ungewohnte Kleidung, für den Sommer viel zu warm. Es fehlten die massierende Krankenschwester, der kleine Enkel und auch der Druckereibesitzer Rahn. Niemand sah wohlhabend oder gar reich aus.

Der Pfarrer trat vor das geöffnete Grab und predigte. Von der Trauer um Bruno Degenbach, dem guten Ehemann, treusorgenden Vater und Großvater, dem Bruder, Onkel, Schwager, Freund und Kollegen. Dem Buchdrucker, der das Schicksal seines Volkes teilte, schwer verwundet im Krieg, ausgebombt, seiner Existenz beraubt und den Stürmen des Lebens preisgegeben. Weit vor der Zeit, durch einen tragischen und noch ungesühnten Tod, aus dem Leben gerissen, eingehend in die himmlische Ewigkeit. „Selig die Toten", sprach der Pfarrer, „sie sollen ausruhen von ihren Mühen, denn ihre Werke begleiten sie."

Dann betete er das Vaterunser. Viele sprachen mit. *Und führe uns nicht in Versuchung, sondern erlöse uns von dem Übel.* Rau faltete die Hände, Küster nicht.

Die Schlusszeremonie war kurz. Der allerletzte Gruß, Sand auf den eingelassenen Sarg. Die Verabschiedung vom Geistlichen. Dann bewegten sich die Trauernden zum Ausgang.

Erst jetzt traten die Polizisten näher. Sie sahen einen Kranz und ein schmales Blumengebinde, beide ohne Schleife. Sie stellten sich dem Pfarrer vor, doch er kannte den Toten nicht, sein weniges Wissen stammte aus dem kurzen Trauergespräch mit Witwe und Tochter.

An der Haltestelle der Straßenbahn hatten die Beamten den Trauerzug wieder eingeholt. Die Witwe ging eingehakt bei Schwager Willi Kolb, die Stimmung lockerte sich. Degenbachs Tochter ging auf die Polizisten zu und fragte Küster, ob er morgen um die Mittagszeit im Präsidium zu erreichen sei. Küster bejaht, kondolierte nochmals und fragte nach den Gästen der Beerdigung. Familie, Hausnachbarn, nur ein kleiner Kreis, andere Verwandte konnten nicht kommen, unaufschiebbare Arbeit, die schlechten Verkehrsverbindungen für die Auswärtigen, man wisse ja. Ob es bei der Polizei etwas Neues gäbe? Küster verneinte, es werde aber hart gearbeitet.

Bernhard Rau stand daneben. Er blickte auf die groß gewachsene Frau, mit hübschem Gesicht, deren blonde Haare unter dem schwarzen Hut mit hochgeklapptem Schleier zur Geltung kamen, und die das schwarze Kostüm mit schwarzer Bluse gut tragen und ausfüllen konnte. Dann verscheuchte er die unangemessenen Gedanken.

Zur Mittagspause trafen sie im Präsidium ein und brachen bald in das Westend auf.

Das Hotel Zieten war kleiner als zu erwarten. Eher in der Größe einer Pension, nur ein Obergeschoß mit vier Fenstern. Das Wort *Hotel* stand aber über dem schwarzen Baldachin am Eingang. In der Straßenbahn hatte Küster, sich mit seinem Hut Luft zu fächelnd, einen Gedanken gehabt und forderte Rau auf, ihn nicht in ins Innere zu begleiten. Dieser gehorchte überrascht.

Dann betrat Küster das Hotel. Der kleine Flur führte auf einen Empfang zu. Er registrierte eine Treppe nach oben und links eine geschlossene Tür. Ordentliches Ambiente, nicht luxuriös.

Neben dem Empfang stand ein muskulöser Mann im Hemd. Dahinter ein Portier mit Anzug und Krawatte. Dessen anfängliches Lächeln verschwand, nachdem er die Polizeimarke gesehen hatte.

Küster schlug einen freundlichen Ton an. „Die Polizei bittet um Mitarbeit. Kennen Sie diesen Mann?" Er legte Degenbachs Führerscheinfoto vor.

Nach sehr kurzem Blick sagte der Portier: „Nein."

„Und diesen Herren vielleicht?" Willi Kolbs Erkennungsdienstfoto von 1947.

„Nein."

„Ist Ihnen am Freitag vor zwei Wochen, dem 23. Juli, im Hotel oder außen etwas aufgefallen?"

„Nein."

„Düfte ich den Zimmermädchen dieselben Fragen stellen?"

„Nein."

„Gib es auch noch andere Portiers?"

„Gelegentlich."

„Was hat das Hotel Zieten generell für Gäste?"

„Gute."

Es verstrichen einige Sekunden. Dann sagte Küster. „Danke für Ihre erschöpfenden Auskünfte. Für heute habe ich keine weiteren Fragen."

Dann ging er.

Der Portier griff zum Telefon.

Draußen berichtete Küster. „Im Puff waren zwei Gestalten, die vor einer Polizeimarke nicht einknicken. Wir haben ja auch nichts in der Hand. Sie habe ich draußen gelassen, falls ich Sie für einen Sonderauftrag brauche."

Rau fragte nicht nach, hatte aber eine Idee entwickelt. „Was, wenn Degenbach nicht in das Hotel wollte, sondern in eines der Häuser daneben. Er stellte das Motorrad unter die Laterne und ging einige Schritte weiter. Ist ja nicht auszuschließen."

In Frage kamen nur zwei Häuser mit mehreren Stockwerken. Unzerstört und gutbürgerlich. Aber kein Wohnort eines reichen Mannes. Aber der Gedanke war nicht völlig abwegig. Der junge Kollege zeigte Initiative. Sie teilten die Häuser auf und schrieben sich die Namen von den Wohnungstüren ab.

Zurück bei K3A begann Rau mit der Überprüfung dieser Namen und denen, der beiden Konzessionsinhaber des Hotel Zieten. Das Polizeiarchiv kannte er schon, es befand sich im Keller. Er machte solche Arbeit gern.

Küster besprach sich mit dem Chef. Er wollte beim Hotel weiterkommen, Namen von Gästen erhalten, Druck machen, Hindernisse überwinden. Seine Arbeit als Polizist tun. *Auf den Busch klopfen.* Der Chef war nicht überzeugt. Meldezettel von dem bewussten Tag einsehen, schlug Löffler lediglich vor. So was wird frisiert, da übernachtet niemand, das ist ein Stundenhotel, kam als Antwort.

Kommissar Löffler war ein Asket, der auf die Pension zuging. Statt zu rauchen lutschte er Drops mit Pfefferminzgeschmack. Er unterbrach das Lutschen und sagte: „Sie haben nichts, Küster. Polizeilich nur einen Diebstahl, der vor diesem Hotelpuff stattfand. Die Idee mit dem jungen Kollegen schlagen Sie sich mal schön aus dem Kopf. Ihn dort hinzuschicken. Das ist unmoralisch. Und eine Razzia, ran an die Geschäftsunterlagen, nicht bei diesem Stand. Es gibt Gesetze und die wird diese Polizei einhalten. Gehen Sie den anderen Spuren nach und alles korrekt und mit Fingerspitzengefühl."

Küster verließ das Chefzimmer. Fingerspitzengefühl war nicht seine Stärke. Das andere nur widerstrebend. Löffler wurde 33 als Sozi aus dem Polizeidienst entlassen und nach

45 wieder eingesetzt. Seine Fachkenntnisse und sein Organisationstalent fanden bei den allermeisten Untergebenen Anerkennung. Die Mehrheit beklagte aber seine Laschheit, die neuen Methoden, mit den Richtern, die Polizisten Durchsuchungen und sonstige Maßnahmen erst genehmigen mussten. Das band einem nur die Hände. Wo sollte das enden?

Dienstschluss sechs Uhr.

Der Fußweg zur Wohnung führte Bernhard Rau nach Feierabend wieder am Textilgeschäft Bleyle vorbei. Immer noch mit dem Jedermann-Anzug im Schaufenster, heller oder dunkler Stoff, für 71,50 DM. Letzten Monat hatte er sich Halbschuhe gekauft. Mit dem Gehalt und den Marken reichte es dann noch für Essen und Trinken oder kleine Vergnügungen. Aber er wollte den Anzug. Wie sah er denn aus? Ein uraltes Jackett, eine graue Hose, schon einmal geflickt. So ein Anzug, mit Krawatte oder offenem Hemdkragen, der machte etwas her. So wollte er gerne wahrgenommen werden. Am Essen könnte er sparen. Auch heute ging er an der Gemeinschaftsküche vorbei, mit dem Tagesgericht Graupensuppe und Pansen, und würde in seinem Keller Brot und Käse zu sich nehmen.

Constanze verbrachte die nächste Zeit in Northeim. Erst Mitte August kehrte sie zu einer zweiten praktischen Ausbildung ins Krankenhaus zurück. Karten schickte sie Rau. Aber einen Gruß von ihm wollte sie offenbar nicht, ihre Heimatadresse verschwieg sie. Sollte die Familie nichts von einem Mann in ihrem Leben wissen? Oder nichts von diesem speziellen Mann? War er nicht der Richtige? Wäre ein ehemaliger Sanitätssoldat, Kommilitone und angehender Arzt geeigneter, wie dieser...?

Er vermisste sie. Wie sie lachte, und selbst ihre etwas überhebliche Art, wenn sie mit medizinischen Ausdrücken wie *Nyktarie* oder *Presbyphagie* um sich warf. Er mochte das

Moderne an Constanze, so wie er auch selber mit der neuen Zeit gehen wollte. Immer noch galt in vielen Familien der Satz, *Kinder werden Leute, Mädchen werden Bräute.* Aber sie würde bald eine Ärztin sein und nicht nur in der Küche stehen.

Ganz plötzlich schob sich aber eine andere Frau in seine Gedanken, deren Namen er nicht einmal kannte. Mit aller Wucht. Mit körperlichen Einzelheiten und Phantasien. Morgen würde er sie wiedersehen. Er konnte und wollte die Gedanken nicht gleich verscheuchen.

Gegen die stickige Hitze in der Kellerwohnung öffnete er alle Fenster und die Tür, um etwas Durchzug zu schaffen. Dann stellte er das Radio auf AFN und es spielten Tommy Dorsey und Artie Shaw, mit leichtem Rauschen. Sein Abendplan stand fest, mit der noch gut gefüllten Flasche eines billigen Weins und dem neuen Buch, würde er sich draußen einen ruhigen Platz suchen.

Das Buch hieß The *Seventh Cross,* und die Dame im Amerika-Haus empfahl es sehr. Eine anrührende Geschichte aus der Nazi-Zeit, verfilmt in Hollywood mit Spencer Tracy. Gefangene brechen aus einem Lager in Deutschland aus. Verschwörerisch hatte sie ihrem Dauergast gegenüber hinzugefügt, die Autorin, die Deutsche Anna Seghers, lebe jetzt in der Sowjetzone, das Buch dürfe aber erst einmal weiter ausgeliehen werden.

Rau verließ seinen Keller. Er würde heute früh ins Bett kommen.

Küster auch, aber anders.

Frau Griesbach stellte ihm sein Abendbrot auf den Tisch. Im Radio hatten sie vormittags aus Werken des großen Frankfurters Goethe vorgelesen. Von ihrem Zettel rezitierte sie. *Ihr glücklichen Augen, was je ihr gesehen, es sei wie es wolle, es war doch so schön.* Sie war immer noch ergriffen.

Bald tauchte sie aber in die Welt der neuen Ratesendung von Radio Frankfurt ein. Direkt über den Äther standen sich Mannschaften aus London und vom Main gegenüber, man sprach deutsch. Die einen gaben die Fragen vor, die andere Seite musste antworten. London wollte wissen: Was ist in England der Name einer Stadt und eines Sportereignisses? Seine Wirtin drückte als Lokalpatriotin stumm die Daumen. Ihr Untermieter dachte *Derby* und lag richtig. Jetzt wollte Frankfurt wissen, was „der rote Faden" bedeutet.

Nach dem Anbringen eines neuen Fliegenfängers an der Decke des Wohnzimmers verabschiedete sich Küster mit dem Hinweis, er habe schon wieder Nachtdienst und müsse gehen. Das war im eigentlichen Sinne nicht richtig und diente der Vermeidung unnötiger Nachfragen.

Sein Nachtdienst hieß Marianne. Der Ausdruck Geliebte würde es wohl treffen. Es begann in der Vorweihnachtszeit 1947, mit dem Tod eines Belgiers in dem renommierten Hotel Wiesbadener Hof. Küster ermittelte, Marianne, als Hausdame zuständig für allerlei Organisatorisches im Hotel, lernte er dabei kennen. Der Todesfall erwies sich schnell als simpler Herzinfarkt, alles Weitere hielt bis heute an. Sie war ebenfalls verwitwet, nur wenige Jahre jünger und eine sehr gepflegte und attraktive Person. Küsters etwas übergewichtige Erscheinung wurde durch die Tatsache eines eklatanten Frauenüberschusses in ein milderes Licht getaucht. Außerdem gab es neben der Hauptsache auch noch andere gemeinsame Interessen.

Schwierig blieb nur die Ortsfrage. Ein Rendezvous in Küsters Behausung, im Wiesbadener Hof oder einen kleineren Hotel wurde beiderseits ausgeschlossen. Es bleib nur Mariannes kleine Wohnung, die sie mit einer Freundin teilte, die ihrerseits Interessen verfolgte. Damit schieden feste Termine aus. Schwierig blieb es auch, eine Verabredung zu treffen. Frau Griesbach war ohne Anschluss, ebenso Mariannes Wohnung, der Fernsprecher von K3A denkbar ungeeignet und so blieb nur das Telefon im oft unbesetzten Hausdamenzimmer.

Heute lief alles zur allseitigen Zufriedenheit.

# 21

Die Tochter des Toten trug keine schwarze Trauerkleidung, sondern ein luftiges hellblaues Kleid, Ohrringe und eine Kette. So stand sie am Empfang der Hauswache im Präsidium, als Kuster und Rau die Treppe herunter kamen.

Der ältere Beamte übernahm die Begrüßung, ihm wurde für die Teilnahme an der Beisetzung noch einmal gedankt. Er entschuldigte sich für die beengten räumlichen Verhältnisse, leider müsse er den Gast in einen Raum im Keller bitten. Noch auf dem Weg sagte sie ihren Namen, Irmgard Granitz. Der jüngere Beamte erhielt keine Beachtung und nur einen flüchtigen Händedruck.

Im Verhörraum 2 entschuldigte Küster sich noch einmal für die Umgebung. Hier säßen sonst nur schwere Jungs oder leichte Mädchen, aber nie eine Dame. Kurz blitze ein Lächeln auf und Frau Granitz meinte, so sei eben die Zeit, auch bei der Polizei. Sie könne auch nur kurz bleiben. Um zwölf begann ihre Arbeit im Textilgeschäft Perlinger. Es gingen ihr aber wegen dem toten Vater so viele Fragen durch den Kopf. Auch habe sie etwas abzugeben. Dann holte sie aus ihrer weißen Handtasche eine kleine Keksdose und stellte sie auf den Tisch.

Das sei nicht, wonach es aussieht, ergänzte sie dann noch. In dieser Dose befanden sich Dinge, die ihr Vater gesammelt hatte, die ihm wohl wichtig waren, nichts besonderes, nach ihrer Durchsicht, vielleicht aber von polizeilichem Interesse.

Welche Fragen ihr denn durch den Kopf gingen, wollte Küster wissen. Die Besucherin blickte ihn fest an. Der Tod sei so ohne Sinn. Das Motorrad sei doch auch wieder da. Ihr Vater habe doch keine Feinde, wer sollte so ein Verbrechen an ihm verüben? Beim Reden nahm sie ein Päckchen Zigaretten aus einem goldenen Etui und suchte wohl Feuer. Küster entzündete ein Streichholz und bot es an. Sie führte Mund und Zigarette zur Flamme und schob die Polizistenhand mit ihrer eigenen etwas näher. Rau verfluchte innerlich sein asketisches Nichtrauchen und das damit verbundene Fehlen von Zündhölzern.

Nein, sagte Küster dann, das Motorrad wurde nur gestohlen, es war nicht der Grund für diesen Mord. Aber der Tod und Geld, viel Geld, das könnte zusammenhängen. Ob sie von dem beabsichtigen Kauf einer Druckerei gehört habe?

Irmgart Grabitz blies den Rauch durch die Nase aus. „Ja, meine Mutter hat es mir erzählt. Dass der Mann, der verkaufen wollte, zu ihr kam. Aber ich wusste nichts davon. Schon, dass Vati träumte, wieder eine Druckerei zu besitzen. So wie wir alle träumen, von was Besserem. Aber in der Wirklichkeit, für 15.000 Mark. Nein."

„Wir fragen uns natürlich", Küster entzündete nun auch eine Zigarre, „ob ihr Vater Geld versteckte und mehr noch, ob es eine Person gab, die ihm diese große Summe leihen, schenken oder vorstrecken würde?"

Sie schüttelte energisch den Kopf. „So viel Geld. Ich habe es schon öfter auf einem Haufen gesehen." Die Beamten schauten interessiert. „Wenn bei Perlinger Kasse gemacht wird. Da kommen solche Beträge, manchmal mehr, zusammen. Aber die Kunden kriegen ja etwas dafür. Strümpfe, Wolle, Stoffe, Nähzeug, vor allem aber Kleider, Röcke, Blusen, neue Waren, nicht die hässlichen Sachen aus umgearbeiteter Fallschirmseide oder von der Großmutter. Aber mein Vater, der hatte doch nichts, der konnte nichts bieten, nur träumen."

Kannte ihr Vater denn Leute mit solchen Umsätzen, wollte Rau wissen, um auch einmal Aufmerksamkeit zu bekommen. Nur ein kurzes Kopfschütteln.

Gab es denn sonst eine Geldquelle, die sprudeln könnte? Küster übernahm wieder.

Onkel Willi, ja, Wilhelm Kolb, der hatte der Familie manchmal geholfen. Mit Geld, auch mal mit Medizin für ihren Sohn. Jetzt auch mit der Beerdigung, die übernahm er ganz. Er hatte sich aber auch Schuldscheine vom Vater geben lassen. Sie wusste das gar nicht. Die Scheine waren auch in der Dose. Aber über 10.000 Mark? Wer sollte das glauben. Der Willi Kolb war geschäftstüchtig, nicht nur in sauberen Sachen. Der war immer flüssig, auch wenn er lebte wie ein Neandertaler in seiner Höhle. Der hatte seine Finger überall drin und gerne auch dran. *Der alte Sack. Mit seinen Nutten.* Die Tante ist ihm weggelaufen. Aber so viel Geld dem Vater geben, wenn er es überhaupt hatte, der tat doch nie was, ohne Hintergedanken und seinen eigenen Vorteil.

Sie warf der Kopf zurück und wollte die Zigarette ausdrücken. Rau schob ihr schnell den Aschenbecher zu.

„Es gibt noch zwei heikle Punkte, die sprechen wir aber mal offen mit Ihnen an", begann Küster darauf. „Wusste ihr Vater vielleicht etwas aus der Vergangenheit, über jemanden, dass er zu Geld machen konnte. Als er wohl Blockwart im Ostend war oder sonst, davor, danach?"

„Sie müssen wohl schlecht über Menschen denken, als Polizei. Aber Vati würde nichts Unrechtes tun. Er war doch immer nur ein kleiner Mann und hatte so viel durchzumachen, im Krieg und später."

„Kannte ihr Vater jemanden im Westend. Dorthin wollte er nämlich nach unseren Ermittlungen an seinem letzten Tag, zu einem Männergespräch, bei dem es sehr wahrscheinlich um Geld gegangen ist?"

„Nein. Meine Tante hat uns das auch erzählt. Wir kennen dort niemanden. Vati hatte seine Arbeit, seine Familie, war nicht sehr gesellig, wenn er wen besuchte, dann Onkel Willi. Mit dem war er dicke."

Dann erzählte Küster, dass das Motorrad im Reuterweg gestohlen wurde, direkt vor dem Hotel Zieten, einem, man kann es nicht anders nennen, Bordell.

Die Reaktion war Schweigen, Schulterzucken und ein eisiger Blick. Man wandte sich der Keksdose zu.

Deren Inhalt wurde auf den Tisch des Vernehmungsraums geschüttet. Mehrere Fotografien, eine Patrone, ein Orden mit Hakenkreuz und schwarz-weiß-rotem Band, ein Schlüssel für eine größere Tür, eine handschriftliche Liste mit Namen, ein Artikel über die Wiedereröffnung der Paulskirche, ein Briefumschlag mit herausgeschnittenem Absender und vier Schuldscheine, durchgestrichen und mit dem handschriftlichen Vermerk erledigt.

Rau nahm die Liste in die Hand und verglich die Namen mit einer anderen Liste aus der Akte Degenbach. Küster griff nach den Fotos und fragte, ob Frau Granitz etwas mit den Dingen anfangen kann. Wofür könnte beispielsweise der Schlüssel passen?

„Das mit den Schuldscheinen hatte ich schon erwähnt. Das andere sind sicherlich Andenken aus dem Krieg. Die Namen kennen Mutter und ich nicht. Der Schlüssel ist nicht für zuhause."

Rau legte ihr die Namen aus den Häusern vom Reuterweg vor. Sie sah drauf und schüttelte den Kopf.

Küster sah sich die Fotografien an. Den bemüht schneidig blickenden Soldaten Degenbach, ihn mit anderen Soldaten und nur mit einem Offizier. Er erkannte dessen Gesicht, jünger, den Schmiss nahe der Oberlippe, den arroganten Blick. Er schob der Tochter das Bild zu und fragte, wer das ist. „Papas Kompaniechef, ich kenne seinen Namen nicht, er hat meinem Vater die Arbeitsstelle verschafft, letztes Jahr, ein Segen." Ob es Kontakte gab, fragte Küster nach. „Nein, Vati sprach nie von ihm."

Dann blickte sie auf ihre Armbanduhr und musste zur Arbeit. Küster begleitete sie zum Ausgang und versprach, die Familie über den Fortgang der Ermittlungen auf dem Laufenden zu halten.

Nach seiner Rückkehr tauschten sie sich aus. Der Orden war das Eiserne Kreuz, wusste Rau, die Namen von Degenbachs Liste, dem Reuterweg und den Inhabern des Hotel Zieten waren nicht identisch. Die Schuldscheine betrafen insgesamt 4.100 Reichsmark. Drei stammten aus dem vergangenen Jahr, einer von Anfang 1948.

„Auch beim Kommiss gewesen?", wollte Küster plötzlich wissen.

„Afrikakorps. Und Sie?"

„Beim ersten Schlamassel in Belgien und Frankreich. Beim zweiten Mal an der Heimatfront."

„Ich überprüfe also auch die neuen Namen, was nicht leicht ist, sie müssen ja nicht von hier sein oder sind gefallen. Hinter dem einen Namen ist ein Kreuz gemalt." Rau legte die Liste in die Akte.

Küster versuchte den Stumpen seiner Zigarre neu zu entzünden. „Einverstanden. Um die Schuldscheine kümmern wir uns bei ihrem Aussteller am Montag. Der Schlüssel bringt uns nicht weiter. Vielleicht ist er von seiner ausgebombten Druckerei. Aber warum ist ein leerer Briefumschlag so wichtig, um ihn aufzuheben, adressiert an Degenbachs jetzige Adresse, Poststempel Frankfurt, Absender herausgeschnitten? Oder der Artikel über die Paulskirche? Was halten Sie übrigens von der Tochter?"

Rau dachte an den leichten Geruch guten Parfüms, der zu riechen war, bevor der Qualm dominierte. Und an die aufreizende Art, wie sie ordinäre Worte, *alter Sack*, *Nutten* aussprach. Dann erwiderte er aber sachlich: „Ich glaube nicht, dass sie mehr weiß. Sie hat uns weiter geholfen."

Küster drückte seine Zigarre endgültig aus. „Jedenfalls eine merkwürdige Familie. Für die ist der Gatte und Vater nur ein einfacher Mann, arm, rechtschaffen, häuslich, ungesellig, ohne viele Freunde…"

„Seinen Plan mit der Druckerei verschweigt er ihnen aber", warf Rau ein.

„…und am bösen Ende wird er totgeschlagen. Irgendwo hatte er ein Geheimnis."

Küster schlug vor, den Rest des Tages gemeinsam im Archiv zu verbringen. Es gab Namen zu überprüfen. Fakten sind euer Seil in der Eigernordwand, hatte Kommissar Rotenberg auch gelehrt.

Drei Stunden später endete die Arbeitswoche.

Der folgende Sonntagmorgen im Wohnzimmer von Frau Griesbach erschien wie Weihnachten im Hochsommer, nur Baum, Lametta und Lieder fehlten. Ein Gabentisch war allerdings bereitet. Seine Wirtin forderte ihren Untermieter auf, alles zu begutachten. Ihr Paket, von der CARE, sei endlich da. Küster trat an den kleinen Tisch, gefüllt mit Dosen und Päckchen. Der Kater döste auf der Fensterbank.

*Coffee* konnte er zuordnen und *Rice*. Was aber verbarg sich unter Beschriftungen wie *Jack Frost*, *NURA* und *Prem*? Frau Griesbach wusste das auch nicht genau. Aber sie schwenkte einen Handzettel. „40.000 Kalorien, denken Sie nur. Alles umsonst, von drüben. Zucker, Trockenmilch, Rindfleisch", las sie vom Zettel ab. *„Gibd ah gudde Mensche."*

Er verharrte nach kurz andächtig. Dann fiel ihm auf, dass die amerikanischen Wohlfahrtsorganisationen in ihren Paketspenden zwar vier Schokoladentafeln verschenkten, Raucher jedoch nicht bedachten. Er machte es nicht zum

Thema. Seine Wirtin rauchte als gute deutsche Frau nicht, war als Witwe eines Pfeifenrauchers aber zur Duldung gezwungen worden. Seinen seltenen Zigarrenkonsum in der Wohnung bedachte sie mit der nur halb scherzhaften Bemerkung *Schmauchlümmel.*

Am größeren Frühstückstisch wurde Küster Kaffee aus der Kanne vom guten Sonntagsgeschirr eingeschenkt. Frau Griesbach hatte wieder Radio gehört.

Ihr Zorn war erwacht. Die Preise galoppieren. Ein Ei kostet auf dem Markt 80 Pfennig. Ein einzelnes Ei. Es wurde schon zum Käuferstreik aufgerufen. Gegen den Wucher. Früher konnten sich die Menschen nichts leisten, weil nichts da war. Seit dem neuen Geld können sie sich nichts leisten, weil es zu teuer ist. Da macht doch jemand richtig Reibach. Aber die *kleine Leut* sind es nicht. Sie wird jetzt auch streiken, mit den 40.000 Kalorien in der Hinterhand. Sie macht auch *Beujot* oder wie man das nennt.

Es hieße korrekt Boykott, belehrte Küster, bevor er in ein Marmeladenbrot biss. Bestimmt eine amerikanische Erfindung. Ob er vielleicht mehr Geld im Monat zahlen sollte? Doch das wollte sie nicht damit gesagt haben.

Ob er denn heute ausspannen könnte oder schon wieder Nachtdienst abzuleisten hätte? Er verneinte. Heute gab es keinen Nachtdienst. Im Wiesbadener Hof fand ein festlicher Ball statt, Großeinsatz für die Hausdame.

Küster mochte keine Sonntage. Sie hielten ihn von der Arbeit ab, der Grundlage seines heutigen Lebens. Er würde seine drei Zigarren rauchen, einen Spaziergang unternehmen, abends Essen und ein, zwei Schnäpse. Trotz Marianne war er einsam. Radio hörte er nicht gern, nur klassische Musik. An Büchern las er zuletzt Spenglers *Untergang des Abendlands,* aus der kleinen Bücherecke des Mannes von Frau Griesbach.

In seinem Zimmer, im Sessel, griff er zur Zeitung von gestern. Er kaufte nie die Lizenzblätter mit deutscher Redaktion, nur *Die neue Zeitung*, das Organ der amerikanischen Militärregierung, auf Deutsch, mit vier Seiten, für 15 Pfennig. Er wollte aus erster Hand wissen, wie die Lage ist und wie es weiter geht.

Groß aufmacht wurde ein Bericht über die Luftbrücke und die Stimmung in Berlin. Küster erkannte die energischen Bemühungen der Alliierten an. Das war bitter nötig. Stalins Divisionen standen an der Elbe und an der tschechischen Grenze. Nur die Amerikaner konnten ihnen die Stirn bieten. Und mit ihnen würde auch ein deutsches Reich wieder entstehen, es begann ja schon.

Von den kleinen Meldungen las er nur die Überschriften. 477 Heimkehrer in Hof-Moschendorf aus sowjetischer Kriegsgefangenschaft eingetroffen. Freude über Demontagestopp auf den Werften in Bremen. Erste Aufbau-Wohnungen in Stuttgart übergeben. Die Kultur übersprang er. Die letzte Seite berichtete von der Sommerolympiade in London. Eine Holländerin gewann vier Goldmedaillen im Laufen, ein ganz junger Däne siegte beim Segeln. Ein Bild zeigte die amerikanischen Gewinner im Korbball. Deutschland hatte man von den Spielen ausgeschlossen.

# 22

Sie kamen ganz früh. Polizistenzeit. Es war nicht mehr dunkel und noch still im Hinterhof.

Wilhelm Kolbs MAN stand geparkt vor dem hölzernen Eingangstor zur Garage. Nach dem lauten Pochen passierte zunächst gar nichts. Dann hörte man Schritte, das Tor öffnete sich, Kolb streckte ein unrasiertes und verärgertes Gesicht heraus. Kurz darauf rief eine Frauenstimme, was denn los sei.

„Polente", rief er zurück. „Was verschafft mir heute die frühe Ehre?"

„Wir kommen noch einmal im Fall Degenbach", antworte Küster ruhig.

„Immer zu Diensten, aber nicht in Unterhose." Kolb ging wieder nach drinnen und man hörte die Aufforderung an eine Magda, so lieb zu sein und Kaffeewasser aufzusetzen. Dann kam er mit Hose und offenem Hemd über einem weißen Unterhemd nach draußen. „Bruno ist unter der Erde. Schreckliche Sache. Das Leben muss weitergehen. Was wollt ihr noch. Gibt es was Neues?"

Küster stand breitbeinig da und sagte: „Wir arbeiten Tag und Nacht daran, auch am frühen Morgen. Heute geht es um Schuldscheine." Rau hielt sie hoch.

Der Fuhrunternehmer blickte kurz drauf und fragte, ob sie das von seiner Schwägerin hätten. Aus der Familie, wurde geantwortet. Darauf folgte ein höhnisches Gelächter.

„Ach, daher weht der Wind. Die flotte Irma. Frau Granitz aus dem Schlaraffenland, wo Kleider, Schmuck, Geld und Geschenke auf Bäumen wachsen. Mit den uniformierten Gönnern, die aber nicht die schwarze Uniform der Waffen-SS ihres gefallenen Gatten tragen."

Wie es denn mit den Schuldscheinen gewesen ist, 4.100 Reichsmark, wie die denn plötzlich bezahlt wurden, wollte Rau wissen. Kolb nestelte an seiner Hose. Als das ohne Erfolg blieb, rief er nach drinnen, Magda solle ihm seine Zigaretten und Feuer bringen. Dann antwortete er.

„Blut ist dicker als Wasser. Familie ein hohes Gut, gerade in diesen Zeiten. Ich hab manchmal geholfen. Mit Kleinigkeiten, selten mit Bargeld. Für Luise, Bruno und den Jungen. Dessen Mutter verschafft sich ja selbst, was sie braucht."

„Blut ist ein ganz besonderer Saft", antwortete Küster. „Und wie stand es mit Gegenleistungen?"

Vor der Antwort trat eine schwarzhaarige, noch nicht vollständig bekleidete Frau, nicht mehr jung, noch nicht so alt, aus der Garage und brachte Rauchwaren. Die Polizisten erhielten einen abschätzigen Blick. Sie einen Klaps auf den Po beim Weggehen.

„Einen Kuchen hat Luise mir manchmal gebacken. Ich habe nie etwas verlangt. Das war ganz…selbstlos. Hilfe einfach. Das mit den Schuldscheinen brachte Bruno auf. Ist auch seine Schrift. Mein Herr Schwager wollte nicht als Bittsteller dastehen, was er natürlich war. Ehrpusselig eben, immer was besseres sein."

„Brachte er Ihnen vielleicht Kunden, sonstige Dienste in der Art?"

Kolb inhalierte den Zigarettenrauch tief. „Natürlich nicht. Er doch nicht. Versprochen hat er mir alles Mögliche. Bruno war nicht der weinerliche Typ, jämmerlich, wie jetzt viele in ihrer Not heute. Er war der Spinner, der Träumer, der nicht auf festem Grund stand. Er hoffte auf Schadenersatz, weil er doch ausgebombt wurde, für Wohnung und Geschäft."

Kolb trat seine Zigarette aus. „So einen muss man behandeln wie ein kleines Kind. Als das mit dem neuen Geld die Spatzen schon von den Dächern zwitscherten, habe ich ihm die Rückgabe der Schuldscheine angeboten. Ohne Gegenleistung. Aus, Schlussstrich ziehen. Für erledigt erklären. 4.000 Reichsmark, sie wissen doch auch, drei Pfund Bohnenkaffee und zwei Pfund Butter. Wir waren wieder quitt. War doch nichts mehr wert. Mich hat es nicht gejuckt und er strahlte wie ein Kind. Der ewige Verlierer."

Küster entschied sich jetzt auch für die erste Zigarre und wollte das Gespräch am laufen halten. Er warf das Stichwort hin. Verlierer?

Bruno soll ein ordentlicher Buchdrucker gewesen sein, meinte sein Schwager. Das könne er fachlich natürlich nicht bewerten. Aber da war wohl auch der Drang nach Höherem.

Jedenfalls trat er bald nach 33 in Hitlers Partei ein, wie ja viele. Da kannte er Bruno aber noch nicht. Der große Nutzen blieb jedoch aus. Dann meldete er sich bei Kriegsbeginn freiwillig, in seinem Alter, mit vierzig. Blitzkrieg gegen Frankreich 1940. Der Franzose wehrte sich kaum. Es gibt nur eine große Artillerieschlacht, bei einem Nest namens Marlee. Wer ist mittendrin, wird schwerverwundet, Heimatschuss, kleiner Orden? Bruno Degenbach. Jetzt kann er nicht mal mehr im Stehen drucken. Wird Blockwart im Ostend. Haben alle die Fahnen raus an den Feiertagen, kassieren für das Winterhilfswerk. Tanzt ein Volksgenosse aus der Reihe? Machte man sich nicht beliebt.

Dann doch noch die Druckerei. Sie gehörte ihm im eigentlichen Sinne gar nicht, er ist vom Staat beauftragter Treuhänder. Den Vorbesitzer haben sie aus dem Verkehr gezogen, war angeeckt oder was politisches. Jedenfalls, plötzlich ist Bruno wer. Er schmeißt den Laden, denn er ist vom Fach und linientreu. Ein kleiner Nationalsozialistischer Betriebsführer. Dann wird erst die Druckerei ausgebombt, kurz darauf auch die Wohnung. Nach 45 ist er nicht wieder auf die Beine gekommen, wegen der Beine. Seine Ersparnisse waren auch weg. Er musste bei der Entnazifizierung als Mitläufer 1.000 RM Strafe zahlen. Ein Gernegroß, ein Verlierer, einer, der einem nur leid tut.

Kolb machte eine Pause und blickte in die kleine Runde. Ob er den Kaffee nach draußen wollte, fragte eine Stimme, ohne eine Antwort zu bekommen.

Küster wollte mehr wissen. „Andererseits schloss ihr Schwager schon per Handschlag einen Vertrag über den Kauf einer neuen Druckerei für 15.000 Mark. Sie haben sicher davon gehört. Wie passt das zusammen?"

„Darüber hat Bruno mit mir nicht gesprochen. Von der Hoffnung auf einen eigenen Betrieb, mit Entschädigungszahlungen finanziert, solche Trugschlösser, immer mal wieder. Und falls das gleich die Frage ist. Hilfe ja, Geld zu verschenken habe ich nicht. Er hat von mir weder so ein Vermögen verlangt, noch bekommen. Im neuen Geld genau genommen gar nichts. Natürlich hätte ich auch nicht so viel gehabt."

„Hätte er denn einen anderen Gönner mit Geld gefunden? Oder nachhelfen können?" Wollte Küster wissen.

Kolb antwortete nicht sofort. Aus der Garage wurde gemeldet, dass der Kaffeetisch gedeckt ist. *„Komm gleich, Magdalenchen."*

„Leute mit viel Geld kannte Bruno nicht. Ob ich meinem Schwager so was wie ne Erpressung zutrauen würde? Vielleicht, die Moral in Deutschland ist ja überall im Keller. Aber, dass für Schweigen Geld gezahlt wird, das gab es bei den Fragebögen zur Entnazifizierung vor ein, zwei Jahren, braune Flecken weg, Persilschein her, aber das ist doch Schnee von gestern. Heute doch nicht mehr."

Rau übernahm.

„Degenbachs Motorrad stand im Reuterweg im Westend. Sagen Ihnen diese Namen etwas?" Er hielt Kolb die Namensliste von dort hin. Dieser sah kurz drauf und schüttelte dann den Kopf.

„Direkt vor dem Hotel Zieten. Könnte Bruno dort gewesen sein?"

„Im Puff. Soweit ich weiß, haben die französischen Granatsplitter das Thema erledigt."

„Sie kennen das Etablissement also?"

„Ich fahre Sachen von A nach B. Auch für die Gastronomie. Lag wohl mal auf meiner Strecke."

„Mich wundert, dass Sie als bekannter und gut dotierter Schwarzmarkt-Fahrer doch relativ ärmlich leben", sagte Rau plötzlich. Das kam nicht gut an.

„Ihr dürft jetzt gehen. Ende der Durchsage. Auf mich warten ein Frühstück und ein Arbeitstag."

Willi Kolb wandte sich ab. Die Polizisten sahen ihm nach. Auf ihrem Weg zur Straßenbahnhaltestelle übernahm Rau wie immer das Reden. Ob dieser Kolb vielleicht etwas verschweigt, eigentlich mehr weiß? Küster wog den Kopf hin und her. „Könnte sein und wenn, dann er." Ob es sich lohnt, ihn im Auge zu behalten und nach seinem vermutlichen Schwarzmarktgeld zu sehen? Küster nickte mehrmals.

Sie erreichten die Morgenlage pünktlich. Kein neuer Fall für K3A.

Drei Stunden später hatte die Überprüfung der Namen vom Reuterweg nichts erbracht. Keine polizeilichen Erkenntnisse. Für das Revier 6 galt der Reuterweg als ruhigere Gegend. Die Liste aus der Keksdose konnten Kriegskameraden gewesen sein. Alles Männernamen, kein Bezug zu Frankfurt. Keine Übereinstimmung mit anderen Namen. Kein Ansatz für weitere Nachforschungen.

Das Revier der Wasserschutzpolizei sah sich nicht in der Lage, mit den gegebenen Hinweisen den Ort zu ermitteln, wo die Leiche in den Main geworfen worden sein könnte.

Ermittlungen am alten Wohnsitz des Opfers im Ostend verliefen schon vor Tagen im Sande. Degenbach, ein kleiner Bonze. Einige kannten den Namen nicht.

Ein Anruf beim Offizin Rahn erbrachte zweierlei. Die Druckerei war jetzt endgültig zum nächsten Ersten verkauft, und, etwas unwillig, gefälschte Banknoten herzustellen, würde am Papier scheitern, das gäbe es in Deutschland nicht, es war Baumwolle beigemischt.

Bei dem, was sie sicher wussten, gab es kaum Fortschritte. Ein Bordellbesuch im eigentlichen Sinne war eher unwahrscheinlich geworden, die Verknüpfung von Geld und Tod eher wahrscheinlich.

Starb Bruno Degenbach, weil er Geld wollte oder Geld hatte?

Für die Beantwortung der Frage blieben noch zwei Wochen.

# 23

Am späten Vormittag kam David Bach von der monatlichen Dienstbesprechung im CIC-Hauptquartier in Wiesbaden nach Frankfurt zurück. Er hielt sich nicht lange mit dem Mittagessen im Casino auf ging dann durch die Seitentür in den Grüneburgpark. Mehr noch als die Zigarette reizte ihn die ruhige Lektüre der zwei Tage alten New York Times, die er im Verkaufsstand im Foyer des Farben Building gekauft hatte. Besonders der Aufmacher auf Seite eins.

*Ein russischer Spion im Außenministerium?* Der Verdächtigte hieß Alger Hiss. Wie die Zeitung berichtete, ein Spitzendiplomat, der an der Gründung der Vereinten Nationen beteiligt war und an den Nachkriegsplanungen für Deutschland und Europa. Ein Journalist und Ex-Kommunist beschuldigte ihn, vor einem dutzend Jahren geheime Dokumente – mit ihm als Mittelsmann – an den russischen Geheimdienst übergeben zu haben. Jetzt musste Hiss sich vor dem Komitee für unamerikanische Umtriebe des Kongresses verantworten. Er bestritt den Spionagevorwurf, trotz aggressiver Nachfragen und Vorhalte der Ausschussmitglieder. Die Sache war mit der Befragung nicht vorbei. Weitere Zeugen sollten geladen werden. Senator McCarthy, der Ausschussvorsitzende, sprach von „roten Netzen", die er in Washington in verschiedenen Ministerien und Einrichtungen vermutete, und die eine große Gefährdung für die nationale Sicherheit des Landes darstellen.

Von „durchleuchten" und „zerschlagen" las Bach auch. Er hatte den Namen Alger Hiss noch nie gehört. Laut dem Artikel ein Jurist, mit eher liberalen Ansichten, der seinem Land gedient hatte. Strafrechtlich wäre Spionage sogar verjährt. Was sollte zerschlagen werden? Wozu dieser Ausschuss und wer legte fest, was unamerikanische Umtriebe sind? In was für ein politisches Klima würde er bald zurückkehren? Wer stand noch, und weswegen, auf solchen schwarzen Listen?

Er rauchte lustlos noch eine Zigarette bis zur Hälfte. Dann überflog er einen zweiten Bericht über den laufenden Präsidentenwahlkampf. Der Republikaner Tom Dewey führte in allen Umfragen vor Amtsinhaber Truman. Keine Nachrichten aus Deutschland oder Europa auf den vorderen Seiten. Die *Brooklyn Dodgers* gewannen die *National Baseball League*. Dann ging er in sein Büro.

Seine Sekretärin Betty brachte Kaffee und sie plauderten über das Hochsommerwetter und verschiedene Möglichkeiten, sich abzukühlen. Vom Sonnenbaden auf dem Dach des Hauptquartiers erfuhr Bach zum ersten Mal.

Danach holte er die Unterlagen für seinen Abschlussbericht zur Operation Bird Dog aus dem Bürotresor. Einen Stapel mit seinen handschriftlichen Notizen und einen größeren mit den fertigen Berichten der anderen Stellen. Das Telex des FBI, die schwerfälligen Rapporte der Militärpolizei, Zusammenfassungen von ihm selbst und den CID-Ermittlern zu Transport und Lagerung des neuen Geldes, die Überprüfungen der Leute, die unmittelbar mit ihm in Kontakt kamen. Nicht ohne Ironie blieb die Tatsache, dass der kurze Bericht der CIA die Sowjets von allem Verdacht freisprach.

Auch Andrew Wallace von der Finanzabteilung aus der Bird Dog-Gruppe hatte nachgebessert. Sein erster Versuch war zwar gründlich gewesen, aber der Teil über das Verteilungssystem und die Manipulationen, für Bürokraten oder Kongressabgeordnete als mögliche Leser, viel zu kompliziert. Dann gehen wir mal auf Washingtonniveau runter, hatte Wallace versprochen. Wie Bach feststellen konnte, war Andy auch sonst nicht der trockene Buchhaltertyp, wie seine Arbeit und seine gedeckten Anzüge vermuten ließen.

Am Ende ihres Gesprächs über die Nachbesserungen lud er Bach zu einem Vortrag mit kostenlosen Getränken ein. Mit Betonung auf letzterem.

Sie gingen am Vorabend in das Hotel Excelsior. Dort tagte die Wirtschaftspolitische Gesellschaft älterer deutscher Herren. Wallace schien bekannt zu sein und schüttelte zahlreiche Hände. Schon beim Beginn des Vortrags hatten beide Männer einen Drink in der Hand. Der Referent, ein deutscher Reichsfinanzminister aus der Zeit vor Hitler, sprach über Freihandel und von sozialer Marktwirtschaft, die Planwirtschaft und sozialistischen Experimenten überlegen sei, wenn man sie sich entwickeln ließe. Bach bezweifelte, dass Wallace dem Vortrag in deutscher Sprache gut folgen konnte, aber dieser stimmte in den Schlussapplaus ein, schüttelte auch danach Hände, plauderte angeregt und organisierte noch Getränke, als der offizielle Teil längst vorbei war.

*Win the peace*, sagte Wallace viel später an der Bar des Hotels zu Bach. Das sei doch das strategische Motto nach dem Krieg gewesen. Man muss der deutschen Wirtschaft auf die Beine helfen und sie machen lassen. Unter unserer Aufsicht natürlich.

Mit McBride und Captain Howard vom CID traf Bach sich ebenfalls gestern. Ihr schriftlicher Bericht würde folgen. Die Militärermittler hatten die Überprüfungen von der Liste der 26 fortgesetzt.

Nummer 11, Peter Nixon, wurde jetzt als *sauber* eingeschätzt. Es gab zwei Dienstreisen in die Schweiz, eine als

Berater des Präsidenten der Bank deutscher Länder. Sie dienten Devisenfragen. Er selbst besaß kein Konto dort, es gab keine Geldaktivitäten, keine Schulden, nichts Auffälliges. Außerdem war der Umtausch von Deutscher Mark zu Dollar in der Schweiz zwar möglich, aber meldepflichtig und nur mit geklärter Identität durchzuführen. In allen Westzonen konnten Privatpersonen nicht legal tauschen. Aber Unternehmen, wie Bach auf Nachfrage erfuhr.

Bei Captain Michael Adair, Nummer 9, liefen die Ermittlungen noch. Ein möglicher Verdacht hatte sich verkleinert. Die pleite gegangene Spedition gehörte ihm nur zu einem Drittel, als stiller Teilhaber neben seinen Brüdern. Rechnerisch entfielen auf seinen Anteil 8.000 Dollar Schulden. Eine Versteigerung des Fuhrparks stand noch aus. Seine hiesigen Spielschulden waren minimal. Er führte keinen luxuriösen Lebenswandel. Eine verdeckte Durchsuchung seines Privatraums in der *Atterberry Barrack*, förderte keine wertvollen Sachen oder große Geldmengen zu Tage. Außerdem betrat er das Tresorgewölbe insgesamt nur vier Mal, seine Transportorganisation erfolgte vom Schreibtisch aus. Ob er als Tippgeber für eine Organisation von außen in Frage kam, wurde geprüft.

Es wurde sonst keine weitere heiße Spur verfolgt.

Der Colonel berichtete von seiner Zeit beim *Field Security Service* nach der alliierten Landung in Sizilien. „Da gab es wirkliche Probleme. *The Big Black Market*. Korrupte Leute von uns und die Enkel der Mafia. Wir verloren ganze Schiffsladungen und Güterzüge an Material und Waren. Es musste mit eiserner Hand aufgeräumt werden und wir haben es gemacht. Dagegen geht es hier doch nur um bedrucktes Papier." Howard nickte zustimmend.

Das Treffen verlief freundlich, die Tendenz war aber klar. Die Untersuchung sollte beendet werden. Ein Abschlussbericht auch ohne völlige Aufklärung. Für Bach eine eher beunruhigende Feststellung. Und der nächste Gedanke drängte sich zum ersten Mal auf. Warum ließ der Colonel nicht einen seiner eigenen Leute den Bericht machen, unterschreiben würde er ihn als Leiter der Ermittlung doch müssen? Oder stand dort dann nur *1. Lieutenant David S. Bach, CIC-Germany?*

Er dachte nach.

Es gab wenig Klarheit und viel schwer zu Entwirrendes. Alle 26 Männer mit direktem Zugang zum neuen Geld kannten die für den großen Diebstahl nötigen Fakten. Aber sie konnten das Geld selber nicht aus der Bank herausbringen. Es gab auch nichts, was sie belastete, bei Adair würde es darauf hinauslaufen. Ein faules Ei unter ihnen reichte aber.

In den letzten Jahren waren von den Lastwagen der Army tonnenweise Konserven, Tüten. Säcke, Arzneipäckchen, Flaschen, Pakete und vielleicht auch Waffen verschwunden. Es gab Militärgerichtsverfahren deswegen, Arreste, Versetzungen und unehrenhafte Entlassungen. Warum sollte nicht auch bedrucktes Papier verschwinden, das zu Geld wurde?

Aber wie, wo, von wem und wann? Als Teil einer amerikanischen Verschwörung oder als letzter Coup des großen deutschen Schwarzmarkts? Nach jetzigem Stand Spekulation ohne Grund und Boden. Verlief die ganze Bird Dog-Ermittlung richtig, oder wurde nur viel Staub aufgewirbelt, ohne das Naheliegende sehen zu können. Oder zu wollen. Gab es noch einen erfolgversprechenden Ansatz? Oder galt für Lieutenant Bach die alte Regel: Wenn du in die Grube fällst, hör auf zu graben?

Bach stand vom Schreibtisch auf und ging an das geöffnete Fenster. Er sah einen Jeep vor das Eingangsportal vorfahren. Ein Posten öffnete die Seitentür, salutierte und ein hoher Offizier stieg aus, lässig die Ehrbezeugung erwidernd.

Ihm fehlten die praktischen Kenntnisse und Erfahrungen eines richtigen Polizisten. Dessen Blick und Vorgehensweise. Wurde er deshalb für den Abschlussbericht ausgewählt? Er ging zum Schreibtisch zurück.

Den Schwarzmarktbericht der deutschen Polizisten hatte er schon übersetzt. Er verlief ins Leere, wie bisher alles. Es gab keinen handfesten Ansatz. Ein, zwei Kleinigkeiten mussten noch erledigt werden. Den Gedanken hatte er schon seit einigen Tagen. Konnte er es verantworten, einige Karten auf den Tisch zu legen? Vielleicht war die Geheimniskrämerei in der Ermittlungsgruppe falsch oder sogar gewollt.

Was wusste er über den älteren Polizisten? Im Entnazifizierungsverfahren wurde er als unbelastet eingestuft. Saubere Weste, soweit man das mit den Methoden eines Fragebogens feststellen konnte. Er diente schon als Polizist vor Hitler, in dem Deutschland, das David Bach in Ruhe Fußballspielen ließ. Dann auch 12 Jahre im Tausendjährigen Reich, jetzt wieder. Wie konnte ein Beamter einer Republik, einer Diktatur und einem Land unter alliierter Aufsicht bruchlos dienen? Erfahrungen besaß er aber sicherlich. Bei den wenigen Begegnungen hatte er diesen Küster als schweigsam und vorsichtig erlebt, lauernd, aber mit eigenem Kopf. Ihm fehlte die so oft anzutreffende Unterwürfigkeit, die scheinheilige Liebenswürdigkeit, vor einer amerikanischen Uniform. Auch die vielleicht gut gemeinte Beflissenheit des jüngeren Deutschen.

Ein Versuch konnte nicht schaden, er hatte ja auch eine Kleinigkeit für ihn. Telefonisch hinterließ er beim Vizepräsidenten den Wunsch nach einem Rückruf.

Zum Abschlussbericht machte sich Bach weitere Notizen. Etliche Passagen waren fertig und mussten nicht mehr überarbeitet werden. Für die anderen gab es genug Zeit. Erst alles zusammen würde er Betty diktieren.

Am Abend erhielt Bach an der Rezeption des *Special Service House* einen Brief. Ricardo versah den Nachtdienst, der es an Freundlichkeit mit Sam aufnehmen konnte, aber nicht dessen Organisationstalent besaß.

Er öffnete den Brief erst, nachdem er sich frisch gemacht hatte. Sein Inhalt war schon angekündigt worden – die Einladung zur Hochzeit seiner Schwester im November. Beim letzten Transatlantikgespräch, vier kostenlose gewährte die Army pro Monat ihren Soldaten in Übersee, hatte Miriam von nichts anderem gesprochen, nur der Ort stand damals noch nicht endgültig fest. Von seinem künftigen Schwager wusste er bislang nur wenig. Michael, gute Familie, sehr groß, Steuerberater und zahllose gute Eigenschaften nach Auskunft seiner künftigen Frau. Bachs Mutter beschrieb ihn in ihrer realistischen Art als künftigen guten Ehemann, liebevollen Vater, ordentlichen Schwiegersohn und erfolgreichen Geschäftsmann – sowie als vollendeten Langweiler.

Sie schrieb ihm immer, meist einen Brief pro Woche. Er schrieb selten zurück. Von seinem Vater kamen Grüße, manchmal ein paar Worte durch das Rauschen des Telefonapparats, ihre gegenseitige Entfremdung wuchs. Alma Bachs Briefe enthielten Familiennachrichten, mütterliche Verhaltensempfehlungen und Gesundheitsratgeber, vor allem aber Fragen. Fragen über Deutschland.

Sie, die ihre Flucht damals forcierte, blieb dem Land nah, jedenfalls seiner Kultur und einer Art Hoffnung. Trotz allem, was geschah. Sie las deutschsprachige Exilzeitungen, spendete im Krieg kleine Beträge für Flüchtlinge und ging in das Studio-Theater in die 12. Straße, wenn Exilkünstler zum Tag der Bücherverbrennungen mit Musik und Rezitation die Idee eines anderen Deutschlands hochhielten.

Ihr Sohn beantwortete die Anfragen schleppend, aber realistisch. Manchmal nahm er sich Zeit für lange Briefe, in denen er seine Eindrücke und Begegnungen schilderte. *Erst kommt das Fressen und dann die Moral,* „das kennst Du doch aus der Drei Groschen Oper von Brecht und Weill, die wir am Broadway zusammen gesehen haben." Gelegentlich schickte er Artikel aus den neuen Zeitungen oder Kritiken von Theateraufführungen, von Klassikern oder modernen Stücken, verschwieg aber, dass die Masse der Menschen lieber ins Kino ging, um sich zu amüsieren. Ein noch nicht eingeforderter Bericht bereitete David schon jetzt Unbehagen. Seine Mutter wusste natürlich, dass Bremerhaven nicht weit von Hamburg entfernt lag.

Seine Vorbereitung auf den Abend war abgeschlossen.

Es würde in jeder Hinsicht heiß werden. Deshalb verzichtete Bach auf ein Unterhemd und zog ein gebügeltes Uniformhemd an. Keine Krawatte, keine Mütze. Er musste los, um einen guten Platz zu bekommen.

Vor drei Tagen lernte er in der Lounge Dick und Luther kennen, einen Weißen und einen Schwarzen, die mit ihrer Band nach Frankfurt gekommen waren. Die *West Coast Boys* gehörten nicht zur A-Kategorie der Truppenbetreuung, aber sie bespielten vier Abende lang den Zebra Club und durften auch vor die Mikrofone von AFN. Eine Freikarte hatten sie ihm geschenkt.

Swing. Heimatklänge.

# 24

Der Schlag kam ohne Vorankündigung und wiederholte sich noch einmal. Fast gleichzeitig blitzte es und heftiger Regen setzte ein. Die Schwüle der vergangenen Tage fand im Sommergewitter ein Ventil. Für einige Augenblicke geschah nichts. Dann schloss Frau Steinert schnell die Bürofenster. Kommissar Ernst Löffler unterbrach die Morgenlage.

Dann sprach er wieder, wegen der Tropfen am Fenster mit erhöhter Lautstärke. Meldung von Wache 11. Ein Mann zertrümmerte zum wiederholten Mal die Wohnungseinrichtung und diesmal auch das Nasenbein seiner Frau, sie stürzt und erleidet schwere Kopfverletzungen. Widerliche Sache eigentlich, brummte der Chef, die Familie soll doch die Keimzelle des Staates sein. Nachbarn verständigten das Revier, es wurde aber keine Anzeige erstattet. Ganz in der Nähe, Feuerbachstraße. Hier braucht es eine deutliche Ansprache und wir ermitteln wegen versuchter Tötung. Löffler blickte in die Runde. Er nickte Hartmann, groß und kräftig, zu, dieser nickte zurück. Ein Mann für eine deutliche und spürbare Ansprache.

Auf der zweiten Notiz ging es um einen Erstochenen am Wittelsbachbunker. Sehr jung, offenbar aus dem dortigen kriminellen Milieu. Entwurzelte und Ostflüchtlingen, ohne Arbeit, ohne Zuzugsberechtigung zur Stadt, deshalb ohne Lebensmittelkarten. Zur Bearbeitung wählte er Stock und Wenninger aus und gab ihnen den Rat, möglichen Zeugen etwas zu versprechen, dann reden sie vielleicht.

In der Mordsache mit der Leiche aus dem abgestellten D-Zug hatten Grube und Michelsen keine Spur aufnehmen können. Der Chef blickte in die schweigende Runde seiner Leute. Die Frist war verstrichen. Frau tot, Akte tot.

Dann der nächste Zettel. Raubüberfall auf einen Taxifahrer in Nähe des Bahnhofs. Schwarzer Opel, Lizenz 212. Tatzeit früher Abend, quasi am helllichten Tag, Schlag oder Schläge mit einem Rohr. Beute 12 DM und eine Geldtasche. Das Opfer war noch ansprechbar, trotz hohen Blutverlusts.

Vage Täterbeschreibung, Fahndung der Uniformierten ohne Erfolg. Racheschwüre bei den Taxikollegen. Opferbefragung, besonders, wo er den Täter eingeladen hat, was sie gesprochen haben. Er schob das Blatt zu Küster.

„Was gibt es zum Fall mit dem Krüppel, der aus dem Main gefischt wurde?"

„Kein Durchbruch. Wir suchen weiter die Person, zu der er am Tatabend wollte", sagte Küster.

„Wir überprüfen auch den Schwager", warf Rau ein.

„Nutzen Sie die letzten Tage in diesem Fall und alle an die Arbeit", beschloss Löffler die Morgenlage.

In das laute Prasseln der Regentropfen hinein, lud Küster zu einem kleinen Umtrunk in Zeltingers Weinstube nach Feierabend. Sein alljährlicher Geburtstag. Glückwünsche und Händeschütteln schlossen sich an. Löffler schob ihm einen weiteren Zettel zu. „Vielleicht will jemand persönlich gratulieren."

Bei dem Gewitter war vorerst nicht an Außeneinsätze zu denken. Außerdem elektrisierte eine Nachricht das ganze Präsidium. Gestern verschwand ein Kind. Ein Säugling, gestohlen oder entführt aus dem Kinderwagen, als die Mutter nur kurz ein Paket auf der Post abgegeben hatte. Eine Großfahndung lief. Ein gefundenes Fressen für die Presse.

Wer macht so etwas? Die Kriminalisten spekulierten gern. Eine Frau, unbestimmten Alters, eher unter vierzig, ohne Mann, ohne Kind oder sie hat es verloren. Verwirrt oder sehr egoistisch, sie will niemanden erpressen, sondern das Baby behalten. Eigentlich leicht aufzuspüren, ein plötzliches Kind fällt in Familie oder Nachbarschaft auf. Wenn sie es aber in Frankfurt gestohlen hatte und woanders mit dem Kind ein neues Leben beginnen will, dann wird es schwer.

Küster hatte inzwischen, ohne Aufmerksamkeit zu erregen, telefoniert, kaum etwas gesagt und beteiligte sich danach nicht an dem Gespräch.

Die junge Laura Schwarz beklagte mit Tränen in den Augen die Leiden der Mutter. Die ältere Frau Steinert nannte die Kindsmutter hingegen verantwortungslos und eigentlich mitschuldig. Man lässt sein Kind nicht ohne Aufsicht.

Die Männer im Raum schlugen schnell eine Parallele zur Empörung um den „Zoo-Mörder", der im Frankfurter Tierpark seit letztem Dezember über vierzig Tiere, Fasane, Affen, sogar einen Riesenpapagei, vergiftet hatte. Das wurde Stadtgespräch. K1 führte die Ermittlungen, Tiere galten rechtlich ja nur als Sachen. Sie verhafteten einen Hilfswärter, mussten ihn aber wieder laufen lassen. Im Frühjahr wurden von der Stadt 30.000 Reichsmark als Belohnung ausgesetzt. Volkes Stimme führte das darauf zurück, dass Frankfurts Oberbürgermeister Walter Kolb inzwischen auch Präsident des Tierschutzbundes geworden war. Aber eine Aufklärung erfolgte trotzdem bisher nicht. Das warf in der Öffentlichkeit ein schlechtes Licht auf die Polizei, bei dem verschwundenen Baby konnte es genauso sein.

Der Sommerregen hatte nachgelassen, aber nicht ganz aufgehört. Es kehrte wieder Dienstalltag ein. Berichte wurden verfasst und getippt, Beamte begaben sich auf die Straße, Küsters Weg führte in das St. Marien Hospital, Rau suchte einen anderen Ort auf.

Nach fünf füllte sich der Raum wieder. Wenninger und Stock konnten den Toten im Bunker identifizieren, er war erst 18 Jahre alt. In dem dunklen und stinkenden Inneren des Bunkers fanden sie auch dessen Schlafplatz, aber nur wenige auskunftsbereite Menschen.

Küster hatte den verletzten Taxifahrer vernommen, ohne viel zu erfahren. Der Täter trug nicht einmal eine Maskierung und war jung. Eine Allerweltsbeschreibung. Die danach aufgesuchten Kollegen des Fahrers kamen mit privaten Ermittlungen auch nicht voran. In hitziger Weise forderten sie aber einen kurzen Prozess für den Täter und hatten für den Vollzug der Strafe sehr genaue Vorstellungen.

Rau nahm Küster beiseite und berichtete von seinen Nachforschungen. Mit viel Geduld konnte er beim Wirtschafts- und Ordnungsamt feststellen, dass Willy Kolb drei Gaststättenkonzessionen besaß. Für das Edelweiß und zwei andere Lokale. Sicherlich heute gute Geldquellen, aber er brauchte auch Mittel, um die Gaststätten zu erwerben und herzurichten. Küster wollte wissen, von wann die Konzessionen stammen. Alle von diesem Jahr, vor dem neuen Geld. Sein Fahrerlohn von den Schwarzmarkttouren, da waren sich beide einig. Aber reichte das Geld? Hatte er Schulden gemacht, die zurück zu zahlen waren? Gab es andere Quellen? Ein Grund mehr ihn zu überwachen, meinten beide.

Um sechs endete der Arbeitstag. Einige verabschiedeten sich und wünschten noch eine angenehme Geburtstagsfeier. Bernhard Rau dankte auf der Treppe noch einmal für die Einladung.

Er ging gerne mit. Private Kontakte gab es in seinem Leben bei der Kriminalpolizei eigentlich nicht. Auch in dem ersten Jahr bei K1 duzte er sich nur mit einem jüngeren Kollegen, der fing mit ihm zusammen an. Und Freunde hatte es auch sonst eigentlich keine. Wie sollte er sich am 16. September verhalten? Oder war er zu seinem Geburtstag gar nicht mehr hier, wo er sich doch wohlzufühlen begann, besser gesagt, endlich am richtigen Platz und auch wichtig.

Die Beamten Grube, Hartmann, Wenninger, Stock und von Hagen schlossen sich an. Letzterer wurde intern, wegen des von vor dem Namen, nur *Der Baron* genannt, was er geschmeichelt zur Kenntnis nahm. Das Fehlen von Fräulein Schwarz wurde kurz bedauert, von Frau Steinert sagte das niemand.

Sie nahmen die Straßenbahn und fuhren bis zum Eschenheimer Tor, wo viele Linien kreuzten. *Zeltingers Weinstube* hatte über dem Eingang ein Pils-Reklameschild. Daneben stand ein Wohnhaus mit einer Apotheke. Auf der anderen Seite ein zerstörtes Haus mit einer kaputten Fensterfassade ganz unten, früher vielleicht ein Geschäft. Auf der Litfaßsäule wurde ein Konzert der Wiener Sängerknaben beworben und groß daneben *Botil* Rattengift.

In Küsters Berliner Jahren nannte man so ein Lokal *Bullenkneipe*. Wegen eines Großteils der Gäste sogar mit einem Hauch von Respekt. So wurden sie in der Hauptstadt genannt, auch Polypen, Greifer und Polente. Die Polizisten mit den Schlagstöcken und die Rollkommandos hießen, weniger freundlich, Bluthunde oder Kosaken.

Bei *Zeltingers Weinstube* kam hinzu, dass der Wirt ein früherer Polizist war. Brachte ihn die Aussicht auf gutes Geld hinter den Tresen? Hatte er so viel Dreck am Stecken, dass er die Uniform an den Nagel hängen musste? Darüber gab es Gerüchte.

Das Lokal war gut besucht, auch von zwei Polizisten in Uniform. Ein Freigetränk auf seine Rechnung, kündigte Küster an – Bier, Wein oder einen Schnaps, je nach Gusto. Auch beantwortete er die Anzahl der Jahre seines Wiegenfestes. Gut hörbar spielte Radio Frankfurt Schlager. Mimi Thomas mit „Drei kleine Liebesworte" und dem frechen „Sekt-Tango", auch andere Lieder liefen, wie „Barcarole" und „Die Rose vom Wörthersee."

Der Wirt kannte einige seiner neuen Gäste und brachte persönlich die Bestellung. „Was gibt es Neues in der Unterwelt?" Vom gestohlenen Kind hatte er schon gehört. Bei der Kundgebung am Nachmittag vor dem Gewerkschaftshaus blieb alles ruhig. Er war auf dem Laufenden. „Wohlsein", sagte er in die Runde. „Alles was das Böse braucht zum Sieg, ist die Untätigkeit guter Männer."

Dann wurde auf den Jubilar angestoßen. Als Wenninger aus seinem unendlichen Zitatenschatz das Dichterwort wiedergab, *Wenn auch viele Schiffbruch erlitten haben, es schlagen immer noch edle Herzen*, wurde das mit Schweigen bedacht.

Bald ging es am Tisch um ausstehende Beförderungen, Gerüchte aus dem Präsidium, besonders um die Kollegen der Sitte, um zu wenig Gehalt, wie man an eine Aufbau-Wohnung kommen kann, für die Handwerkerleistungen in Eigenregie erbracht werden mussten, kaum um die laufenden Fälle, nur kurz um Fußball. Der 1. FC Nürnberg war Deutscher Meister geworden.

Bernhard Rau saß ruhig dabei und trank von seinem Bier. Dann wurde er plötzlich einbezogen. Er sei ja kein „alter Kämpfer", wie lange ist er denn schon dabei? Er antwortete: 46 Polizeischule, ab 47 bei K1. Und davor? Afrikakorps und amerikanische Kriegsgefangenschaft. Es wurde lebhafter. Ein Wüstenfuchs unter Rommel. Ob er den Generalfeldmarschall mal persönlich gesehen hat. Rau verneinte.

Der Krieg war zurück. Nur einige am Tisch gehörten auch der Wehrmacht an. Hartmann hatte das Narvikkreuz und das EK II, meist ruhige Posten in Norwegen und Dänemark. Der Baron schaffte es gerade noch im April 45 vor dem *Iwan* über die Elbe. Das englische Lager war kein Zuckerschlecken, aber natürlich besser, als beim Russen sitzen und in Sibirien im Bergwerk schuften. Stocks Meinung bekam Zustimmung. Die Westalliierten hätten nach einer Teilkapitulation mit der Wehrmacht weiterkämpfen sollen, um Stalin aufzuhalten. Jetzt stand der Russe von Danzig bis Magdeburg auf deutschem Gebiet und würde nicht mehr weggehen. Der Kampf um Berlin sei auch noch nicht entschieden. Wie wollten sie im Winter die Luftbrücke aufrecht erhalten?

Einer sagte durch den aufsteigenden Tabakrauch, wir sind doch keine Flamingos und können auf einem Bein stehen. Es wurde eine neue Runde bestellt. Bier 50 Pfennig, Wein 40. Schnaps 25. Rau begann mit Bier und wusste, man sollte nicht wechseln, er entschied sich aber für das preiswertere Glas Wein. Leicht machte sich der Alkohol schon bemerkbar. Sein Magen war leer, ihm fehlte auch jede Trinkfestigkeit.

Erneut bediente sie der Wirt. „Warum spielt das Radio keine Schlager mehr?" Wollte Grube mit enttäuschtem Blick wissen. „Jetzt senden sie den Bericht aus der Landeshauptstadt, das Umerziehungsprogramm des Besatzerfunks. Nicht bei mir im Lokal."

Vor Hartmann standen Bier und Schnaps, den er gleich kippte. Dann sagte er, jedes Wort betonend. „Ebbelwei, Rippche, Leiterche und Schäufelche, hätt ich gern wie früher." Zustimmendes Gelächter antwortete ihm. Er fingerte eine Mokri aus der Zigarettenpackung und entzündete sie unter Mühen. Der schweigsame Küster rauchte heute ohne Begrenzung noch eine Zigarre.

Stock sagte zu dem ihm gegenüber sitzenden Rau. „Junger Kollege, Sie haben sich eine schlechte Zeit ausgesucht, für einen schönen Beruf."

Niemand erwartete eine Reaktion auf diese Feststellung, aber Rau antwortete mit leicht schleppender Stimme. „Was war denn die schlechte Zeit? Jetzt fallen doch keine Bomben mehr, wir sitzen frei am Schreibtisch und nicht im Lager, man kann sich aus der Politik raushalten und es geht aufwärts, langsam jedenfalls."

Die Zwiegespräche erstarben. Niemand sagte etwas. Die Blicke am Tisch wurden abschätzend, manche mitleidig. In die Stille hinein Küsters Stimme. „Kollegen, alle guten Dinge sind drei." Dazu hob er sein leeres Bierglas. Als die Kellnerin zu ihnen kam, murmelte Wenninger: „Die einen glauben an alles Neue und die anderen wissen es besser, sagt der Dichter." Einige lächelten Zustimmung.

Die Stimmung stieg noch einmal. Eine neue Runde. Jetzt ging es um alte Fälle und dazu gehörende Anekdoten. Kleine Heldentaten, Irrwege, schlaue Einfälle, gelungene Aufklärung und verschärfte Vernehmungen.

Alkoholselig versuchten sie sich dann mit irrwitzigen Prognosen für die Zukunft zu übertreffen und Gelächter zu ernten. Jeder Deutsche fährt ein Auto, eine Frau als Reichskanzler, es gibt alles im Überfluss, ohne Lebensmittelkarten, Kriminalbeamte werden gut bezahlt.

Gegen acht Uhr brachen einige aus der Runde auf. Die Weinstube hatte sich weiter gefüllt. Radio Frankfurt spielte bekannte Operettenmelodien. Wenninger, Stock und Grube ließen sich Skatkarten bringen. Küster zahlte seine Zeche. Ein langer Nachtdienst wartete auf ihn. Marianne hatte eine besondere Geburtstagsüberraschung angekündigt. Der Anruf vom Vormittag bereitete ihm aber immer noch Sorgen.

Rau stand vor der Tür nicht mehr sicher auf seinen Füßen. Er fühlte sich gut. Nicht nur wegen des sich ausbreitenden Alkohols und des angenehmen Augustabends. Auch, weil Küster ihm leicht auf die Schulter klopfte.

Auf dem Heimweg erinnerte er sich, wie sie die drei Betrunkenheitsgrade in seiner Jugend bezeichnet hatten. Eine Lampe an. Alle Lampen an. Verlust der Muttersprache.

Nur eine Lampe brannte.

# 25

Am nächsten Morgen war Küster für 9 Uhr bestellt oder vielleicht vorgeladen worden. Das gute Gefühl des vergangenen Abends und der Nacht sank auf der Bremer Straße im Schatten des hohen IG-Farben Klotzes. Warum sollte er überhaupt kommen und warum nur er allein? Das machte ihm sorgenvolle Gedanken. Er schwitzte schon.

Die Prozedur am Eingang kannte er bereits. Dem unfreundlich musternden Soldaten am Empfang zeigte er seine Marke. Dann sagte er den mit Marianne eingeübten Satz, die für den Umgang mit ausländischen Hotelgästen auch Englisch konnte. *Guth mornink, mei nähm is Küster. ei häf än ehpeuntmänt wiz lutänent Bach.*

Der GI griff zum Haustelefon und versuchte Küsters Namen wieder zu geben. *A german police detective.* Dann nickte er. *Yes, Sir.* Mit einem Fingerschnippen machte er sich bei hinter ihm sitzenden Kameraden bemerkbar und gab Order. Ein Soldat stand auf und forderte Küster mit einer Handbewegung auf, ihm zu folgen. Es ging die große Treppe nach oben.

Am gestrigen Tag trank Küster Alkohol, das Übliche in der Weinstube, Erlesenes später in Mariannes Wohnung. Echter Cognac und Sekt aus den großen Kellern des Hotels Wiesbadener Hof. Es gab auch die versprochenen Überraschungen, von denen eine ihm gefiel, die andere aber für seinen Geschmack zu früh kam. Für ihn als Trinkgewohnten war der Alkohol jetzt auf der Treppe schon lange raus aus seinem massigen Körper.

Das Trinken hatte im Berliner Polizeidienst angefangen und sich kontinuierlich gesteigert. Nur nicht in der Wohnung der Küsters in Zehlendorf. Es kam zu Ausfällen und einer Strafversetzung nach Ostpreußen. Kurz nach den Olympischen Spielen wurde es ihm in der Personalabteilung des Präsidiums eröffnet. Bewährung, kein Rausschmiss, wegen guter Arbeit, er solle sich zusammenreißen. Der Betriebsobmann eröffnete ihm im gleichen Gespräch, für die NSDAP sei er unwürdig, er bräuchte keinen Mitgliedsantrag zu stellen. Damals ein schwerer Nachteil, zehn Jahre danach ein Glücksfall. Im Fragebogen der Besatzungsmächte zur Entnazifizierung aller erwachsenen Deutschen konnte Küster diese belastende Angabe verneinen.

In Königsberg trank er weiter, aber nicht mehr im Dienst. Gern den Schnaps von Teuke & König und bevorzugt den deftigen Pillkaller. Von dem sagte der Volksmund: *Es trinkt der Mensch, es säuft das Pferd, in Pillkallen ist es umgekehrt.* Sein Familienleben litt fortschreitend, er gewöhnte sich das Schweigen an.

Nach dem Schicksalsschlag passierte etwas Ungewöhnliches. Während mancher Mann nach dem Tod von Frau und Sohn mit dem Trinken beginnen würde, lief es bei Küster umgekehrt. Seit er die auffindbaren Teile seiner Familie in einem Massengrab für Bombenopfer beisetzte, reduzierte er das Saufen auf ein noch heute gültiges und beherrschbares Maß. Vielleicht eine Art Sühne.

Auf jeden Fall hatte ihm der Alkohol beim Ausfüllen des Fragebogens der Besatzer gute Dienste geleistet. Er musste nicht lügen, wie viele Parteigenossen, was auch sinnlos blieb, weil den Amerikanern die NSDAP-Mitgliederkartei in die Hände fiel. Bei den Fragen nach Mitgliedschaften in Organisationen brauchte er nur „Reichsbund der deutschen Beamten" und „NS-Volkswohlfahrt" ankreuzen, völlig unbedenklich.

Alles korrekt, seitenlang, außer Frage 96. Wurde er deswegen einbestellt? Hatte es eine Überprüfung seiner Person gegeben? Frage 96 war tödlich für jeden Polizisten. *Gestapo.*

Die Leitstelle Königsberg der Geheimen Staatspolizei residierte in den oberen Etagen des Polizeipräsidiums. Dorthin wurde Küster für ein Vierteljahr versetzt. Referat II E 2, Betriebssabotage und Fremdarbeiter. Akten führen. Verhörprotokolle. Listen erstellen. Andere Sachen.

Bei dem falsch gesetzten Kreuz, der schriftlichen Lüge, ging er ruhigen Blutes vor. Bei dem Angriff der englischen Bomber wurde auch das Präsidium zerstört, wahrscheinlich mit allen Vorgängen, in denen sein Name auftauchte. Niemand würde als Zeuge gegen ihn auftreten können. Zwischen Ostpreußen und Hessen lagen 1.000 Kilometer Luftlinie und ein eiserner Vorhang. Kein großes Risiko.

Man brauchte Männer wie ihn. Er dachte zu seinen Gunsten auch an die Pflichterfüllung über viele Jahre.

Der Soldat klopfte und wartete auf eine Reaktion. Dann öffnete er die Tür nach innen und machte eine Kopfbewegung.

Küster trat ein. Was wollte der junge Jude in der schmucken Uniform von ihm ganz allein?

Nach einer freundlichen Begrüßung durfte er sich auf einen Stuhl vor den Schreibtisch setzen, auf dem viel Papier lag. Küster legte seinen Hut ab und saß kerzengerade. Das Schwitzen wurde stärker.

Lieutenant Bach griff nach einem Stapel. Der alte Bericht über den deutschen Schwarzmarkt. Er lobte die Arbeit von Küster und Rau und bat um eine Ergänzung. Es gebe doch eine Stelle, wo Grundstückskäufe registriert wurden, die deutsche Bezeichnung kannte er aber nicht. Grundbuchamt, half Küster. Genau, dort sollte geprüft werden, welche Grundstückskäufe schon auf DM-Basis abgewickelt wurden. Die Namen, wenn möglich auch die Höhe des Geschäfts. Sicherlich in wenigen Tagen zu erledigen. Küster nickte und knetete seine Finger.

Bach legte die Papiere zurück, bot eine Zigarette an, entzündete selbst eine und fand eine bequemere Sitzposition auf seinem Stuhl. Er blies Rauch aus und schwieg. Sein Gegenüber schwieg ebenfalls und paffte nervös an der ungewohnt kleinen Zigarette.

„Kriminalhauptwachtmeister Küster, Sie sind doch ein erfahrener Polizist." Der Angesprochene war jetzt auf alles gefasst und sagte nichts.

„Haben Sie sich die letzten Wochen einmal gefragt, wozu diese Berichte für mich gut sind, welchem Zweck sie dienen?" Jetzt bejahte Küster. Mit seinem Taschentuch wischte er Schweiß von der Stirn.

„Können Sie über Informationen schweigen, wenn diese nichts mit ihrem Dienst zu tun haben? Oder geraten Sie dann in einem Loyalitätskonflikt. Ich akzeptiere jede Antwort."

Im inneren Kampf zwischen Verwirrung, Neugier und leichter Entspannung, antwortete Küster: „Natürlich kann ich schweigen, wenn es geboten ist."

Bach drückte seine Zigarette aus. „Auch über eine streng vertraulichen Mitteilung der Militärregierung, die Ihre fachliche Meinung hören möchte?"

Jetzt wurde klar, dass es nicht um Königsberg und II E 2 ging. Küsters Neugierde nahm überhand. „Jawohl, Herr Oberleutnant."

Bach musterte ihn noch einige Augenblicke. Dann gab er eine Kurzfassung zu den verschwundenen Millionen, er sagte nur, eine größere Summe, und dem Vorgehen beim Geldumtausch. „Ein Verbrechen also. Wie hätten Sie die Ermittlungen von Anfang an geführt?"

Küster war nun wirklich überrascht und brauchte einige Zeit bis zur Antwort. „Einbruch oder Überfall?"

„Überprüft und ausgeschlossen."

Die Tatsache, dass eine „große Geldsumme" verschwand, beeindruckte Küster nicht so sehr. Ihn beeindruckte die Raffinesse. Unter aller Augen. Erfolgreich durchgezogen. Keine Spur hinterlassen. In seinem Gedächtnis gab es nur einen sehr viel kleineren eigenen Fall, Unterschlagung in der Genossenschaftsbank in Heydekrug. 38, 39, jedenfalls noch vor dem Krieg. Aber das war viel zu nah an Königsberg, um es zu erwähnen. Er sagte nach längerer Pause nur. „Draußen ist das Geld ungeschützter." Dann griff er zur ersten Zigarre des Tages.

„Gut, das ist plausibel. Aber es wurde gezielt aus bestimmten Transportkisten etwas weggenommen."

Der Deutsche paffte und überlegte. „Ein Gehirn und Hände. Jetzt sollte ich Ihnen auch noch etwas sagen."

Der Amerikaner dachte, Gehirn, Hände und Abnehmer. Ein Kreis, in dem jeder gewinnt. War Captain Adair ein Gehirn, das Hände und Abnehmer fand? Konnte so verladen werden, dass ganz bestimmte Hände zugreifen konnten? Eine Frage, noch kein Ansatz. Nichts wirklich Neues, aber das Gespräch lohnte sich schon.

„Es ist so", begann Küster. „Ich und Kriminalassistent Rau ermitteln in einem Mord an einem Mann, der in der Pförtnerei dieser Bank beschäftigt war. Wir kommen nicht weiter. Er wollte für 15.000 Mark eine Druckerei kaufen. Entweder versuchte er sich das Geld durch eine Erpressung zu verschaffen und wurde erschlagen. Oder er besaß das Geld schon und wurde Opfer, weil es ihm jemand wegnahm."

Bach fragte sofort nach dem Namen. Stutzte etwas, nachdem er ihn hörte, blätterte in einer Liste aus seinen Papierstapeln und schüttelte den Kopf. „Nein, kein Zugang zum Geld. Wohl kein Gehirn, keine Hand und wohl sicher kein Abnehmer. Oder?"

„Nein. Ein Kriegsversehrter, einer von unten."

„Für mich also nicht sehr ergiebig. Was wären für Sie Abnehmer?"

Die Antwort kam schleppend. „Leute, die mit dem neuen Geld sofort etwas anfangen können. Bei denen viel Geld nicht auffällt. Große Kaliber, mit Firmen, wo größere Geldsummen auf dem Konto nicht ungewöhnlich sind. Wo nach und nach Geld eingehen kann."

Kurz blitzte bei Küster ein Gedanke auf und verschwand sofort wieder. Dann sprach er weiter.

„Oder man kann das viele Geld verstecken, bis Gras über die Sache gewachsen ist. Es kalt stellen."

Bach fragte nach. „Das können aber eigentlich nur Deutsche. Amerikaner würden gleich in Sachwerten bezahlt. Wenn ihr Kollege uns richtig informiert hat."

Küster widersprach an diesem Punkt. „Oder Amerikaner werden stille Teilhaber von Firmen. So was gibt es doch auch. Jemand ist vielleicht noch lange in Deutschland stationiert oder zieht bald die Uniform aus und bleibt in der Nähe des Geldes."

Bach nickte zweimal, ein interessanter Gedanke. Dann warf er etwas in den Raum.

„Der springende Punkt bleibt aber, wie kommt man an das Geld?"

Küster nahm sich eine längere Pause. „Ich bleibe dabei. Draußen ist das Geld ungeschützter. Es wurde doch bewegt und ging durch viele Hände."

Er streifte Asche von seiner Zigarre ab.

„Jemand von drinnen, jemand von draußen. Könnte es so sein?", fragte Bach nach.

„Ja. Das wäre ein Ausgangspunkt."

Sie waren an einem toten Punkt angekommen.

Bach griff dann zu einem weiteren Papier und meinte, dass es nicht nur um einseitige Hilfe ginge. Er hatte Überprüfungen vornehmen lassen, um die ihn Küster vor einigen Tagen gebeten hatte.

„Das betraf Degenbach, Bruno, den Ermordeten. Nichts über ihn bei unseren Sicherheitsleuten. Nach seinem Fragebogen ein Mitläufer. Das Hotel Zieten ist nach Auskunft der Militärpolizei ein Bordell, was sie sicherlich schon wissen. Es ist für unsere Soldaten und Offiziere, *off limit*, Besuch verboten. Eine Kontrolle ist natürlich schwer. Über den zweiten Namen, Kolb, Wilhelm, gibt es aber etwas. Unbelastet nach seinem Fragebogen. Aber eine Verurteilung vor dem Militärgericht, kleine Strafe, war unserem CID danach gefällig. Sie verstehen."

Küster dachte kurz nach und nickte.

„Den Bericht mit den Grundstückskäufen können Sie mir schriftlich einreichen. Sollte Ihnen noch ein Gedanke zum vertraulichen Teil unseres Gesprächs kommen, zögern Sie nicht, mich anzurufen. Und danke für Ihre Kooperation."

„Jawohl, Herr Oberleutnant, selbstverständlich."

Per Telefon forderte Bach einen Soldaten an. Er fragte Küster, ob dieser ein gebürtiger Frankfurter ist. Nein, er sei aus Berlin, mehr als sein halbes Leben dort Polizist, nur die Umstände hätten ihn hierher verschlagen. Er sei dankbar, dass die Amerikaner seiner Vaterstadt mit der Luftbrücke die Freiheit erhalten.

Draußen, auf dem Weg zurück, fiel alle Last von Küster ab. Es war nur ein Gespräch. Eine Kooperation. Er wurde ins Vertrauen gezogen und würde schweigen. Er fühlte sich unangreifbar. Er würde seine Pflicht erfüllen. Ein paar Stunden über den Akten im Grundbuchamt sitzen, im Taxifahrerfall gab es nichts zu tun. Aber am Abend Nachtdienst bei Marianne. Das Angebot, in ihre Wohnung zu ziehen, wollte wohl erwogen sein.

Der flüchtige Gedanke kam zurück. Das verschwundene Geld. Konnte Bruno Degenbach ein kleiner Mittelsmann gewesen sein?

Die andere Information war handfester. Willi Kolb arbeitete nach seiner Verurteilung als Spitzel der Amerikaner in Schwarzmarktkreisen.

# 26

Den dritten Tag lag Kriminalassistent Bernhard Rau bei seiner Beschattung auf der Lauer.

Genauer gesagt, stand er unter einem Straßenbaum, gegenüber der Hinterhofausfahrt zu der Garage, in der Wilhelm Kolb arbeitete und lebte. Er tat nichts, das schon eine geraume Zeit, und verstand besser, warum Rauchen ein befriedigender Zeitvertreib sein konnte.

Immer am selben Ort zu stehen, ist auffällig und zieht misstrauische Blicke nach sich. Deshalb ging er auf dem Bürgersteig regelmäßig auf und ab, wechselte die Straßenseite, beobachtete lärmende Schulkinder und Frauen mit Einkaufstaschen, nie den Blick auf die Ausfahrt verlierend.

Nur am zweiten Tag gaben sie ihm ein Motorrad aus dem Fuhrpark des Präsidiums. Das Fuhrunternehmen Kolb hatte Baumaterialien von einem Werkhof in die Innenstadt transportiert, hauptsächlich Zementsäcke. Anschließend Getränkekisten mit Bier und Wein von einem Händler, dessen Lager sich in einem ehemaligen Flakbunker befand, zu verschiedenen Gaststätten, nicht zu seinen eigenen und nicht ins Hotel Zieten.

Das unauffällige Beschatten fiel ihm nicht leicht, auf der Polizeischule lernten sie es nicht einmal in der Theorie. Heute konnte er dem LKW ja nicht folgen. Sollten, ohne auffällig zu werden, stattdessen Nachbarn zu Kolbs Lebenswandel befragt werden? Er unterließ es zunächst.

Am ersten Tag der Überwachung erhielt Kolb Besuch von einem Mann. 57 Minuten lang. Rau folgte ihm nicht. Dann ging der LKW auf Tour und er musste improvisieren. Auf dem Wirtschaftsamt brachte er in Erfahrung, dass Kolb sein Fuhrunternehmen 1946 angemeldet hatte, mit der heutigen Adresse.

Am Abend war er auch im Edelweiß. Kolbs Kneipe schmiss seine Geliebte. Die Magda, die er beim letzten frühen Besuch mit Küster gesehen hatte. Ihr Haar trug sie auf der Arbeit hochgesteckt, die Bluse offenherzig. Er erkannte sei beim Bestellen eines Weinglases wieder, bei ihr sah er kein Wiedererkennen. Das Lokal war voll, die Stimmung gut, der Umsatz musste nicht schlecht sein. Ein Mann, der an der Theke saß, hatte Rau lange angeblickt. Er fühlte sich unbehaglich und ging. In die beiden anderen Gaststätten Kolbs blickte er nur von außen hinein, sie schienen bürgerlicheres Publikum anzuziehen. Den Inhaber sah er nirgendwo.

Gelernt hatte er bei seiner ersten Observation schon zwei Dinge. Die Polizeitugend des Wartens, und, dass Zeit zum Nachdenken nicht immer Erfreuliches zutage fördert.

Alles war in der Schwebe.

Constanze kehrte nach Frankfurt zurück, um in den Semesterferien eine weitere Hospitanz abzuleisten. Erst fand er an der Tür seines Kellers einen Zettel von ihr, dann stand sie zur angegebenen Zeit selber dort. Stolz präsentierte sie ihr Anker-Fahrrad für 80 Mark, ein Geschenk ihres Vaters. Er müsse sich unbedingt auch einen fahrbaren Untersatz anschaffen, dann könnten sie gemeinsam bis in den Taunus radeln. Aus dem Fresspaket ihrer Mutter bekam er ein Glas Schmalz. Immerhin.

Er war nach einigen Wochen Abwesenheit reservierter als vorher und Constanzes Geplapper störte ihn jetzt. Die Freude und Selbstverständlichkeit ihres Zusammenseins schwand. Die Gemeinsamkeiten auch. Er wollte nicht in den Zoo. Sie wollte nicht in den Groschenkeller, wo seine Musik gespielt wurde. Sie wollte nicht in den neuen Albers Film „*...und über uns der Himmel*", der Hauptdarsteller zu proletarisch, die Geschichte zu zeitbezogen. So was sieht man doch jeden Tag selber. Er wollte nicht in die Sonntagsmatinee von „Emil und die Detektive". Er wurde schließlich bald 24 Jahre alt. Kinderfilme sind nur was für Kinder.

Große Unterschiede, fast Streit gab es auch. Er wollte mehr, sie nicht. Sie hatten nicht die gleiche Wellenlänge.

Constanze erzählte vom Tod einer alten Frau, die sie bei der Nachtwache noch fütterte und die eine Stunde später starb. Wie schrecklich das war. Er konnte damit wenig anfangen, es schien doch natürlich zu sein. In seinem Dienst nahmen Menschen einem anderen Menschen einfach so das

Leben. Das war unmenschlich. Oder, dass Peter Reich aus Stendal, mit dem er sich bei der Wehrmacht in Afrika angefreundet hatte, mit einem Bauchschuss elendig verreckte. Das war unnatürlich.

Als er vorschlug, im Amerikahaus, wo sie sich kennenlernten, den neuen Film mit Marlene Dietrich in Original zu schauen, reagierte sie empört. Sie wollte nie mehr einen Film mit der Dittrich sehen. Die war in Hollywood geblieben und hatte im Krieg für amerikanische Soldaten gesungen, die auf ihren Bruder geschossen hatten. So ging Rau allein in „A foreign Affair". Er genoss ihre Schönheit und den allerdings sehr schwarzen Humor, als sie mit ihrem Filmpartner durch das zerstörte Berlin ging und sagte: „Gehen wir in meine Wohnung. Sie ist nur einige Ruinen entfernt."

An Raus Himmel strahlte die Sonne Constanze nicht mehr so hell. Sie zog weiter und ein Sonnenuntergang konnte bevorstehen. Es tat sich nichts. Und dann war etwas passiert. Im Groschenkeller hatte er sich vor drei Tagen mit einer Hilde unterhalten, die arbeitete als Telefonistin, lachte und tanzte gern. Die mochte seine Musik. Die mochte auch ihn. Die rümpfte nicht die Nase über seine Kellerwohnung. Die tat ihm gut. Die wollte ihn bald wieder sehen. Und Rau sie eigentlich auch.

Was sollte werden?

In seinem Polizistenleben sah es nicht einfacher aus. Die Arbeit für die Amerikaner ging zu Ende. Nur Küster musste noch eine Kleinigkeit erledigen. Dann stand sein Abstieg wieder in die Niederungen von K1 bevor. So empfand er es.

In den letzten Wochen war er zwar nur ein Fremdkörper bei K3A gewesen. Aber er lernte auch etwas. Sie bearbeiteten die großen Fälle und er wollte kein kleiner Polizist mehr sein, sondern dazugehören. Kein Fußsoldat, lieber ein kommender Offizier. Mit harter Arbeit aufsteigen, ein Kriminalmeister werden, die Gelegenheit bekommen, sich zu beweisen, besser sein und Ehrgeiz zeigen. Dies alles gab es für ihn nur bei K3A. Das Berufsleben musste doch noch etwas bereit halten. Für einige Tage jedenfalls die Akte Degenbach.

In der Morgenlage vor vier Tagen berichtete Küster kurz ihren Ermittlungsstand. Die Beschattung für drei Tage wurde beifällig aufgenommen. Die Sanduhr war fast durchgelaufen. Rau hatte sich gemeldet und die starre Monatsfrist bis zur Beerdigung eines Falles ungerecht genannt. Die Runde antwortete mit Kopfschütteln. Nach der Besprechung forderte ihn der Chef überraschend zum Mitkommen auf. Löffler hatte ihn seit der Abordnung eigentlich kaum beachtet und nicht direkt angesprochen.

Im kleinen Büro des Kommissars durfte Rau sich vor den Tisch setzen. Der Chef wechselte seine Brille, stand auf, und fragte beiläufig, wie Rau im Dezernat zurecht kommt. Gleichzeitig ging an ein Regal, aus dem er mehrere Akten nahm und geräuschvoll auf seinen Schreibtisch fallen ließ. „Ganz gut", antwortete Rau auf die Frage und wartete ab.

Löffler saß wieder, hob jede Akte an, sagte etwas dazu und warf sie mit einigem Schwung wieder auf die Tischplatte. Totschlag unter Zechbrüdern. Möglicher Täter flüchtig. Nutte mit zwei kleinen Kindern. Vom letzten Freier erdrosselt. Täter nicht zu ermitteln. Toter Mann mit gefesselten Händen im Osthafen. Nicht einmal dessen Identität stand fest. Tote Frau vom stillgelegten D-Zug. Keine Ermittlungsansätze.

Er nahm einen Pfefferminzbonbon. „Ja, das ist ungerecht, Herr Kriminalassistent, und das waren nur jüngere Akten aus dem Stapel. Besonders den Opfern gegenüber. Dass Sie es eben angesprochen haben, respektiere ich. Ein menschlicher Zug. In der großen Runde halten viele so etwas für naiv. Ich nicht, bedenken Sie aber immer…"

Er richtete seine Brille.

„...wir arbeiten nicht losgelöst von Zeit und Mitteln. Wir haben in Frankfurt Milieus, in die die Polizei nicht hereinsehen kann. Schon der Kontakt zur englischen oder französischen Zone ist schwierig, in die sowjetische Besatzungszone so gut wie unmöglich, jeder Täter weiß das. In meinem Dezernat habe ich 14 Beamte, kaum Mittel, kaum Technik, kaum Fahrzeuge. Trotzdem liegt unsere Aufklärungsquote bei 60 Prozent, mit den Selbstmorden bei 65 Prozent. Wir müssen tun, was möglich ist, und den Laden zusammenhalten. Wird es besser? Ich hoffe doch. Das Volk will gutes Essen und ein Dach über den Kopf. Aber auch Sicherheit und auch Freiheit. Auch wenn viele damit noch wenig anfangen können. Oben, bei den Besatzern und unserer deutschen Verwaltung, gibt es diese Erkenntnis schon."

Ob man nicht in Einzelfällen von der starren Regelung abweichen kann, warf Rau ein.

„Und nimmt dann dem nächsten Opfer die Ermittler, die hier unter Umständen schnell den Täter fassen?", antwortete der Chef. „Wir müssen uns mit den Umständen arrangieren, aber nicht für immer."

Er blickte sein Gegenüber einige Augenblicke an.

„Sie haben es vielleicht von Küster oder einem der anderen Männer gehört. 33 war ich schon Kommissar und wurde als Sozialdemokrat aus dem Amt gejagt. Die 12 Jahre, als die Polizei mit Allmacht und Furcht arbeitete, war ich also nicht dabei. Erst wieder nach dem Zusammenbruch. Ich habe jetzt erfahrene Polizisten, die erst wieder lernen müssen, das Gesetz zu befolgen. Und ich brauche jüngere Polizisten, die das Gesetz befolgen und viel lernen. Vielleicht Beamte wie Sie, egal auf welchem Posten."

Rau nickte leicht verlegen.

„Genug gepredigt", sagte Löffler und stand auf. „Machen Sie ihre Beschattung."

Drei Tage später blickte Rau auf seine Uhr. Um diese frühe Zeit war Kolb immer schon mit seinem LKW auf Tour. Warum nicht heute? Er schlenderte an der Einfahrt vorbei und sah den MAN auf seinem üblichen Platz stehen. Der Vorhang vor der Behausung des Fuhrunternehmers war aufgezogen. Rau ging jetzt in den Hinterhof, direkt auf die Garage zu und blickte in den kleinen Raum. Niemand zuhause. Hatte Kolb keine Fahraufträge, übernachtete er auswärts, hatte er sehr früh etwas zu erledigen oder sich abgesetzt?

Rau wollte warten. Die folgende Stunde wurde mit Spaziergang ausgefüllt, der Beobachtung von Kindern, die mit Murmeln spielten, dem Memorieren englischer Vokabeln und dem Blick auf Passanten und Straßenverkehr. Dann passierte etwas Auffälliges.

Das Auffällige hupte kurz vor der Einfahrt, besaß sechs Reifen, einen Tarnanstrich und ein Verdeck aus Tuch. Der Stern, als Hoheitszeichen der amerikanischen Armee, war nachlässig übermalt, über dem Kühler stand der Schriftzug *Studebaker* und Kolb saß hinter dem Steuer. Ein neuer Lastwagen fuhr auf den Hinterhof.

Diese Beobachtung hätte Rau gern mit Küster besprochen. Sollte er vor Ort etwas unternehmen? Doch wo gab es einen Fernsprecher? Am Ende der Straße ging er in ein Milchgeschäft. Mit der Frage nach einem Telefon erntete er nur ein Kopfschütteln. Ein Telefonhäuschen sah er nirgends.

Deshalb bestieg er die Straßenbahn zum Präsidium. Sprach erst dort mit Küster und ging danach in das Büro des amerikanischen Verbindungsoffiziers ganz oben im Gebäude.

Während Küster Frau Steinert den Abschlussbericht in dem ungelösten Taxifahrerfall in die Maschine diktierte, las Rau in der Degenbachakte. Die Gespräche in der Mittagspause drehten sich um das wiedergefundene Kind. Ein Kinderarzt war misstrauisch geworden und benachrichtigte die Polizei. Dem Kind ging es gut. Die Entführerin konnte aus der Praxis flüchten. Ihre Personalien sollten falsch sein. Beide Sekretärinnen gedachten einträchtig des Glücks der leiblichen Mutter.

Kurz vor ein Uhr klingelte das Telefon und Rau wurde nach oben zitiert. Nach seiner Rückkehr gingen er und Küster nach draußen. Dieser spendierte diesmal einen Kaffee und wurde unterrichtet. Bei einer Versteigerung in der Brett-Kaserne am frühen Morgen erhielt der deutsche Staatsbürger Wilhelm Kolb den Zuschlag für einen ausrangierten Army-LKW. Er zahlte in bar 3.400 DM, füllte einige Dokumente aus und nahm den Wagen gleich mit.

Küster sagte nichts, es gelang ihm aber, zwei Rauchringe, einen großen und einen kleinen, kunstvoll zu blasen.

Rau hingegen war aufgeregt und verschüttete Kaffee aus seiner Tasse. „Wie ist diese Erklärung und sie beruht auf Fakten, die wir sicher wissen. Degenbach erpresst seinen Schwager, mit dessen Spitzeleien unter den Schwarzmarkthändlern, von denen Sie erzählt haben. Erst will er nur seine Schuldscheine zurück. Dann aber die 15.000 für seine Druckerei. Er weiß, dass Kolb viel Vermögen besitzt, aus der alten Zeit und den Lokalen. Er verabredet sich, genau wie er seiner Frau gesagt hatte, mit seinem Schwager. Männergespräch, Mut antrinken. Aber die Sache gerät aus den Fugen. Willi erschlägt Bruno, lädt ihn auf seinen LKW und lässt ihn in den Main plumpsen. *Crazy.*"

Selbst für seine Verhältnisse schwieg Küster sehr lange und Rau werte dies als nachdenkliche Zustimmung.

Dann kam es aber anders. „*Marjellchen. Marjellchen,…*"

„Warum sagen Sie das eigentlich so oft?"

„Hab ich mir in Ostpreußen angewöhnt, eine Redensart von dort. Am Anfang unserer Ermittlungen kommen Sie mir mit einer Dreiecksgeschichte, in der Mitte mit einem Raubmord durch Kolb, der viel Geld erbeuten wollte, und jetzt genau umgekehrt, ein Mord, um nicht zu zahlen. Sicher wissen wir nur, dass er sehr viel Geld hat, gut achtzigmal so viel wie ein normaler Sterblicher beim Umtausch bekam. Woher sollte Degenbach wissen, dass sein Schwager auch als Spitzel arbeitete? Der hat ihm das bestimmt nicht erzählt. Und warum konnte er damit erpresst werden? Kolb fährt doch heute sicherlich für viele Kunden, nicht nur für seine alten Schwarzmarktkumpane."

„Rache ist süß, sagt der Volksmund."

„Es juckt doch heute niemanden mehr, auch wenn die Amis einige Geschäfte platzen lassen konnten. Auch bleibt das Motorrad vor dem Hotel Zieten unerklärt. Kolb hätte es doch ebenfalls im Main verschwinden lassen können, nach ihrer Theorie. Und er wohnt nicht im Westend."

Rau schwieg ernüchtert.

Küster kam mit einer Idee. „Etwas geht mir seit einiger Zeit durch den Kopf. Kann Degenbach Nachrichten zu Geld gemacht haben? Er wusste doch früh, in welcher Bank das neue Geld liegt."

Rau runzelte die Stirn.

„Und er konnte Namen verkaufen. Wer in diesem Tresorgewölbe unter der Bank ein und aus ging. Wer die Herren des Geldes waren. Vielleicht interessant für Männer im Hotel Zieten."

Rau schüttelte den Kopf. „Recht steiler Unfug haben Sie mal eine von meinen Schlussfolgerungen genannt. Aber das jetzt. Was hat die Währungsreform mit unserem Fall zu tun? Das ist doch absurd."

Küster schlürfte einen Rest kalten Kaffees aus seiner Tasse, gab keine Antwort und dachte sich seinen Teil.

„Warum Degenbach im Zieten war, ist aber wichtig, wen er getroffen hat. Vielleicht ja seinen Schwager", fuhr Rau fort. „Denn er war doch dort, das Motorrad spricht dafür, oder?"

Küster bejahte kurz, aber in Gedanken. Natürlich war es nicht absurd, dass Namen Geld wert sein konnten. Wenn man die Hintergründe der sogenannten Unregelmäßigkeiten bei der Währungsreform kannte. Ein kleiner Pförtner. Harte Geschäftsleute. Einen Mord erklärte das aber nicht. Wie sollten sie überhaupt zusammen kommen? Durch den sauberen Herrn Kolb? Auch eine der Rotenbergschen Regeln. Kein Fall wird allein im Kopf und mit dem Rechenschieber aufgeklärt.

Küster zog noch einige Male an der Zigarre und brachte die Tassen zu der Frau in ihrem Büdchen. Dann kam er zurück.

„Kommen wir wieder zum Ausgangspunkt und zur Arbeit. Ganz sicher hat Kolb Dreck am Stecken. In dieser Sache ist das aber weiter unklar. Wir müssen ihn nach dem Geld für seinen neuen Wagen fragen. Legal kann das nicht sein. Aber mit Druck, ich will mich nicht noch einmal frech abspeisen lassen. Er muss uns weiterbringen."

„Steuern", sagte Rau. „Er muss doch Steuern zahlen, für Einkünfte von früher, aus seinem Geschäft und den Lokalen. Steuern nicht zu zahlen ist kein Pappenstiel. Mit einem Durchsuchungsbefehl von einem Richter könnten wir ihm deswegen auf die Bude rücken. Er hat bestimmt nichts abgeführt."

Küstern nickte anerkennend. „Gut, kümmern Sie sich um einen solchen Wisch. Dann gehen wir noch einmal zu dem Herrn Fuhrunternehmer. Viel Zeit und Möglichkeit haben wir nicht mehr."

# 27

Im Hinterhof war es am frühen Morgen noch recht schattig. In der Stille hörte man nur Vogelgezwitscher. Dann polterte einer der beiden Wachtmeister gegen das Garagentor. Erst passierte nichts, dann tat sich was und das Tor wurde von innen zurückgeschoben. Willi Kolbs Kopf blickte nach draußen, zunächst überrascht, dann mit spöttischem Lächeln. „Meine Lieblingspolizisten, diesmal mit Verstärkung. Hat Morgenstund heute Gold im Mund?"

„Wie man's nimmt", sagte Rau, übergab ihm ein Blatt Papier und zog das Tor auf.

Kolb las und sprach langsam einige Worte aus.

„Durchsuchungsbefehl...Steuerhinterziehung...fehlende Erklärungen...Auffinden von Beweismitteln."

Die vier Polizisten drangen ein. Der eigentliche Garagenraum roch nach Benzin, in ihm befanden sich ein Stapel aus Reifen, mehrere Benzinkanister, eine ausgebaute Lichtanlage und Monteurswerkzeug. Durch eine Tür ging es in einen kleineren Raum mit Feldbett, verstreut liegenden Kleidungsstücken, Tisch und Stuhl, einer Kochplatte und verdrecktem Geschirr. In einer Abseite befanden sich Abort und ein Waschbecken. Kolb hatte die Nacht allein verbracht.

Der eine Uniformierte von der Hauswache des Präsidiums zog eine schwarze Tasche unter dem Tisch hervor und schüttete den Inhalt auf ihm aus. Viele Geldscheine.

Küster fand Kolb überraschend gefasst, kein Wort des Protestes. Stattdessen verwies er auf zwei Bücher auf dem Tisch, mit abgegriffenem Einband. „Was wollt ihr von mir. Das ist meine Steuer. Alles reell. Mein Kassenbuch, alle Kunden und was sie bezahlt haben." Er griff danach. „Hier, Datum der Fahrt, Zahlung, alles in bar. Auf der anderen Seite meine Betriebsausgaben, tanken, Ersatzteile, was so anfällt. Und in meinem Kalender sind die Touren für jeden Tag eingetragen."

1.840 Mark in Scheinen wurden unter Staunen gezählt. Rau nahm das Geld entgegen. „Die Geschäfte laufen gut?"

„Es geht auch für den kleinen Mann aufwärts in Deutschland."

Küster stand in der Tür. „Plus 3.400 Mark für einen neuen Lastwagen. Macht gut 5.000, recht viel für einen kleinen Mann."

Kolb drängte aus der Tür und ging mit einer angezundeten Zigarette auf den Hof, die Kriminalbeamten folgten ihm. „Der Studebaker 6 ist eine Wucht. 2,5 Tonnen, 94 PS, 6 Zylinder, gut in Schuss. Hab ihn bei den Amis gekauft, ersteigert eigentlich. Das habt ihr wohl schon rausbekommen. Das machen die regelmäßig, nicht nur mit Fahrzeugen, mit vielen ausgemusterten Sachen, deren Rücktransport unwirtschaftlich ist. Man muss nur wissen, wann und wo sie verkaufen und Bargeld mitbringen. Meinen MAN behalte ich zum Ausschlachten. Das ist doch nicht illegal."

Rau ließ nicht locker. „Vor zwei Monaten haben Sie auch nur 40 neue Mark bekommen. Mit den Fahrten und den drei Lokalen, von denen wir längst wissen, können Sie nicht so viel Geld verdient haben. Es gibt ja auch Unkosten. Wo ist es her? Oder wurde es jemanden abgenommen?"

Kolb antwortete ganz ruhig. „Nur keinen Neid, Herr Polizist. Ich habe sogar noch Geld auf der Sparkasse, der Umtausch ist noch nicht abgeschlossen. Ansonsten war ich immer sparsam und fleißig. Deutsch eben."

„Werd nicht frech und mach hier nicht den Clown." Das kam von Küster, in dem der Zorn stieg.

Kolb antwortete ungerührt. „Jeder ist seines Glückes Schmied, sag man doch jetzt wieder. Die Sparkasse hat mir einen Kredit gegeben. 4.000 Mark. Gute Geschäfte. Verkäufe von Sachwerten. Die Sache mit den Steuern bringe ich in Ordnung. Natürlich bekommt Vater Staat etwas ab, Beamtengehälter, die Fremdarbeiter in ihren Lagern aushalten. Es ist nur so lange her, dass Geld einen Wert besitzt, daran muss ich mich erst wieder gewöhnen."

Einer der Polisten brachte einen Krückstock nach draußen.

Kolb sagte sofort: „Der gehört Bruno."

Küster und Rau blicken sich an.

„Und Sie wissen, dass ihr Schwager ihn seit dem 23. Juli nicht mehr brauchte", fragte Rau. Blutspuren wies der Stock nicht auf.

„Bruno hatte überall seine Stöcke, rein vorsorglich. Zu Hause, bei der Arbeit, auch hier bei mir. Einmal verlor er einen. Dann ist er hilflos und fällt um wie eine Kegel."

Küster übernahm. „Am Abend des 23. Juli brauchte Bruno aber keinen Reservestock, eigentlich ja nie mehr?"

Kolb entzündete noch eine Zigarette und zog den Rauch tief ein. „Ich sage es noch einmal, hoffentlich zum letzten Mal. Ich war an dem Abend hier, Bruno nicht. Ich schraubte am MAN und ging dann auf ein Feierabendbier in das Edelweiß. Ende der Geschichte."

„Was Fräulein Magda, die Ihnen ja nahe steht, natürlich beschwören kann."

Kolb blies Rauch aus, lächelte bei der Antwort und sagte betont: „Magda arbeitet freitags nie. Dann steht Siegfried hinter dem Tresen, Siegfried Holzer, er wird sich erinnern, wir sprachen über Nachbestellungen und machten am Schluss die Kasse."

Rau wechselte das Thema. „Wir fragen ja immer, wohl nicht zum letzten Mal, wie ihr Schwager an die 15.000 Mark für eine Druckerei kommen wollte. Vielleicht doch von Ihnen, Geld war doch vorhanden?"

Kolb drückte die Zigarette am Boden aus. „Weiß ich immer noch nicht. Von mir hat er keine Mark bekommen."

„An dem Abend wollte er das Geld, von einem Mann aus dem Westend, nach einem Männergespräch, um jeden Preis, für seinen großen Traum. Wen hat er getroffen?"

Kolb schwieg und zuckte mit den Schultern.

Rau setzte nach. „Sie waren mit ihm dicke, heißt es in der Familie. Er besuchte sie oft. Sie sprachen über alles. Wen wollte er um Geld angehen?"

Wieder ein Achselzucken von Kolb.

Es entstand eine Pause. Küster holte eine Zigarre aus der Innentasche seines Jacketts, leckte die eine Seite leicht an, spielte mit der Streichholzschachtel, gab sich aber kein Feuer.

Dann sagte Rau: „Lügen ist eigentlich nicht besonders deutsch, auch wenn viele es tun. Auch waren Sie bei einer amerikanischen Dienststelle schon mal auskunftsfreudiger."

„Ich weiß nicht, was die Herren meinen."

„Wusste Bruno eigentlich, dass Sie als Spitzel unter ihren Schwarzmarktfreunden gearbeitet haben?"

„Alte Geschichten, geht heute keinen mehr was an."

„Wusste Bruno es?" Küster zeigte mit der Zigarre auf Kolb.

Kolb griff in die Zigarettenschachtel. „Nein. Ich hab mir nur ein, zweimal Bilder angesehen. Die Amis führten so eine Kartei. Eine Hand wäscht die andere. Sind wir jetzt durch."

Rau fragte nach. „Waren auch Bilder von Leuten dabei, die Ihnen bei der Anschaffung der Lokale geholfen haben, vielleicht mit Geld, das sie zurückwollten?"

Kolb warf die halb gerauchte Zigarette auf den Boden. „Olle Kamellen. Sind wir jetzt durch. Ich habe zu arbeiten."

Rau fragte Küster, ob das Geld beschlagnahmt werden sollte. Kolb reagierte empört. Küster schüttelte abwägend den Kopf. „Wir wissen noch nicht sicher, ob das Geld aus einer Straftat stammt. Erst einmal notieren wir den Betrag im Durchsuchungsprotokoll. Alles nach Vorschrift, Meldung an das Finanzamt, mit denen kann die Sache in Ordnung gebracht werden."

Kolbs Gesichtszüge entspannten sich und Küster bemerkte: „Jetzt sind wir durch, aber noch nicht fertig."

Sie ließen Kolb stehen. Die Wachtmeister setzten sich auf ihre Dienstfahrräder. Die Kriminalisten gingen zur Straßenbahn.

Rau war eher enttäuscht. Wichtiges sei nicht heraus gekommen. Willi Kolb, ein Schwarzmarktgewinner, das wussten sie schon vorher. Aber nichts Neues in der Mordsache Degenbach.

Küster paffte jetzt die erste Tageszigarre und sie mussten die Bahn fahren lassen, weil er draußen rauchen wollte. An der Haltestelle erklärte er dafür eine neue Regel von Kommissar Rotenberg aus Berlin. Eine Aussage besitzt einen Kern und ein Randgeschehen. Stimmt beides überein, ist die Aussage wahr, sonst wird gelogen.

„Und was bedeutet diese Regel hier für einen jungen Kriminalassistenten?"

„Im Kern sagt er uns immer das Gleiche. Ruhig, mit Details. Aber am Rand stimmt etwas nicht, da ist er unruhig und kurz angebunden, macht nicht viele Worte."

„Er hat mit dem Tod seines Schwagers nichts zu tun?"

Küster nickte. „Wahrscheinlich."

„Aber er weiß, wie Degenbach an Geld kommen wollte, vielleicht sogar, wer sein Mörder ist?"

Küster wiegte seinen Kopf. „Das könnte sein. Jedenfalls, was das Geld betrifft."

„Aber er wird weiter schweigen."

Küster schüttelte bedächtig den Kopf. „Das kommt auf einen Versuch an. Ein hartgesottener Ganove ist dieser Willi Kolb nicht. Es hat auch wenig Erfahrung mit der Polizei, für Leute aus dem Milieu. Er ist einer, der seine Felle im Trockenen hat und Geld und Freiheit genießen will. Eigentlich ist er schwach und nur auf seinen Vorteil bedacht."

„Und damals bei den Amerikanern."

Küster warf den Zigarrenstumpen weg. „Die Polizisten der Besatzer sind nicht dumm und haben ihn richtig eingeschätzt. Zuckerbrot und Peitsche. Sie konnten ihm Druck machen, mit längerer Haft und Beschlagnahme seines Lastwagens. Aber sie zeigten auch einen Weg auf, wie er seinen eigenen Hals aus der Schlinge ziehen konnte. Wie Verrat zu seinem Vorteil ist. Dann ging er schnell in die Knie, wurde Spitzel und plauderte."

# 28

In einem Zug trank David Bach das Wasserglas leer. Schon das zweite an diesem Vormittag.

Der Grund war die letzte lange Nacht, die er in Gesellschaft von zwei Fotografen im Special Service House an der Bar verbrachte. Die Fotografen schossen seit Tagen Aufnahmen für eine große Reportage der Illustrierten *Life*, mit dem Arbeitstitel *Die Helden der Luftbrücke*.

Soldaten beim Verladen der Kisten und Säcke, die Flugcrews bei der Einweisung, das Bodenpersonal mit seinen unentbehrlichen Routinejobs, Bilder aus dem Cockpit beim Anflug auf Tempelhof, Fotos vom Entladen, AirForce-Piloten neben glücklich lächelnden Kindern. Dutzende Aufnahmen zeigten sie stolz herum. Den Text dazu sollte die Presseabteilung des Hauptquartiers liefern.

Ihr Interesse galt auch typischem Alkohol aus Deutschland. Sam führte nur amerikanisches Bier und bot auch keinen Wein an. Für vier Dollar verkaufte er aber zwei Flaschen selbstgebrannten *Snaps*, verkorkt, aber ohne Etikett. Bach hielt bis zum Ende der letzten Flasche durch, bereute es aber im Laufe der folgenden Stunden.

Das Wasser und ein starker Kaffee gaben ihm die nötige Standfestigkeit für seinen Arbeitstag. Feste Nahrung hatte er seit dem Aufwachen vermieden. Sein Abschlussbericht lag vor ihm. Zwei Tippfehler auf den Seiten vier und elf musste Betty noch korrigieren. Aber ansonsten, 19 Seiten, gut formuliert und allgemein verständlich. Dazu eine hoffentlich beeindruckende Sammlung von Berichten als Anlage, über 40 weitere Seiten. Andy Wallace hatte seine neue Berichtsfassung geliefert und der deutsche Polizist Küster fand nichts heraus, was weiter führte.

Ergiebiger war vor zwei Tagen die Besprechung bei Captain Howard. Die Militärermittler hatten den Verdächtigen Adair weiter durchleuchtet und dann einem Verhör unterzogen. Danach blieb vom Verdacht nichts mehr übrig.

Die Finanzen des Offiziers waren angespannt, aber nicht so desolat wie gedacht. Er gehörte zwar zu den 26 mit Zugang zum neuen Geld. Kontakte konnte er aber kaum knüpfen, weil er fast drei Wochen von Operation Bird Dog mit Verdacht auf Lungenentzündung im Zentralen Lazarett in Heidelberg lag. Entscheidend wirkte sich aber eine andere Tatsache aus. Zwar wurde nach Listen, Zielen und Routen genau geplant. Aber welcher Army-Lastwagen dann mit den Kisten wohin fuhr, das unterlag dem Zufallsprinzip und konnte nicht in krimineller Weise beeinflusst werden.

Leute von innen und Leute von außen, hatte Bach noch einmal angesprochen.

Wir sind durch mit unseren Ermittlungen, erwiderte Howard darauf. Auf beiden Seiten haben wir nichts gefunden. Nichts, was auf eine Kontaktaufnahme hindeutet. Keine Kreise, die Schnittpunkte haben. Und wir haben auch unsere Dossiers über deutsche Schwarzmarktgrößen genutzt. Keine Hinweise. Auch gibt es keine Auffälligkeiten beim illegalen Tausch von neuer Mark in Dollar hier. Nur kleinere Beträge, mit dem Scheinkurs 1 zu 5 oder noch schlechter. Auch nichts aus der Schweiz, was bei Devisenkonten Verdacht erregt.

Die ganze Sache ist am Ende doch nur eine Fußnote und keine Schlagzeile. Der Abschlussbericht sei die letzte Aufgabe.

Auf Bachs juristische Ausbildung anspielend, hatte Howard dann noch gewitzelt, Anwälte könnten doch aus einer Mücke einen Elefanten machen, oder auch aus einem Elefanten eine Mücke. Das wäre jetzt sein Job. Der Bericht sollte um den 1. September auf McBrides Schreibtisch liegen. Dann wurde der Chef des CID von einer Interzonenkonferenz zu Sicherheitsfragen bei den Franzosen zurück erwartet.

So blieben Lieutenant Bach noch einige Tage Zeit. Am geöffneten Bürofenster sog er die frische Luft ein. Geraucht hatte er seit Stunden nicht mehr, kein gutes Zeichen. Für ein Mittagessen im Casino fühlte er sich aber wieder stark genug. Für seinen Bericht fehlte nur noch das Verhörprotokolls von Adair. Sonst nichts mehr.

Sein Auftrag war eigentlich beendet. Mit einer Rückmeldung bei Lt. Colonel Forley, seinem Vorgesetzten bei seiner alten Dienststelle, wollte er sich aber noch etwas Zeit lassen. Bis zum 1. September gab es dafür auch einen Grund. Etwas anderes konnte Bach aber jetzt schon entscheiden. Sollte er oder nicht? Er entschied sich, es so enden zu lassen, wie es begonnen hatte, und griff zum Telefonhörer.

Gegen Mittag fand er einen Platz am Gute-Laune-Tisch der Radioleute von AFN und unternahm danach einen wohltuenden Spaziergang durch das sommerliche Frankfurt in den Kettenhofweg.

Beim Vizepräsidenten kamen dieselben Männer zusammen wie vor einigen Wochen. Kaffee wurde aber nicht serviert. Bach erklärte die Zusammenarbeit in dieser Sache offiziell für beendet und dankte den deutschen Beamten für die gute Zusammenarbeit. Der Polizei-Vize sprach auch einige verbindliche Worte. Anschließend wurden Hände geschüttelt. Als der ältere deutsche Beamte abseits fragte, ob es in der Sache noch einen Durchbruch gegeben hat, antworte Bach einsilbig. „Wie man's nimmt, einiges bleibt im Dunkeln."

Küster und Rau hatten nach dem unerwarteten Zusammentreffen noch Arbeit zu erledigen. Übermorgen, bei der Morgenlage von K3A, lief die Frist zur Bearbeitung der Mordermittlung Degenbach ab.

Sie waren die Akte noch zweimal durchgegangen. Was sie sicher wussten. Die offenen Fragen zum Abend des 23. Juli. Verschiedene Deutungsmöglichkeiten, aber immer noch nichts Handfestes. Kleine Mosaiksteine, kein Gesamtbild. Eine Leiche, Hotel Zieten, eine Keksdose, der geplante Kauf einer Druckerei. Mord, weil das Opfer Geld wollte oder Geld hatte? Sie tendierten zur ersten Möglichkeit.

Gestern lag im Eingangskorb der Dienststelle ein knapper Rapport der Fingerabdruckkartei der Kriminaltechnik. Die Beamten hatten Fingerabdrücke vom gestohlenen Krad BMW Kennzeichen AH 76-49 genommen und mit ihrer Kartei verglichen. Zwei Spurenträger waren dort erfasst und wurden festgestellt: Berger, Hans und Kolb, Wilhelm. Es gab weitere unregistrierte Fingerabdrücke.

„Willi Kolb, das ist doch mal was", hatte Rau gesagt. Aber Küster entgegnete ihm: „Es gibt viele Gelegenheiten, wie Kolbs Finger an die Maschine gekommen sind. Dazu der Dieb, vielleicht sein Mädchen, natürlich Degenbach selbst oder der Kollege, der das Krad ins Präsidium überführte. Kein neuer Ansatz. Dünn wie Ersatzkaffee."

Ohne großen Optimismus kreisten ihre Gedanken. Gab es noch etwas? Die letzte Gelegenheit. Den Korken aus der Flasche ziehen. Die letzte Hoffnung. Die letzte Patrone.

Küster ordnete es dann an. „Wir lassen Willi Kolb morgen ganz früh hier ins Präsidium bringen. Dann wird er nach allen Regeln der Kunst verschärft vernommen. Nein, nicht was Sie denken. Gewalt beim Verhör war nie mein Stil. Wir beide bereiten ihm nur ein großes letztes Spektakel. Kurz vor Sonnenuntergang."

# 29

Wilhelm Kolb war fuchsteufelswild.

Es saß schon lange nicht mehr auf einem der Stühle in der Verhörzelle. Er durchmaß den kleinen Raum mit wenigen Schritten, immer wieder. Gelegentlich schlug er mit einer Faust gegen die kahle Wand, sodass Kalk herunterrieselte. In Abständen bekam die Tür aus Metall einen Tritt. Einmal hatte er auch geschrien und der Polizei allerlei Tiernamen gegeben.

Die Beamten, die ihn abholten, gaben – wie befohlen – keine Auskünfte und nahmen ihm seine Zigarettenpackung ab. Nur im Raum von K3A hatten sie Meldung gemacht. Vor rund einer Stunde.

Vor der Zellentür warf Küster einen letzten Blick durch den Türspion. „Auf in den Kampf." Dann öffnete ein Wachtmeister mit einem großen Schlüssel.

Empfangen wurden sie mit Gebrüll. „Ihr leidet wohl unter Verfolgungswahn, ihr kleinen Polypen." Kolb kündigte große Klagen an, gegen die Polizei, die Stadt Frankfurt, das Deutsche Reich, die Besatzer. Seinen Schaden werde man den Beamten vom Gehalt abziehen. „Das sind Gestapo-Methoden, ihr seid ja durchgedreht." Gestapo-Methoden, dachte Küster, wenn du wüsstest.

Er setzte sich neben Rau auf einen Stuhl. Der Beamte mit dem Schlüssel blieb in der Ecke stehen. Kolb stand und gestikulierte mit erhobenem Zeigefinger.

„Hinsetzen", forderte ihn Rau mit fester Stimme auf. „Sie können sich später erklären. Aber keine Lügen mehr. Jetzt wird es ernst."

Kolb stand weiter. So lasse er nicht mit sich umspringen. Sie könnten ihn mal. Rau vertiefte sich in die Unterlagen. Küster entzündete umständlich seine erste Tageszigarre. Der Uniformierte gähnte. Kolb setzte sich, die Arme angriffslustig auf die Tischplatte gelegt. Wut im Gesicht. Sein Atem ging keuchend. Eine gute Ouvertüre, fand Küster.

Rau führte das Wort. „Am 2. Juli 47 wurden Ihnen von der Frankfurter Polizei in anderer Sache Fingerabdrücke abgenommen." Er legte ein Blatt vor Kolb. „Jetzt sind eben diese Abdrücke an zwei Stellen auf dem Motorrad des Ermordeten Bruno Degenbach sichergestellt worden." Ein zweites Blatt Papier legte er auf das erste.

Kolb war spürbar erleichtert und sagte mit leisem Lächeln. „Dafür habt ihr mich verschleppt. Natürlich habe ich Brunos Maschine angefasst, ich habe sie sogar mehr als einmal repariert."

Rau blickte ihn an. „Das sind frische Spuren, kurz vor einem Mord. Sonst gibt es nur Abdrücke vom Opfer und von einem jungen Burschen, der die Maschine am späteren Abend gestohlen hat, als sie unverschlossen vor dem Hotel Zieten im Westend stand. Was sagen Sie dazu?"

Kolb sagte: „Ja und. Ich hab die BMW mal angefasst."

„Der junge Dieb hat nicht sofort zugegriffen. Er hat erstmal die Lage sondiert. Da sah er zwei Männer. Einer stieg vom Motorrad ab, der andere kam aus dem Hotel. Beide gingen auf die andere Seite, auf einen dunklen Schulhof. Der eine war Bruno und der andere waren Sie. Die Beschreibung kommt hin. Wir werden eine Gegenüberstellung machen."

Kolb beugte seinen Oberkörper in Richtung Rau. „Blödsinn. Ihr wisst doch, wo ich an dem Abend war." Küster beobachtete Ruhe und Sicherheit. Er schnippte die Zigarrenasche auf den Zellenboden.

Rau beugte sich nicht vor, machte das Kreuz aber gerade. „Im Edelweiß waren Sie erst viel später. Da war ihr Schwager schon erschlagen. Er hatte sich an dem Abend Geld verschafft. Sie wollen immer leicht verdientes Geld. Sie haben ihn gefühlskalt um die Ecke gebracht, in ihrem LKW zum Main gefahren und ins Wasser geworfen."

„Was für eine dämliche Räuberpistole, deswegen muss ich hier sitzen."

Rau setzte nach.

„Teile des Geldes lagerten in ihrer Behausung, Teile wurden für einen neuen Lastwagen ausgegeben. Den Rest werden wir finden. Von der Sparkasse haben Sie kein Geld bekommen. Ihr Kreditantrag wird noch bearbeitet. Kein Pfennig ist bisher geflossen. Darüber haben Sie uns auch belogen. Den genauen Tatort finden wir. Auf dem Schulhof im Westend oder doch bei ihrer Garage. Das Motorrad blieb, wo Brunos es abstellte."

Rau legte jetzt noch das Bild der Wasserleiche auf den Tisch. Kolb hatte sich zurück gelehnt und sagte mit schrillerer Stimme.

„Was macht ihr bloß für Fisimatenten. Du hast sie wohl nicht mehr alle, Herr junger Polizist. Alles Quatsch mit Soße. Ich hör mir das nicht mehr länger an. Heute hat man auch Rechte. Ihr könnt mit einem nicht mehr umspringen wie im Dritten Reich."

Küster bemerkte Zeichen von Unsicherheit und blies Rauch über den Tisch.

Geräuschvoll wurde an die Tür geklopft. Der Uniformierte öffnete, nahm einen Zettel entgegen und reichte ihn an Küster. „Für Sie, Herr Hauptwachtmeister."

Dieser las bedächtig, wiegte den Kopf, fixierte den Mann gegenüber und sprach zum ersten Mal.

„Kolb, während Du hier geschmort hast, haben meine Leute deinen alten LKW gründlich durchsucht. Auf der Ladefläche haben sie eine kleine Blutspur gefunden. Wahrscheinlich ist die Blutgruppe noch feststellbar, ganz sicher ist sie die von Degenbach. Was sollen wir denn davon halten?"

Kolb braucht einige Sekunden. „Ich lass mir doch nichts von euch anhängen. Zeig mir den Zettel, Hauptwachtmeister."

Küster schob ihn rüber. Kolb las und schwieg.

Rau übernahm wieder. „Jetzt wird es ernst, Herr Kolb. Der letzte Mosaikstein. Wir haben die Gelegenheit und das Motiv, einen Zeugen, kein Alibi für die fragliche Zeit, einen Teil der Beute gefunden und ihr Lastwagen ist jetzt auch im Spiel. Wasserdicht." Zu Küster gewandt. „Zeit für einen Haftbefehl?"

„Gleich." Küster hob beruhigend beide Arme. „Kolb, Du bekommst jetzt Zeit zum Nachdenken, geh in Dich."

„Das ist ein Komplott."

„Nein, wir schmieden kein Komplott. Denk daran, dass die Schwurgerichte immer noch die Todesstrafe verkünden können. Besonders, wenn sehr niedere Beweggründe vorliegen. Der Tod durch Erhängen ist kein schneller Tod. Der Todeskampf dauert wohl eine ganze Minute, dann explodiert der Kopf, fast alle nässen sich dabei ein. Ich war selbst Zeuge solcher Hinrichtungen."

„Ihr wollte mir was anhängen", presste Kolb hervor. „Davon ist doch nichts wahr. Ich habe Bruno nicht umgebracht."

Küster sprach ganz leise. „Wir brauchen jetzt eine ganze Weile. Haftbefehl, Papierkram, die neue Zeit, auch der Verbrecher soll jetzt Rechte haben. Dann kommen wir wieder und Du ziehst den Kopf aus der Schlinge oder bleibst bei deinen Lügen." Küster erhob sich. „Denk nach."

Die Polizisten verließen die Zelle, die von draußen geräuschvoll zugesperrt wurde.

Auf dem Weg zur Treppe nach oben begann Rau. „Wir haben ihm eingeheizt. Obwohl das Allermeiste gar nicht gestimmt hat. Aber Sie haben gesagt, lügen ist legal."

Küster entgegnete ihm. „Ich habe gesagt, Täuschung ist in einem polizeilichen Verhör erlaubt. Schon immer. Im Präsidium am Berliner Alex gab es dafür ein geflügeltes Wort. Die kleine Lüge ist schon von Spandau bis Lichtenberg, da hat die reine Wahrheit noch nicht mal die Pantoffeln an."

Im Parterre gingen sie nach draußen. „Warum wollte er den hereingebrachten Zettel sehen?" Rau blickte Küster an und der ließ ihn lesen. „Er dachte wohl, ich würde ihn ganz primitiv täuschen. Dabei stand alles so auf dem Blatt, wie ich es ihm gesagt habe. In der schönen Handschrift von unserem Fräulein Schwarz. Auch täuschen ist eine Kunst und erfordert penible Planung."

Draußen in der Sonne genehmigte sich Küster schon die zweite Tageszigarre. „Der wird weich", bemerkte Rau, mehr Frage als Meinung. Küster wiegte den Kopf. „Lassen wir der armen Seele die Minuten. Ich glaube weiter nicht, dass er seinen Schwager umgebracht hat. Aber da ist etwas. Ein Vierteljahrhundert Kripo irrt sich nicht."

Auf Raus Armbanduhr war es viertel vor zehn. „Wenn Kolb alles erzählt, wie bisher, werden wir ihn gehen lassen müssen?"

„Was bleibt uns übrig."

„Wird er sich über uns beschweren?"

Küster blies gleichzeitig Rauch aus und tupfte sich Schweiß mit einem Taschentuch von der Backe. „Ich glaube nicht. Solche wie Kolb sind froh, wenn sie mit der Polizei nichts zu tun haben. Eher feiert er heute noch im Edelweiß."

Sie warteten draußen, bis Küsters Zigarre im Rinnstein gelandet war.

In der Zelle entschuldigte sich Küster für das lange Warten. Der Staatsanwalt hätte einige Fragen am Telefon gehabt. Jetzt könnten sie zum Haftrichter in das Amtsgericht fahren.

Dann redete Kolb.

# 30

Kriminalassistent Bernhard Rau war freudig erregt und sehr überrascht.

Aber auch verwirrt, über das Gehörte und seine Dimension. Er konnte nicht gleich alles richtig einordnen. Zweifel am Wahrheitsgehalt gab es bei ihm nicht. Die Mosaiksteine passten, nur ergab sich ein völlig neues und absolut unerwartetes Bild.

Eine große Sache. Und er war dabei. Die Arbeit hatte sich gelohnt. Gerade noch rechtzeitig. Würde es eine Belobigung geben, auch für ihn?

Die Gefahren sah er nicht.

Was tun? Es arbeitete in ihm ohne Ergebnis. Er überließ Küster die weiteren Entscheidungen, der auffällig wenig überrascht war. Oder nur so tat.

Kriminalhauptwachtmeister Küster brauchte einen klaren Kopf.

Er glaubte an Kolbs Aussage, an Kern und Rand. Niemand konnte sich so eine Geschichte ausdenken oder würde sich auf diese Weise selbst belasten. Die Taktik, seine gerissene Taktik, ging auf. Und die große Frage, auf die es jetzt eine Antwort zu geben schien, kannte er ja auch schon.

Die letzte Tageszigarre qualmte bereits am späten Vormittag. Nichts falsch machen und sich absichern. Log Kolb doch, oder – wahrscheinlicher – fehlten handfesten Beweise, gab es einen Skandal und nur einen sehr kleinen Kreis von Sündenböcken, die geopfert werden. Er selbst war einer davon. Kein Mächtiger ließ so etwas durchgehen. Aber es gab auch einen gleichwertigen Gegner, eine Schutzmacht.

Die Telefonnummer steckte in seiner Mappe auf dem Schreibtisch. Von K3A aus wollte er nicht anrufen. Auch noch kein Wort zum Chef. Nachdem er den Zettel mit der Nummer heruntergeholt hatte, benutzte er den Apparat am Empfang der Hauswache.

Dann suchte er in großer Eile einen Zigarrenladen in der benachbarten Lindenstraße auf.

Lieutenant David Bach verstand wenig.

Warum redete der alte deutsche Polizist in Rätseln? Was sollte er sich selbst anhören? Konnte oder wollte der nicht offen reden? Was hatte eine Vernehmung an Neuigkeiten erbracht? Möglicherweise mit den berüchtigten robusten Verhörmethoden der Deutschen. Setzten die so was noch ein? Er konnte sich keinen Zusammenhang vorstellen.

Seine Neugierde war aber erwacht.

Warum wurde als Treffpunkt ein Kaffeeausschank gegenüber vom Polizeipräsidium vorgeschlagen? Was sollte die ganze Geheimniskrämerei?

Er legt den Hörer auf, schüttelte den Kopf und bestellte einen Dienstwagen für sofort.

Musste er schon jetzt jemanden informieren?

Besser später.

# 31

Ein kleiner Gauner als Hauptperson.

Als Bach und Küster in die Zelle traten, grinste Kolb. „Hab ihr euch noch alliierte Verstärkung mitgebracht?" Dann kam Rau mit einem Stuhl aus der Nachbarzelle. Bach blickte dem Mann ins Gesicht. Er war körperlich unversehrt, schlecht rasiert, roch schlecht, die dunkelblonden Haare nach hinten gekämmt, mit sichtbaren Geheimratsecken. Ein unauffälliges Gesicht, schlecht angezogen. Er hatte ihn noch nie zuvor gesehen.

Vom alten Polizisten gab es zur Person nur eine kurze Einweisung. Ein Schwarzmarktschieber, mit einer unglaublichen Geschichte, möglicherweise von zweifelhafter Glaubwürdigkeit. Der von der Überprüfung, der dem CID gefällig war.

„Noch mal die ganze Arie", forderte Küster Kolb auf. „Ab da, wo dein Schwager zu einem Gespräch mit einem anderen Mann bittet, und warum."

Kolb begann stattdessen in der Gegenwart. „Wasser zu trinken habt ihr mir gegeben, direkt aus dem Hahn. Auf Kaffee und Frühstück warte ich weiter, aber ein Zigarettchen könnte fürs Erste helfen. Aber nicht so ein Zigarrenstumpen für alte Männer."

„Werd nicht frech", antwortete ihm Küster milde. Bach ist eher belustigt und will die Geschichte endlich hören. Er schob Zigarettenpäckchen und Streichhölzer aus der Brusttasche über den Tisch. Kolb rauchte gierig und begann.

„Ich kenne ja nur die Mitte und das Ende. Sonst, was Bruno, Bruno Degenbach, mein Schwager…Versteht der Ami überhaupt genau, was ich sage?"

„Ich versteht alles, Bruno ist ihr toter Schwager. Und wenn die Geschichte Fahrt aufnimmt, ist auch noch ein weiteres Zigarettchen drin." Bach nickte ihm freundlich zu.

„Also, im Mai kommt Bruno mal wieder zu mir. Mit einer Geschichte, die ist verrückter als alles, was sonst von ihm zu hören war. Er wollte, dass wir uns mit einem andern Mann treffen."

Bach machte für Sekunden Armbewegungen, wie ein Dirigent, der sein Orchester konzentriert spielen lässt.

„Ein Kriegskamerad von ihm, sein Hauptmann. Kompanieführer im Blitzkrieg gegen die Franzosen." Er blickt zu Bach, der keine Miene verzog. „Später habe ich gedacht, da war was zwischen ihnen, sie waren sich ja nicht ebenbürtig, von der sozialen Stellung her, aber im Krieg ist ja vieles anders. Jedenfalls, letztes Jahr kriegt Bruno bei der Bank eine Stellung als Pförtner, trotz seinem Bein, weil der Hauptmann da ein ganz hohes Tier ist, er hat ihm geholfen. Bruno hatte ihm geschrieben."

„Wir sprechen von der Bank in der Taunusanlage?", wollte der überraschte Bach wissen.

„Ja, genau. Ein Doktor Hackebart. Nee, Hackbart hieß der."
Bach dirigierte wieder.

„Jedenfalls, wie Bruno erzählt hat, in diesem Frühjahr kommt der Hauptmann in der Bank unerwartet auf ihn zu, ob sie sich nicht mal treffen wollen. *Zu einem Kamerad, weißt du noch Abend.* Landsergeschichten. Sie treffen sich in der Villa von dem hohen Tier. Bruno ist begeistert, sie essen und trinken, Bruno erzählt seine Leidensgeschichte, konnte er ja sehr gut."

Kolb blickte die Zigarettenpackung an. Bach dirigierte mit dem Wunsch nach mehr Tempo.

„Jedenfalls, sagt auch der Hauptmann im Laufe des Abends wohl so was wie, schlimme Zeiten für Männer wie uns, die Besseres verdient haben. Bruno verliert seine Druckerei, er verliert Fabriken, die schon seit Generationen im Familienbesitz waren, in der sowjetischen Zone und bei den Tschechen, alles verloren wegen den Russen. Niemand ersetzt einem das. Sie trinken. Es gäbe aber auch einen Weg, sich Geld zurück zu holen. Selber Gerechtigkeit herzustellen. Ein Kommandounternehmen, wo sich ein Kamerad zu 100 Prozent auf den anderen verlassen muss. Und Bruno muss etwas tun oder eigentlich nichts tun. Er konnte auch mal ein Gewinner sein."

„Woher wissen Sie das?", fragte der Amerikaner und schob die Packung mit den Chesterfield rüber.

„Das hab ich alles später von Bruno so gehört, vieles stimmte dann ja sogar."

Bach dirigierte wieder.

Kolb sammelte sich. „In der Bank lagerte das neue Geld, unermesslich viel. Kann man sich als Normalsterblicher gar nicht vorstellen. Bruno hat damit eigentlich gar nichts zu tun, er führt nur manchmal eine Liste…".

„Das Torbuch, davon wissen wir schon." Das kam von Küster.

„…jedenfalls lässt er sich ganz oft für die Abendschicht eintragen, wenn die Bank zum Ende fast leer ist. Dann kommt der Hauptmann, kann aufschließen, geht rein, nimmt mit, ist aber nie auf Brunos Liste. Kann ja keiner kontrollieren. Sie sind allein. Kein Risiko. Der Chef macht Überstunden, gibt sich ganz der Arbeit hin, deutsche Pflichterfüllung."

Dann ein tiefer Zigarettenzug.

„Dann hat Bruno mich gebeten…"

„Nein", fuhr Küster dazwischen. „Was passierte mit dem Geld, bevor Du ins Spiel kommst."

„Ach ja, sie haben die Bank, wie soll ich sagen… um Geld beschissen, betrogen, ausgeraubt, wie auch immer. Das ist wohl klar geworden. Also Bruno sagte, das Geld kam von diesem Tresor in das Allerheiligste, das Büro vom Hauptmann. Immer nur ein bisschen, aber regelmäßig. Da durfte höchstens mal die Sekretärin rein. Direktionsetage.

Dann hat der Hauptmann ausprobiert, ob er an manchen Tagen Geld in seiner Aktenmappe an den Kontrollen am Eingang der Bank vorbei bekommt. Lässt sich sogar einmal zum Schein kontrollieren. Das ging natürlich. Er war der Direktor, über ihm gab es nur den Himmel, ein General. So jemand wird in Deutschland nicht kontrolliert. So kam das Geld raus, jedenfalls ein Teil."

Küster nahm das Wort. „Gut, dann rückte der Tag näher, an dem das neue Geld verteilt werden sollte. Die Zeit drängte. Von dem gestohlenen Geld war noch was da. Jetzt kommst Du ins Spiel. Bruno nimmt Dich zu einer Verabredung mit. Ein Ganove mit LKW."

„Ein Fuhrunternehmer." Kolb gähnte. Er wollte eine Tasse Kaffee, eine Pause und etwas Ruhe, aufs Klo und noch mal Wasser.

Sie brachen ab. Kolb durfte über den Gang gehen. Rau wurde zum Kaffeeausschank geschickt. Küster rauchte von seinem neuen Vorrat. Bach machte sich nachdenklich Notizen.

Er fragte Küster nach seiner Meinung zum Wahrheitsgehalt. Der meinte nur. „Es kommt noch dicker."

Kolb hatte sich erleichtert und gestärkt. Alle saßen wieder im Verhörraum.

Bach dirigierte zum Start.

Küster gab das Stichwort: Männergespräch.

„Bruno hatte mir nicht gesagt, worum es genau gehen sollte. Wir saßen dann in der Villa vom Hauptmann, alles picobello, hatte ich noch nie gesehen. Große Treppe in den zweiten Stock, Teppiche und echte Bilder. Seine Frau war auch da. Wir tranken guten Cognac. Eine Männerrunde. Er hat mir die Sache mit Geld schmackhaft gemacht, viel Geld. Es ging ja eigentlich nur um einen Möbeltransport, Schreibtische fahren, von A nach B. War natürlich eine krumme Sache, aber fast ohne Risiko."

Bach fragte nach. „Was genau haben Sie gemacht. Und warum konnte damit nicht jeder *Fuhrunternehmer* beauftragt werden?"

„Der Direktor hat gesagt, er hat gehört, dass ich risikobereit bin, verschwiegen, die anderen im gemeinsamen Boot nicht betrüge und Geld mag."

„Ein ehrenwerter Ganove eben." Küster lächelte höhnisch. „Er wusste nur nicht, dass Du schon andere Geschäftspartner an die Amerikaner verkauft hast."

Kolbs Redefluss stockte und er warf einen bösen Blick auf die andere Seite des Tisches.

Bach dirigierte energisch und Küster erhielt einen kritischen Blick.

Kolb nahm wieder eine Chesterfield.

„Und es durfte nichts schiefgehen. Wir müssen den bösen Zufall ausschließen, hat er gesagt. Wenn beim Transport etwas kaputt geht, Unwägbarkeiten auftreten, so geschwollen drückte er sich aus. In dem Schreibtisch in der Bank lag noch viel Geld und er wurde ausgetauscht. Mehr nicht, das war meine ganze Aufgabe. Darauf haben wir uns geeinigt an dem Abend."

Dann ging die Geschichte zu Ende. Tage später holte Kolb von Hackbarts Haus einen Schreibtisch ab. Zwei Fahrer der Bank mussten mit anpacken. Den beförderten sie in das Büro des Direktors und der bisherige kam auf Kolbs MAN. Die Rückfahrt machte der Direktor sogar mit. Es gab keine Probleme, Männer der Pförtnerei packten in der Bank und in der Villa mit an. Der Herr Direktor verschönert sein Büro. Er wollte statt einem klobigen schwarzen, lieber einen Schreibtisch in Eiche, im englischen Stil.

Dann trat Stille ein. Bach nahm sich selbst eine Zigarette, ließ Rau ein Wasserglas für sich holen und fragte bedächtig. „Haben Sie jemals etwas von dem Geld gesehen?"

„Ja, oben im Arbeitszimmer, als wir die Fahrten abgeschlossen hatten und allein waren. Die Leute, die mit angepackt hatten, schickte er weg. Da schloss der Hauptmann die mittlere Schublade auf, voller Scheine. In den großen Seitenablagen auf beiden Seiten sollte der Rest gewesen sein. Die machte er aber nicht auf. Musste er für mich auch nicht. Wir hatten uns, Bruno auch, ja geeinigt. Das Geld bleibt in der Villa, ein sicherer Ort, da gab es keine Einquartierung, da kam sonst niemand hin. Ein Jahr sollten alle die Füße stillhalten, dann bekam jeder seinen Anteil. Es hätte sich alles beruhigt. Das neue Geld bleibt lange, hatte der Direktor gesagt. Er war ja ein Experte. Und er gab auch Ratschläge. Was man später kaufen kann, ohne Misstrauen zu erwecken, oder, wie man Bargeld und Kredite mischt, immer unverdächtig. Seinen Vortrag mit Aktien und Börse habe ich aber nicht verstanden."

Rau hatte das Wasserglas gebracht und sprach erstmals. „Ihrem Schwager waren Sie dankbar und gaben ihm die Schuldscheine zurück?"

„Ja, er hatte an mich gedacht und mich in das Geschäft reingebracht. Bruno, da hätte ich schon wissen müssen…"

Plötzlich herrschte wieder Stille in der Verhörzelle. Willi Kolb seufzte. Langsam fuhr er fort.

Er träumte von einem Speiselokal, von mehreren LKWs mit Fahrern. Von der Gelegenheit, ein richtiger Unternehmer zu werden. Eine schöne Wohnung, dass der Sohn zu ihm zurück kommt, nicht die Hexe von seiner Frau natürlich, aber das Kind. Das Jahr konnte er überbrücken, es gab noch Vermögenswerte von früher, die zu Geld zu machen waren, und die Geschäfte liefen auch.

„Bevor uns die Tränen kommen", nahm Küster das Wort. „Bislang ging es um Geld. Jetzt kommen wir mal zum Blut. Am 23. Juli…"

Kolb sperrte sich. „Ich hab ja schon gesagt wie es war. Ich unterwerfe mich. Aber ich will etwas bekommen, von der Polizei und den Besatzern. Ich liefere doch.“

Bach antwortete ihm. „Erst die ganze Geschichte. Dann sehen wir weiter. Unser Spiel, unsere Regeln.“

Kolb schlug seine beiden Fäuste mehrmals gegeneinander. „Mein Schwager ist ein ewiger Scheiterer. Was der in der Hand hält, wird zu Pech und nicht zu Gold. Er hatte die fixe Idee mit der Druckerei. 15.000 Mark. So war Bruno, gierig und dumm.“

Alle übrigen Anwesenden mussten lächeln.

„Er wollte das Geld von mir, dass ich ihm sofort helfe. Ich habe ihm gesagt, er soll noch elf Monate warten. Druckereien gibt es dann doch auch noch, vielleicht sogar eine größere. Jetzt muss es doch auffallen, er ist doch arm wie eine Kirchenmaus. Wie will er denn die Fragen beantworten, von Luise, dem Verkäufer, den Nachbarn, wo das Geld herkommt. Wir haben doch eine Vereinbarung. Er soll vernünftig sein und warten.“

Küster blies wieder einen kunstvollen Rauchring. „Kommen wir zum Abend des 23. Juli.“

Kolb berichtete. Er hatte den Vergaser seines MAN repariert, als das Telefon klingelte. Dran war kein später Kunde, sondern der Direktor Hackbart. Er sollte sofort zu ihm kommen, aber in größerer Entfernung zum Haus parken. „Als ich mit ihm im Arbeitszimmer saß und wir einen Cognac tranken, wuchs mein schlechtes Gefühl, denn Brunos Motorrad stand direkt vor der Eingangspforte zum Grundstück.“

„Und dein Schwager…“, half Küster weiter.

Von einem tragischen Unglücksfall hatte der Direktor gesprochen. Bruno wollte Geld von ihm, gegen alle Absprachen, er wurde aufbrausend, drohte und schlug mit seinem Stock. Eine Abwehrbewegung, Bruno stürzte unglücklich.

„Dein Schwager starb durch einen harten Schlag auf den Kopf, von hinten, erst dann stürzte er."

Kolb blickte zu Küster. „Das wusste ich nicht, ich sah ihn nur liegen, im Keller."

„Und natürlich wurde sofort ein Arzt verständigt oder zumindest die Polizei", fragte Bach sarkastisch.

Der Direktor versprach ihm Brunos Anteil, für die Beseitigung der entstandenen Lage. „Es wäre ja alles aufgeflogen. Ich hing doch schon mit drin. Mit dem Tod hatte ich doch nichts zu tun. Letztlich war alles Brunos...." Kolb vollendete den Satz nicht.

„Und Du bekamst ein schönes Schweigegeld, das lockte auch", stellte Küster fest. Kolbs Kopfbewegung konnte ein Nicken sein.

„Von wie viel Geld reden wir eigentlich die ganze Zeit", wollte Bach daraufhin wissen.

„Je 50.000 für mich und Bruno. 100.000 für den Direktor. Er hatte sich ja alles ausgedacht. Das war unsere Verabredung."

David Bach brach in lautes Gelächter aus, er konnte sich nicht beruhigen. Er kannte die wirkliche Größenordnung, würde sie aber nicht verraten und hatte auch Küster vor Tagen ja nicht die Summe genannt. Betrogene Betrüger. Es war sowieso unklar, wohin sich die Geschichte am Ende noch entwickelte. Langsam beruhigte er sich und blickte in drei verstörte deutsche Gesichter. Daraufhin sagte er nur ein Wort. „Weiter."

Rau fragte, ob Kolb dann seinen Schwager verladen hat, wie sonst Kisten, Möbelstücke und Zementsäcke.

Nein, an dem Abend nicht. Bruno blieb im Keller liegen, da, wo auch das Geld in Koffern und Taschen lagerte. „Ich sollte nur das Motorrad verschwinden lassen."

„Warum vor dem Hotel Zieten?", fragte Rau nach.

„Es lag von der Eppstein Straße doch nur um die Ecke. Ich war ein, zweimal dort, früher. Es passte gut. Die Leute vom Puff würden niemals die Polizei einschalten, wenn sie etwas sehen oder ihnen merkwürdig vorkommt. Dann fuhr ich zurück und ging in mein Edelweiß."

Die Leiche wurde erst am nächsten Morgen, ganz früh, in einen Teppich gewickelt, abgeholt und in der folgenden Nacht in den Main geworfen. Weit draußen, wo man mit dem LKW dicht an den Fluss fahren konnte.

„Sie hatten Ihren toten Schwager einen Tag lang auf der Ladefläche?" Bach schüttelte ungläubig den Kopf.

„Ja, ich musste sogar eine Fahrt deswegen absagen."

Kurze Stille. Dann übernahm Küster.

Ob er Hackbart danach noch einmal getroffen hat? Nein, es sollte erst einmal Gras über die Sache wachsen. Ihre Verabredung galt aber weiter.

Wie es sich für Ehrenmänner gehört, dachte Bach mit einem Kopfschütteln. Eine Geschichte zwischen Irrsinn und Realität.

In der fensterlosen Zelle stand der Rauch. Rau öffnete die Tür. Alle schwiegen, bis Kolb nörgelte. „Ich muss pinkeln und habe Kohldampf. Komm ich raus. Ich habe alles gesagt, was ich weiß. Das hilft euch doch. Mit Brunos Tod habe ich nichts zu tun. Ich konnte ihn doch nicht wieder lebendig machen. Ich habe sogar seine Beerdigung bezahlt. *Er war doch schon tot.* Noch mit seinem Ableben versaut er einem alles."

„Man muss schon eine schwarze Seele haben, wenn man auf dem Friedhof neben der Witwe steht, deren Gatten man im Fluss versenkt hat." Küster zog sich seine Anzugjacke wieder an, die er auf die Stuhllehne gehängt hatte. „Du hast Beihilfe zum Großdiebstahl geleistet und einen Mord vertuscht. Da kommt noch Einiges auf Dich zu, Kolb."

Bach wandte sich an die deutschen Polizisten. „Lassen Sie ihn austreten. Dann überführe ich ihn in unseren Militärarrest. Mein Wagen steht draußen vor dem Präsidium." Kolb ging auf den Flur, Rau begleitete ihn.

Dann wollte der Amerikaner wissen, ob sich das Gehörte mit den Indizien aus der Mordermittlung deckt. Küster bejahte. Die Todesursache, das Motorrad vor dem Bordell, Degenbachs Arbeit in der Bank, sein hoher Geldbedarf, die angeschwemmte Wasserleiche. Das passte. Das Motiv und der Zusammenhang lagen aber außerhalb jeder Vorstellung in ihren Ermittlungen.

„Danke bis hierhin für Ihre Umsicht, Kriminalhauptwachtmeister Küster." Bach schloss die Zellentür. „Wir werden die weiteren Ermittlungen übernehmen. Halten Sie sich aber zur Verfügung. Ich möchte die Mordakte mitnehmen. Es sollte bis auf weiteres kein Protokoll gemacht werden. Und ich bitte Sie um absolute Verschwiegenheit. Auch gegenüber Vorgesetzten und Kollegen. Erfinden Sie eine Geschichte, warum die amerikanischen Behörden eingeschaltet wurden. Die Sache ist ein heißes Eisen, an dem sich niemand die Finger verbrennen möchte. Sagen Sie das bitte auch ihrem jüngeren Kollegen. Richtig verstandene Loyalität wird sich für sie beide positiv auswirken."

Küster nickte. Er war erleichtert.

Rau brachte Kolb danach zum Dienstwagen.

Auf der kurzen Fahrt zum Hauptquartier war Bach immer noch zu 100 Prozent überrascht, aber nur zu einem geringeren Prozentsatz überzeugt.

Er ging sofort in das Büro vom Captain Howard vom CID und fasste die einstündige Aussage von Kolb in wenigen Minuten zusammen. Der Militärermittler sagte gar nichts, blickte Bach an und pfiff, langgestreckt und abrupt endend. Dann versuchte er seinen Chef an den Apparat zu bekommen. Die Konferenz in Baden-Baden war beendet und dieser auf der Rückfahrt.

Beide ließen das Mittagessen ausfallen und sich nur Kaffee bringen. Bach gab einen kurzen Überblick aus der Mordakte Degenbach.

Vorsichtig versuchten sie, ein Bild zu formen. Ein Dreieck, mit einer Spitze oben und zwei Spitzen unten.

Direktor Hackbart als Spitze, *spiritus rector* des Ganzen, Führer und Planer.

Einer der Handvoll Deutschen von der Liste der 26, der von den Milliarden im Tresorgewölbe und ihrer Bestimmung wusste. Einbezogen in die Planungen und den Ablauf, die Verteilungswege und Zuordnungen des Geldes. Einer, der die Codes auf den Kisten entziffern konnte. Ein bankinterner Schlüsselträger mit jederzeitigem Zugang zum Gewölbe, und, pikanterweise, wohl auch ein Miterfinder des Sicherheitssystems. Deutsch-gründlich, aber mit einer Hintertür.

Howard brachte die Gegenargumente vor. Den tadellosen Leumund eines Fachmanns. Er hatte die Überprüfung problemlos überstanden und auch die politische Durchleuchtung der CIA. Eine Vertrauensperson, wohl situiert, für heutige deutsche Verhältnisse. Nach seinem Fragebogen gehörte er Hitlers Partei niemals an, war der Typus des unpolitischen Experten. Er diente in beiden Kriegen. „Können wir es wirklich so sehen, David. Ein Offizier, aber kein Gentleman? Er hatte doch alles und eine große Zukunft."

Dann gingen sie zur unteren Dreiecksspitze Bruno Degenbach über. Klar war, dass ein solcher unglaublicher Bankraub, nicht ohne die Hilfe solch eines kleinen Lichts durchgeführt werden konnte. Ein korrekt geführtes Torbuch hätte keine geheimen Besuche im Kellergewölbe zu späterer Stunde zugelassen, sondern viele unliebsame Fragen aufgeworfen. Ein Risiko wäre entstanden. „Aber er kann diesen Bruno nicht gezielt eingestellt haben, denn 1947 gab es noch keine Geldkisten in der Bank, frühestens Anfang 48 wurde die praktische Umsetzung der Geldreform intern bekannt." Howard sah Bach fragend an.

Dieser nickte. „Gelegenheit macht Diebe, lautet ein deutsches Sprichwort, George. Es war eben ein Glücksfall für Hackbart. Da saß ein unbedeutender kleiner Mann an einem Schreibtisch, in einem schlecht erleuchteten muffigen Flur, und trug an manchen Tagen Namen und Uhrzeiten in ein Buch ein. Und er kannte diesen Mann, wusste ihn auszurechnen. Ein Kriegskamerad, damals schon sein Untergebener, mit einer Untertanenseele. Dann konnte er sich etwas zunutze machen, was er nicht wusste. Der Untertan war aus dem eigenen, besseren Leben gefallen, ein armes Schwein, auf Geld aus, dessen Hilfe leicht, und verlässlich, zu bekommen war. 50.000 neue Mark als Lohn. Ein Untertan, der sich seinen Traum erfüllen konnte. Amoralität hat derzeit in Deutschland Konjunktur. Jeder ist sich selbst der Nächste."

Bach zuckte mit den Schultern. Howard zweifelte weiter. „Ein Großer begibt sich in die Hände eines Kleinen?"

„Nein, ein großer Mann holt den kleinen Mann in ein gemeinsames Boot. Sie ziehen wieder in den Krieg und wollen diesmal gewinnen. Kameradschaft. Mit jedem anderen Listenführer hätte der Herr Direktor es nicht machen können."

Dann gingen beide zur zweiten unteren Spitze über. Ein Transporteur musste gefunden werden. Einer, der dichthält, falls plötzlich zur Unzeit Geld aus einer Schublade quillt oder sonst etwas nicht ganz planmäßig verläuft. Ein williger Helfer mit Familienbindung und aus dem kriminellen Milieu des Schwarzmarktes. Angezogen vom Geld, kein Risiko, ihn ins Boot zu holen. Einer, der schon lange im Trüben fischt.

„Ein perfekter Plan, bis Gier und eine Art Erpressung ihn gefährden und jemand stirbt?"

Bach wiegte den Kopf. „Ein perfekter Plan und vielleicht die erste Umsetzung der Idee des Meisters, seine beiden einzigen Mitwisser zu beseitigen."

Howard trank seine Tasse leer. „Nennt man das nicht catalinische Exstenzen, die nichts zu verlieren haben und deshalb alles wagen können? Für die beiden Gehilfen würde das zutreffen. Aber dieser Direktor, der gehört doch schon zur kommenden Elite in Deutschland. Der hat doch etwas zu verlieren."

Bach antwortete erst nach einer Pause. „Aber auch etwas zu gewinnen. Die neuen Eliten sind in diesem Land auch die alten. Bei denen spielt jeder moralische Kompass verrückt. Geld und Macht. Der Plan ist genial, wenn es denn stimmt. Vielleicht hat er auch noch einen Notausgang. Und er sabotiert nicht einmal die Wirkung des neuen Geldes. Es war ja nur ein Krümel vom ganzen Kuchen."

„Das ist alles schwer zu glauben", entgegnete Howard. „Ich glaube es nicht."

Bach antwortete darauf nicht, sondern sagte, es muss einen Kontakt zu Colonel McBride geben. „Vielleicht lässt er sich nach der Konferenz direkt in seine Wohnung fahren. Wir brauchen seine Entscheidung. Auf unsere Schultern können wir es nicht nehmen, die sind dafür zu schmal."

Howard würde sich kümmern und sich sofort wieder melden.

Bach ging zu seinem eigenen Büro. Wie würde die Entscheidung ausfallen? Musste McBride sich selbst noch weit höher rückversichern? Er könnte den sofortigen Zugriff anordnen, eine Vorladung des Direktors war dagegen undenkbar, es würde einen Verdächtigen warnen. Dann gab es diplomatische Lösungen. Neue Ermittlungen oder die

Sache ganz unter den Teppich kehren. Einen Skandal vermeiden. Oder die neue Entwicklung als Unsinn ignorieren.

Eine Entscheidung fiel nicht leicht. Das Geld war das einzige Indiz, um den Verdacht zu beweisen. Sollte es nach Wochen noch in dem Kellerversteck sein, wenn es jemals dort gewesen war? Sonst gab es nichts. Kein plausibles Motiv, eine weiße Weste, keine kompromittierende Eintragung in einer Liste, kein lebender Zeuge für den Beginn der Umsetzung eines Plans. Nur ein harmloser Transport von Schreibtischen und ein ungeheurer Verdacht.

Ein Ganovenwort gegen ein Direktorenwort.

# 32

Die Eppstein Straße 4 war eine zweigeschossige Villa, deren blaue Wandfarbe schon an vielen Stellen unansehnlich wurde. Ein Wintergarten zur Straßenseite, davor ein Kastanienbaum. Hinter dem Haus würde es einen großen Garten geben. Zur Haustür führte eine kleine Treppe. Nicht das größte Haus in der Straße, wo auch Mitglieder der Militärverwaltung und hohe Besatzungsoffiziere wohnten.

Die beiden Männer im Jeep hatten sich durch den Reuterweg fahren lassen. Das Hotel Zieten lag tatsächlich nur um die Ecke. Der Fahrer parkte vor Hausnummer 8 und Howard und Bach gingen auf das zivile Fahrzeug der CID-Ermittler auf der gegenüber liegenden Straßenseite zu. Die Person ist seit halb sieben im Haus, sonst ist niemand rein oder raus gegangen, kein Licht zu sehen, es ist ja noch hell, alles ruhig, wurde gemeldet. Howard befahl seinen Leuten mitzukommen.

Es konnte beginnen.

Colonel McBride hatte am Nachmittag in seiner Wohnung aufmerksam zugehört. Wenn der Leiter der Bird Dog-

Ermittlungen überrascht war, zeigte er es jedenfalls nicht. Er schickte seine Besucher auch nicht sofort wieder weg. Er stellte einige Nachfragen und forderte dazu auf, Lösungen für die Lage vorzuschlagen. Dann folgte ein Telefongespräch des CID-Chefs mit dem Sicherheitschef der Militärregierung.

Die Sache sollte möglichst informell geregelt werden. Die Deutschen mussten ganz draußen bleiben, sowohl ihre Polizei wie ihre Justiz. „Das ist allein unsere Sache", ordnete McBride an. „Keine Schriftstücke, wir weisen uns nur durch die Autorität der Uniform aus."

Sie sollten ruhig, aber bestimmt, um die Mitarbeit bei der Klärung eines, sicherlich unbegründeten, Verdachts bitten. „Bringt die deutschen Namen ins Spiel", schlug der Chef vor. „Aber wenn es diesen Keller gibt, werden Sie ihn öffnen lassen und sich umsehen."

Und danach, wollten Howard und Bach wissen. „Er wird diskret festgenommen, wenn wir etwas finden oder er erhält eine höfliche Entschuldigung für die Belästigung, aber keine weiteren Hinweise. Es gibt volle Rückendeckung. Die offizielle Legende lautet, ein Besuch zur Information über den Abschlussbericht zur Währungsreform."

Sie klingelten.

Es gab eine Ehefrau, trafen sie auch auf Hauspersonal? Was beschäftigte man in einem solchen Haus, Putzfrauen, Köchinnen oder Diener? Das würde noch mehr Schwierigkeiten bedeuten.

Es öffnete Direktor Hackbart persönlich, in Anzughose, weißem Hemd und Krawatte. Die vier amerikanischen Uniformen schienen ihn nicht aus der Fassung zu bringen. Eher war sein Blick neugierig. „*Gentlemen*, welch unerwarteter Besuch."

Er schüttelte den ihm direkt gegenüberstehenden Offizieren die Hände und wandte sich an Bach. „Kennen wir uns,

Sie waren doch in der BdL, vor Wochen, ich vergesse selten ein Gesicht, aber mit den Namen…"

„*First Lieutenant* Bach, Herr Direktor, und Captain Howard." Bach übernahm das weitere Reden, obwohl er den niedrigeren Rang hatte.

„Wir stören Sie ungern, möchten Sie aber bitten, uns bei Nachforschungen zu unterstützen. Kennen Sie einen Wilhelm Kolb?"

Hackbart blieb an der Tür stehen und sagte nach kurzer Überlegungspause. „Ich fürchte nein, der Name sagt mir nichts."

„Er soll Anfang Juni für Sie einen Möbeltransport durchgeführt haben."

„Ja, das ist korrekt. Nur der Name, wie gesagt, eine Schwäche von mir. Es ging um einen Schreibtisch für die Bank."

„Dürfen wir eintreten?", fragte Bach jetzt und sie wurden in den Flur gebeten. „Im Zuge von Ermittlung würden wir gerne den Kellerraum ihres Hauses ansehen. Es dauert wirklich nur kurz."

Hackbart reagierte leicht verwirrt. „Sie können auf meine Zusammenarbeit zählen, meine Herren, aber es ist doch…". Bach entgegnete schroff. „Ich bedaure Ihnen keine weiteren Details offenbaren zu dürfen. Herr Direktor. Befehl ist Befehl. Sie verstehen das sicherlich."

Hackbart nickte.

„In diesem verschlossenen Keller befinden sich nur meine Jagdwaffen und ein kleines persönliches Archiv. Für die Waffen habe ich selbstverständlich eine alliierte Permission. Mit General Turner war ich auf Hirschjagd."

Die Amerikaner zeigten sich unbeeindruckt.

„Der Schlüssel befindet sich in meinem Arbeitszimmer."

Es gab also einen Kellerraum, dachte Bach und fragte. „Kennen Sie auch einen Bruno Degenbach?"

„Feldwebel Degenbach, ja, ja, ein tragischer Todesfall. Wie kommen Sie jetzt darauf?"

Er erhielt keine Antwort.

„Wenn die Herren warten wollen." Dann ging Hackbart voraus auf die Treppe in das Obergeschoß. Bach und Howard folgten ihm unaufgefordert. Die beiden CID-Männer blieben unten.

„Mein Arbeitssalon", sagte der Direktor oben. „Ich habe mir Akten mitgenommen. Sie wissen, wie das ist. Meine Frau ist bei unserem Sohn und der Schwiegertochter. Wir werden bald zum ersten Mal Großeltern."

Der Salon hatte ein großes Fenster und viele Bilder an der Wand. Ein schwarzer Schreibtisch stand in der Mitte, auf ihm lagen Papiere und Akten. Hackbart setzte sich auf den Stuhl und öffnete die mittlere Schublade.

„Sie sind möglicherweise mit der deutschen Malerei des Jahrhunderts vertraut, First *Lieutenant* Bach. Rechts von Ihnen hängt ein echter Emil Nolde, eines seiner Blumenbilder. Er galt ja im Dritten Reich als entartete Kunst, aber ich habe ihn immer sehr geschätzt." Er wies mit dem Finger an die Stelle an der Wand. Bach und Howard blickten interessiert auf das Bild, mit einer Vielfalt an Farben, bei denen rot dominierte.

Dann fiel der Schuss.

Die beiden Offiziere wandten sich um und blieben stehen. Reaktionen erfolgten erst nach einigen Sekunden.

Was für eine Schweinerei. Gehirnmasse und Knochensplitter hatte sich auf dem Schreibtisch und auf der Lampe darauf verteilt. Hackbart war mit dem Kopf auf die Schreibtischplatte gefallen. Seine Hände hingen nach unten. Eine kleine Pistole lag rechts auf dem Boden. Die beiden CID-Männer kamen mit gezogenen Waffen nach oben gelaufen. Ihr Captain wies sie an, das Haus zu durchsuchen, aber niemanden nach oben zu lassen.

Bach und Howard blickten sich fragend an. Dann ging Bach vorsichtig zum Schreibtisch und entnahm mit einem Taschentuch ein Schlüsselbund aus der geöffneten Schublade. Auf dem Weg zum Keller wurden Zigaretten entzündet. Einer der drei Schlüssel passte. Im fensterlosen Raum musste man sich erst an die Dunkelheit gewöhnen. Sie suchten den Lichtschalter. Rechts gab es einen kleinen Waffenschrank, mit einer Büchse und zwei Schrotflinten. Daneben stand Kaminbesteck aus Eisen. Die anderen Wände hatten Holzregale, auf denen je zwei Kotter und Ledertaschen lagen. Alle gefüllt mit neuen 100-Mark-Scheinen.

Die Uniformierten kamen nach unten und meldeten, dass es im Haus keine weiteren Personen und nichts Auffälliges gäbe.

Mit der Bemerkung, wir machen jetzt eine Offiziersberatung, schickte ihr Vorgesetzter sie wieder ins Erdgeschoß. Dann sagte er leise: „Und jetzt, David, Krankenwagen für einen Toten, Militärpolizei, deutsche Polizei, den Colonel anrufen. Viel Aufsehen ist nicht im Sinne unseres Auftrags."

Bach brauchte fast eine Zigarettenlänge für eine Antwort.

„Sie sind hier der Commanding Officer, George. Das Geld haben wir. Warum lassen wir alles andere nicht wie einen tragischen Unfall beim Waffenreinigen aussehen. Alles was wir brauchen ist hier, Waffenöl, ein Putzlappen, vielleicht ein zweites Magazin aus dem Schreibtisch, das könnte reichen."

„Hört sich plausibel an. Besser als ein fingierter Raubüberfall. Und dann."

„Dann können wir jemandem einen Schock nicht ersparen, vielleicht schon morgen, wahrscheinlich einer deutschen Frau, die ein Direktorenfrühstück bereiten soll. Es war seine Entscheidung. Und wir müssten hinter uns aufräumen, angefangen mit den Zigarettenresten."

Howard nickte nach kurzer Überlegung. „Das funktioniert aber nur, wenn draußen nichts bemerkt worden ist."

Bach hatte seine Zigarette auf dem Kellerboden ausgedrückt und den Stummel in seine Brusttasche gesteckt. „Die Grundstücke sind sehr weitläufig. Und amerikanische Zeugen dürften die Deutschen nur mit Zustimmung vernehmen, da käme euer Laden wieder ins Spiel. Ein Unfall erfordert doch auch keine große Untersuchung. Und unsere Anwesenheit, wenn sie bemerkt werden sollte? Wir waren in dienstlicher Mission hier, wegen des Abschlussberichts. Als wir gingen lebte der Herr Direktor noch."

Stille im Keller.

„Falls es überhaupt Fragen gibt", sagte Howard.

„Falls es überhaupt Fragen gibt", erwiderte Bach.

Die Entscheidung war getroffen.

Beide trugen aus dem Schrank alle Gewehre, Waffenöl, einen Putzlappen und die Kette zum Durchziehen der Läufe in den Arbeitssalon. Dazu platzierte Bach auf dem Schreibtisch eine Schachtel mit Pistolenmunition aus der Schublade. Vorsichtig legte er den Kellerschlüssel auf den Tisch. Ein makabres Stillleben.

Howard sondierte draußen die Lage. Eine ruhige Straße. Dann gab er den Befehl, Koffer und Taschen in den zivilen Wagen zu bringen, möglichst ohne Aufsehen zu erregen. Es durften keine Passanten auf der Straße sein.

Danach inspizierten die Offiziere noch einmal das Haus und gingen.

# 33

Der September brachte kühlere Temperaturen ins Land. Keine Anzeichen für einen goldenen Herbst. Das Leben der Menschen ging weiter. Ein ganz normaler Monat in Trizonesien.

Bernhard Rau wurde auf unspektakuläre Weise zum Kriminalwachtmeister ernannt. Der Chef gab es in einer

Morgenlage bekannt. Er blieb bei K3A, am Katzentisch, aber als vollwertiges Mitglied. Anerkennung fand in diesem Kreis, dass er sich freiwillig für die Untersuchung von zwei Selbstmorden meldete.

Er hatte sich den braunen Jedermann-Anzug gekauft, die Kürzung beider Ärmellängen gab es gratis. Die 18 Mark mehr an Gehalt wollte er für ein gebrauchtes Fahrrad sparen oder für Küchengeräte. Constanze hatte er nur noch einmal gesehen. Hilde hingegen sehr häufig.

Die Beförderung von Hermann Küster zum Kriminalkommissar fand in einem anderen Rahmen statt. Im Beisein von Dezernatsleiter Löffler erhielt er eine Urkunde aus der Hand des Vizepräsidenten, dem auch das Personalwesen unterstand. Er wurde Löfflers Stellvertreter für das ganze Kommissariat 3 und sollte ihm bei dessen baldiger Pensionierung nachfolgen. Organisation und Menschenführung musste er bis dahin noch verbessern. „Aber sonst sind Sie einer unser Besten", hatte ihn der Vize gelobt.

Marianne drängte auf energische Weise zur Heirat. Ihre Mitbewohnerin hatte sich verlobt und war ausgezogen. Die Wohnung legal nur mit einem Wohnungsschein für zwei Personen vergeben. Er schwankte. Eigentlich war es aber eine gute Entwicklung. Was würde Frau Griesbach sagen?

Am Morgen nach der Beförderung kaufte er zum ersten Mal bei Zigarren-Haase die Fünferpackung helle Sumatras für 4.90.

Im Vorzimmer von Colonel McBride musste David Bach kurz auf einem der Stühle Platz nehmen. Eine Tasse Kaffee gäbe es drinnen, erfuhr er von der Sekretärin. Dann kam George Howard aus der Tür, eine kurze und herzliche Begrüßung. Der Captain entschuldigte sich, eine wichtige neue Ermittlung, der Chef wartet.

Bach salutierte vor dem Schreibtisch, durfte sich setzen und die Tasse wurde gebracht. McBride lobte den Abschlussbericht, besonders auch die wirklich gute und umsichtige Arbeit, nachdem der Fall noch eine unverhoffte Wendung genommen hatte. Das habe er eben gerade auch noch einmal seinem Captain gesagt.

Eine ausdrückliche Belobigung hatte er auch von Theo Hall, dem Sicherheitschef der Militärregierung, weiter zu geben. „Er wurde für seine Verhältnisse fast überschwänglich. Auftrag der Ermittlungsgruppe erfüllt, das Geld zurück, eine kriminelle Bande zerschlagen, die Geheimhaltung gewahrt, kein Schatten auf der Operation Bird Dog. Er war voll des Lobes."

Trotzdem sei dieser Fall jetzt nur noch eine kleine Sache, erklärte der Colonel. In der letzten Sitzung der Public Safety Branch ging es um ganz andere Themen.

Die Kriegsgefahr, wenn die Russen eines der Luftbrücken-Flugzeuge abschießen, und die zunehmenden Aktivitäten der Roten in allen Westzonen. „Da braut sich etwas zusammen, wegen der enormen Preissteigerungen. Es gibt viele Berichte über Proteste auf den Straßen. In Stuttgart, in unserer Zone, liefen sie aus dem Ruder, Tumulte und eingeschlagene Schaufenster, wir mussten gepanzerte Fahrzeuge zur Abschreckung auffahren lassen und Militärpolizei einsetzen, die deutschen Kräfte reichten nicht aus. Es heißt, dass für einen eintägigen Generalstreik Propaganda gemacht wird. Es könnte einen heißen Herbst für die Sicherheit im Westen Deutschlands geben. Da sind alle Kräfte gefordert."

McBride trank einen Schluck Kaffee. Dann fragte er, was er immer noch nicht begreifen könne. Warum hat der Kerl das getan? Ein tüchtiger Fachmann, eher konservativ, wohlhabend, am Neuaufbau beteiligt, dem doch so viel Vertrauen von uns entgegengebracht worden ist. Er stellte doch was dar und wurde ein Dieb und wohl auch ein Mörder.

„Ich weiß es nicht, Sir", antwortete Bach. „Kurz vor seinem Selbstmord machte er einen souveränen und höflichen Eindruck." Und nach einer kurzen Pause fügte er hinzu. „In den letzten fünfzig Jahren haben die deutschen Eliten erst den Kaiser unterstützt und den ersten großen Krieg, und dann Hitler und den zweiten. Vielleicht macht die Aussicht auf Macht und Geld sie zu Va Banque-Spielern. Im Großen wie im Kleinen."

„Was wollte er mit dem Geld anfangen?"

„Das ist wohl nicht mehr zu klären. Wir wissen nur, dass seine Frau Anteile an einer Maschinenfabrik hatte. In der englischen Zone. Aus Familienbesitz, geführt von ihrem Bruder. Möglicherweise sollte das Geld nach und nach dorthin gehen."

„Wissen Sie, was Thomas Jefferson gesagt hat. Banken sind gefährlicher als Armeen. Vielleicht meinte unser 3. Präsident auch einzelne Bankiers." McBride lächelte über seinen Witz.

Der Colonel bestellte Kaffeenachschub und dann gingen beide Offiziere der endgültigen Abwicklung des Falles nach.

Nachdem Direktor Lukas Hackbart nicht zum Dienst erschien, wurde seine Leiche von einem zum Haus geschickten Fahrer gefunden. Die deutsche Polizei hatte das Szenario geschluckt, es gab keine Obduktion. Der tragische Unfall einer verdienten Persönlichkeit beim Waffenreinigen. Nur in der Frankfurter Rundschau erschien eine kurze Notiz. Die Beerdigung wurde eine würdige Veranstaltung, mit Kränzen und Reden. Der Bankvorstand bekam keine Information zu den Hintergründen. Der eingeweihte General Turner vertrat die Militärregierung, verzichtete aber auf letzte Worte. Die Witwe trauerte und würde eine Pension erhalten.

Willi Kolb saß zehn Tage im Militärarrest und legte nochmal ein umfangreiches schriftliches Geständnis ab. Alles Bargeld nahm man ihm weg, die LKWs und Gaststätten durfte er behalten. Bach und Howard machten ihm klar, dass der Verlust der Freiheit für sehr lange Zeit und sein wirtschaftlicher Ruin drohten, falls er jemals über das Geschehen mit jemandem spricht. Man würde ihn stets im Auge behalten. Seine Angst war danach echt und mutmaßlich andauernd. Er blieb unter Kontrolle.

Mit den deutschen Polizisten traf sich Bach noch einmal im Farben Building. Sie erhielten eine kurze Schilderung, was in Hackbarts Haus geschah. Damit hatten sie einen toten Täter und letztlich auch einen Beitrag zu seiner Überführung geleistet. Deshalb fiel es nicht so schwer, sie zum Schweigen über die Hintergründe zu veranlassen.

Staatspolitische Notwendigkeiten, erklärte Bach, keine Unruhe in die Bevölkerung tragen, der Kriminalfall war ja gelöst. Von loyalen Kräften in der Polizei war auch die Rede. Der Verbindungsoffizier im Präsidium bekam einen Hinweis, für einen kleinen Wink hinter den Kulissen, bei anstehenden Beförderungen. Die Akte Degenbach erhielten Küster und Bach zurück. Sie hatte einen neuen Vermerk: Auch Nachforschungen durch die Besatzungsmacht halfen nicht weiter. In Bezug auf die Aussage Kolb und alles danach, blieb sie unvollständig und wurde, nach den internen Gepflogenheiten, nach Ablauf von vier Wochen ohne Ermittlung eines Täters weggelegt. Bei K3A gab es keine Nachfragen.

Als schwieriger erwies sich eine abschließende Nachricht an die Familie des Ermordeten. Bach wollte die deutschen Polizisten nicht offen lügen lassen. Ein Auftreten amerikanischer Stellen hätte nur Fragen ausgelöst. Aber Howard kannte einen deutschen Staatsanwalt, der ihm noch einen Gefallen schuldig war. So erreichte Luise Degenbach ein Brief der Staatsanwaltschaft Frankfurt, dass ihr Ehemann nach Lage der Dinge einem Raubmord zum Opfer gefallen war, der Täter aber nicht zu ermitteln sei, wahrscheinlich in die sowjetische Besatzungszone geflüchtet.

Bach trank seine Tasse aus.

„Darf ich noch fragen, Sir, was mit dem Geld passiert ist. Ich war ja bei der Prozedur des Zählens dabei. Wir brauchten fast einen Tag."

Der Colonel lächelte. „Den Deutschen konnte es ja nicht ohne lästige Fragen gegeben werden. Deshalb hat die CIA den Zuschlag erhalten. Critchfield, ihr Leiter, hat ein Referat auf der letzten Sitzung des Sicherheitsausschusses gehalten. Verstärkter Kampf gegen die kommunistische Infiltration, die freie Welt stärken, den Kampf um die Köpfe gewinnen. So in dem Tenor. Und natürlich hat er recht, alle haben das so gesehen. Sie haben große Dinge vor, die Jungs aus dem 7. Stock. Kulturleute und Intellektuelle sammeln, die für die Freiheit eintreten, Zeitschriften gründen, Kongresse veranstalten, Bücher herausgeben. In München wollen sie sogar einen Sender gründen. Radio für ein freies Europa, mit Programm in allen Sprachen des Ostblocks. Das kostet natürlich."

„Der Geheimdienst bekommt also eine Kriegskasse?"

„Na ja, so eine Art Geheimfonds in deutscher Mark. Keine schlechte Geldanlage in dieser Zeit. Geld, das schnell zur Verfügung steht, vor allem, weil die Mittelvergabe durch den Kongress in Washington langsam und bürokratisch ist und auch nicht so verschwiegen."

Dann klingelte das Telefon. Bach ging an das Fenster und blickte in den menschenleeren Park.

Nach dem Auflegen forderte McBride ihn auf, den Abschlussbericht ebenfalls zu unterzeichnen. Es gäbe nur ein Exemplar, klassifiziert als *geheim*. Über Theo Hall würde es Militärgoverneur Clay persönlich und einigen Leuten aus dem Führungsstab vorgelegt. Dann ging er nach Washington. „Und wahrscheinlich wenig gelesen, später in das große Archiv des *Federal Records Center* im schönen Maryland."

David Bach unterzeichnete.

McBride stand hinter dem Schreibtisch auf, Bach erhob sich ebenfalls.

„Nochmals Dank für Ihre Mitarbeit, Lieutenant. Wann geht es zurück?"

„Am Freitag muss ich mich beim CIC in Wiesbaden zurückmelden. Am 11. Oktober um 0600 legt mein Truppentransporter in Bremerhaven ab. Davor fahre ich auf Wunsch meiner Mutter noch für zwei Tage nach Hamburg, wo wir herstammen. Sie will wissen, wie es dort jetzt ist."

Sie schüttelten sich die Hände.

„Gute Reise und beste Wünsche für die Zukunft, David."

„Danke, Sir. Wir sind sauber aus der Sache raus."

# Nachwort

Am 20. Juni 1948 wurde die Deutsche Mark eingeführt. Und auch vieles andere im Buch stimmt. Die schwierige Lebenssituation in den westlichen Besatzungszonen gab es und die Personen der Zeitgeschichte, die Bank deutscher Länder und den großen schwarzen Markt mit seinen Profiteuren, die Berliner Luftbrücke und den beginnenden Kalten Krieg zwischen West und Ost, die (nicht nur bei der Polizei) unzureichende Entnazifizierung und die Besatzungsbehörden mit ihren Sicherheitsorganen.

Nur die Namen der handelnden Personen sind natürlich fiktiv. Der Ablauf der Währungsreform ist im Großen so verlaufen, in vielen Details und einigen wichtigen Punkten jedoch mit dichterischer Freiheit bearbeitet. Aber was ist mit den verschwundenen Millionen? Darüber kann man heute nichts lesen. Andererseits war die Operation Bird Dog (den Codenamen gab es wirklich) streng geheim. Alles erfunden oder muss auf die Freigabe der Akten in den US-Archiven gewartet werden? Was meinen Sie? Antworten gerne an h.j.schneider1954@gmx.de

Die Recherchen zu dieser Geschichte waren lang und schwierig, wie noch bei keinem meiner vorherigen Krimis. Besonders bedanken möchte ich mich bei Monika Joseph, Sunhild Bredelow und Armin Hofmeister für die Gespräche mit ihnen als Zeitzeugen. Sowie bei Thomas Scherzberg und der Polizeipressestelle/Kriminalmuseum Frankfurt am Main.

Wichtige Hilfe aus Büchern gab es durch Madlen Lorei & Richard Kirn, Frankfurt und die drei wilden Jahre und Falco Werkentin, Die Restauration der Polizei.

In der digitalen Welt fand ich viel visuelles Material und interessante Informationen – vom Währungsmuseum Rothwesten (dort gibt es eine der Geldtransportkisten zu sehen) bis (etwas erstaunlich) zu ausgewählten historischen Dokumenten auf www.cia.gov.

Gerd Schumann und Margret Wolfrum leisteten wie immer eine Art freundschaftlich-kreatives Lektorat. Von Birgit Gärtner und Anett Leithiger gab es hilfreiche Kritik. Annett Bender gab auch diesem Buch eine schöne Gestaltung. Heidemarie Hoff habe ich die Geschichte als Erster vorgelesen.

Zeitfracht Medien GmbH
Ferdinand-Jühlke-Straße 7
99095 Erfurt, Deutschland
produktsicherheit@kolibri360.de